이현 新무협 판타지 소설

水國

수국 1
이현 新무협 판타지 소설

초판 1쇄 찍은 날 § 2004년 2월 5일
초판 1쇄 펴낸 날 § 2004년 2월 15일

지은이 § 이현
펴낸이 § 서경석

편집장 § 문혜영
편집 § 장상수 · 서지현
마케팅 § 정필 · 강양원 · 이선구 · 김규진 · 홍현경

펴낸곳 § 도서출판 청어람
등록번호 § 제1081-1-89호
등록일자 § 1999. 5. 31
어람번호 § 제2-0324호

주소 § 경기도 부천시 원미구 심곡1동 350-1 남성B/D 3F (우) 420-011
전화 § 032-656-4452 팩스 § 032-656-4453
http://www.chungeoram.com
E-mail § eoram99@chollian.net

ⓒ 이현, 2004

ISBN 89-5505-974-4 04810
ISBN 89-5505-973-6 (SET)

水國

수 국

이현 新무협 판타지 소설

1

잠화(蠶花)

도서출판
청어람

1

잠화(蠶花)

◆작가의 말

　수국은 현재의 절강성 소흥과 영파, 항주, 그리고 강소성의 소주 등을 주무대로 한 글입니다. 시대적인 배경은 명나라 말엽으로, 여진을 통합한 동북의 신흥 강국 금나라가 몽골, 조선 등을 침공해 후방을 평정하고 나서 중원을 넘보던 명청 교체기로, 우리 나라에서 병자호란이 일어난 이후입니다.

　자료에 의하면 명대 중국은 남녀 간의 성애에 그리 엄격한 것으로 보이지는 않습니다. 대명률(大明律)에는 정치적인 금서(禁書)는 규정하고 있었지만 성애에 관한 규정은 없었다고 합니다. 비록 그런 류의 책들을 속되고 추잡하게 여겼을지라도 여전히 유통되고 있었으며, 청대 강희제 때에는 지방관들에게 '공개적으로 음란 도서를 파는 것을 규제하라' 는 칙령까지 내린 것으로 보아 어느 수준까지는 개방적이지 않았나 하는 추측까지 가능하게 합니다(대체 얼마나 잘 팔렸기에 황명으로까지 금지를 시켰는지!).
　수국에서는 역사에 기대어 남녀 간의 성애에 관한 현실적인 이야기를 하고자 했습니다. 성적인 착취 대상으로서의 여자가 아니라 성의 즐거움에 대한 남녀의 동등한 권리를 묘사하려는 것입니다. 글의 성패를 떠나 시도에 의미를 두고 싶습니다.
　성애에 대한 묘사가 적지 않기에 이런 류의 글을 읽기에 적당한 연령의 분들에게만 권합니다.

　늘 그렇듯 두려움 속에 새 글을 선보입니다.
　약간의 배려가 있는 비평이라면 어떤 극한의 것이라도 소중히 여길 것입니다(며칠 잠을 이루지는 못하겠지만. ^^).

◆제1권 속의 용어에 대한 약간의 설명

　상방(商幇):명청대 상인들이 조직한 이익 단체로, 산서상방, 섬서상방, 휘주상방, 복건상방, 광동상방을 비롯해 십여 개 이상의 큰 상방을 꼽을 수 있는데, 출신 지역 또는 동업종(同業種)을 중심으로 한 상인들 간의 조직입니다. 행두(行頭)를 수장으로 하며, 엄격한 규정이 있어 이를 어길 시에는 소위 왕따를 당했다고 합니다.

　공소(公所):상방의 각 지점 정도로 생각하시면 됩니다.

　절강(浙江):때로는 절강성을 말하는 지역 명으로, 때로는 강 이름으로 쓰였으니 혼동없으시기 바랍니다. 전당강은 절강의 하류 일대만을 지칭하기에 강 전체를 언급할 경우에는 부득이 절강으로 표현했습니다.

　마두낭(馬頭娘):누에.

　잠업에 종사하는 사람들이 모시는 잠신(蠶神)에 관한 전설에 의하면,

　아비와 단둘이 살아가던 딸은 어느 날 장사 나간 아비가 돌아오지 않자, 누구든 아버지를 찾아주면 그의 아내가 되겠다고 약속했습니다. 백마(白馬)가 지쳐서 길에 쓰러진 아비를 구했지만 그 아비는 사위로 삼아달라는 건방진 말을 활로 쏘아 죽여 버렸습니다. 그러자 백마는 딸을 가죽으로 싸서 하늘나라로 데려갔고, 대신 뽕나무에 말대가리처럼 생긴 하얀 누에가 걸렸는데, 그때부터 누에를 마두낭이라 부르기 시작했다고 합니다.

　누에가 실을 토하는 것은 세상에 홀로 남은 아버지를 안타까이 여기는 딸이 아비를 그리는 마음을 말(言) 대신 표현한 것이라 합니다.

　제갈가(諸葛家):현재의 절강성 난계시에 제갈 성씨의 집성촌을 이루고 있다고 합니다. 제갈촌에는 제갈승상을 모신 사당을 비롯해 직계와 방계의 사당이 십여 개 있습니다. 이곳 사람들은 일찍부터 외지로 나가 약재상을 많이

했으며 약점포도 많이 열었다고 하는데, 덕분에 다른 지역 사람들에 비해 외지에 대한 정보를 많이 알고 있었다고 합니다.

너무도 당연히, 이 글 속의 제갈가는 무협 속의 세가입니다.

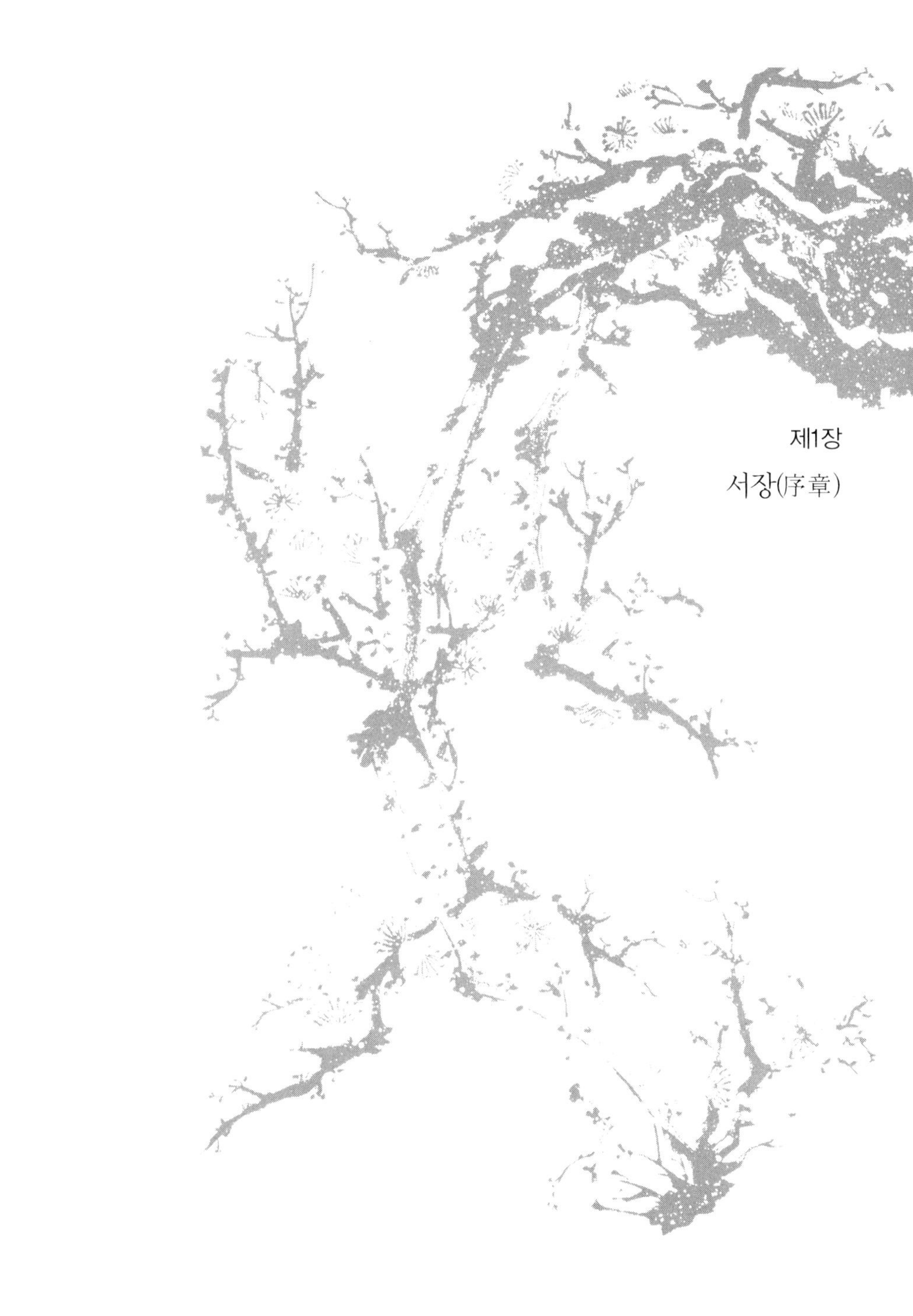

제1장

서장(序章)

뻴릴리―

둥둥둥둥둥!

피리 소리에 맞추어 무희(舞姬)들을 재촉하는 고수(鼓手)들의 손길이 급박하게 잠고를 깨웠다.

오늘 북채를 잡은 사내들은 마을 청년들이다.

북은 여느 촌구석의 작은 동네라 해도 몇 개쯤은 있게 마련인, 잔뜩 손때가 묻어 낡고 허름한, 하지만 오랜 세월의 풍상을 이겨낸 그런 북으로, 오늘만큼은 이름마저 어울릴 법한 잠고(蠶鼓)로 불린다.

마을 처녀들은 잠고 소리에 맞추어 당당히 가슴을 펴고 공터 중앙으로 들어섰다. 한 손에는 소고(小鼓:작은 북)를, 다른 한 손에는 소고에 어울릴 작고 앙증맞은 북채를 들었다.

뻴릴리―

딱! 딱! 딱! 딱! 딱!

처녀들의 긴 소매깃이 지나던 바람을 타고 하늘거렸다.

소고는 눈부신 손길을 따라 빙그르르 하늘을 돌아 내려오고, 매달린 오색의 천들이 사르르 울음 운다.

딱딱딱딱!

잠고의 모서리를 빠르고 힘차게 두들겨 춤판의 흥을 돋우는 것은 신명난 고수들이다. 각양의 색실을 매단 짧은 북채들이 소고와 마주쳐 잠고 소리에 화답한다.

타닥, 타닥, 타악, 탁!

간결하게 끊어지는, 어딘가 모르게 아쉬운 여운마저 흘리고 가는 그런 안타까운 소고 소리.

처녀들이 팽이처럼 몸을 돌렸다.

소박하나마 저마다 화사하게 맵시를 낸 색색의 치마들이 빙그르르 말려 돌아가더니, 이내 흐느적거리며 허공을 출렁인다.

"아하!"

고개를 살짝 젖혀 인사하는 두 볼이 유난히도 탐스럽다.

발그스레 물오른 미소를 가득 머금은 그런 볼이다.

수줍음인가, 정열인가!

분 한 점 바르지 않은 탐스러운 건강미다.

머리 위에 꽂힌 예쁜 잠화(蠶花) 주위로, 정성을 다해 골랐을 법한 들꽃들도 빠지지 않았다.

잠화가 출렁이고, 들꽃들은 제멋에 겨워 비틀거린다.

이마에는 색색으로 이어진 꽃 띠, 귓불에 앙증맞게 찰랑이는 귀고리 한 쌍이 처녀들의 태(態)를 더한다.

길게 늘인 오색 허리띠는 천상으로 비상하는 선녀의 그것이다. 바람의 물결을 탄 허리띠는 넘실넘실 허리를 휘돌아 춤을 춘다.

삘릴리리리―

피리 소리가 다시금 숲 속의 적막을 불렀다.

모두가 숨을 죽인다.

쭉 뻗은 두 다리를 모으고 무릎과 허리를 살짝 구부린 처녀들의 반쯤 꺾인 팔이, 한 번은 왼쪽으로 한 번은 오른쪽으로 허공을 향해 교대로 비승(飛昇)한다.

"아하!"

아직 한 번도 열리지 않았을 처녀들의 팽팽한 젖가슴도, 두 팔의 율동을 따라 요염하게 출렁인다. 버들가지처럼 이리저리 휘어져, 능히 세류요(細柳腰)라 불릴 가는 허리 또한 그 요태(妖態)를 더한다.

눈길을 모으는 것은 또 있다.

오를 대로 물이 올라 풍만한 육덕(肉德)을 뽐내며, 처연한 피리 소리에 하늘하늘 실어버린 처녀들의 엉덩이다.

그 속에서 언뜻언뜻 모습을 드러내는 것은 건드리면 그대로 터져 버릴 원초적 관능이다.

"후우!"

열기를 가득 담은 사내들의 탄성!

노인이나 장년이라고 해서 예외는 아니다.

인생을 달관할 만한 그런 나이기에 언뜻 무심을 가장할 수도 있으련만, 햇빛에 잔뜩 그을리고 세파에 주름진 얼굴에서도 욕망은 살아 숨쉰다.

"어허!"

누가 보았다면 추잡한 눈빛이라며 눈을 흘기고 한마디 욕을 던질 법도 하건만, 오늘만은 아니다.

마두낭(馬頭郞) 축제다.

원초의 본능을 허물없이 드러내도 좋은 날.

타닥, 타닥, 타악, 탁!

삘릴리이―

어찌할 수 없는 사내들의 가슴에 더욱 불을 지르는 것은 애잔하게 귓전을 흐르는 피리 소리다.

소리와 관능이 어우러지는 태고의 춤사위다.

한여름의 뜨거운 햇살이 아니더라도, 대지를 뜨겁게 달구기에 충분할 그런 한마당이다.

처녀들의 물 오른 젖가슴이 출렁출렁 춤을 춘다.

정열의 두 눈에 담긴 것은 알지 못할 사랑에 대한 아련한 그리움이다.

"아하!"

사내들의 입에서 마침내 터지는 긴 탄식, 처녀들의 몸에서 관능을 읽는다.

타닥, 타닥, 타악, 탁!

타닥, 타닥, 타악, 탁!

허리를 살짝 숙이고 잠고 소리에 맞추어 연신 발을 구르는 것은 북소리 속에 숨겨진 원초의 욕망을 일깨우려 함일 게다.

공번접(空飜蝶)이다!

삘리리이―

북소리와 피리 소리에 태워진 춤사위는 푸르른 하늘과 대지로 퍼져나가 욕망의 파동을 전한다.

"어하!"

처녀들의 몸이 잘 만들어진 활처럼 활짝 젖혀졌다.

드러나는 젖가슴!

타닥, 타닥, 타악, 탁.

찰싹 달라붙은 처녀들의 옷 속에서 한껏 농익은 젖가슴이 출렁출렁 사랑을 갈구한다. 당겨진 옷 위로 드러나는, 살짝만 건드려도 터져 버릴 것만 같은 팽팽한 젖가슴, 그 누구에게 단 한 번도 열리지 않았을 순수의 결정이다.

빨갛게 달구어지는 정염!

사내들의 가슴에 화르르 불을 지르는 한껏 농익은 여체의 진한 유혹이다.

대지를 태워 버리는 태초의 본능이다.

"하아!"

피리 소리가 잦아들고 바람도 잠시 숨을 멎는다.

사라락! 사락!

수백 명이 모인 공터이건만 들리는 소리라고는 소고에 매달린 천 조각들이 바람을 가르는 소리 뿐. 고개를 뒤로 젖힌 처녀들의 얼굴에 송골송골 맺힌 땀방울이 주르르 목을 타고 굴러 내린다.

"하아, 하아, 하아."

처녀들은 하늘을 향해 크게 뜨거운 숨을 몰아쉰다.

용잠토사(龍蠶吐絲).

"하아, 하아, 하아."

사내들의 양물을 터뜨려 버릴 듯한 거친 숨소리.

숙였다가 젖혀지고, 숙였다가 젖혀지고… 용잠이 고개를 들 때마다 드러나는 것은, 숨겨진 욕망이 가득 담긴 땀방울이 흐르는 처녀들의 길고 가녀린 목이다.

"아하!"

가슴이 송두리째 무너졌다.

벌겋게 달구어진 본능이 끊임없이 여인의 속살을 헤집고 흐르건만 춤사위는 사뭇 경건하기만 하다.

"하아!"

용잠이 마지막 스물네 번째의 실을 토했다.

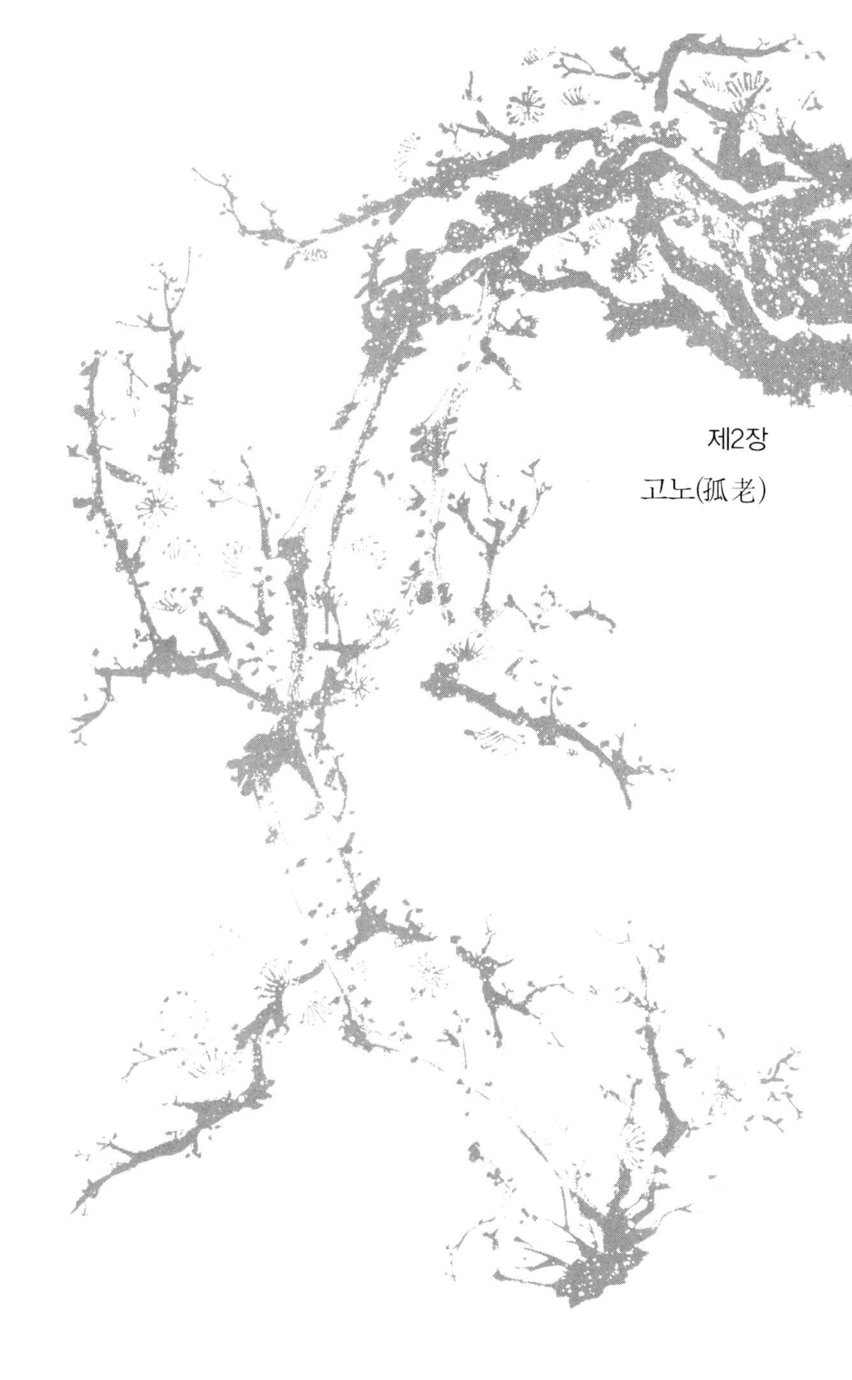

제2장

고노(孤老)

절강(浙江).

하늘의 축복인가 대지의 사랑인가. 남에는 안탕산, 북에는 천목산, 중앙에는 천태산, 사명산. 산들은 이 땅의 거친 토양 위에 천지의 조화를 전하며 한껏 정기를 뿜어 대지를 녹수로 덮었다.

휘주(徽州)의 황산에서 뿜어져 신안강을 이루며 흘러내린 물과 선하령 계곡을 타고 흘러내린 물이 합쳐져 이루어진 부춘강은 부양현을 지나 아래로 내려가 이름조차 전당강(錢塘江)으로 바뀌어 동해로 흐른다.

부양현 현성(縣城) 바로 맞은편의 동북쪽에 위치한 학산(鶴山)은 동해를 향해 흘러가는 절강이 한눈에 내려다보이는 강가에 있다.

나무가 울창한 산의 반대 편으로 돌아가면 서씨만 수십여 호가 모여 사는 집성촌이 있다.

마을이 워낙 작기도 하지만, 다른 지역과는 거친 산과 계곡으로 막혀 있어 타지 사람들과의 왕래가 거의 없는 마을이다. 학산에서 마을로 이어지는 길목에서 조금 비켜난 계곡에 작은 공터가 있다. 예전에는 나무를 하러 산을 오르내리는 마을 사람들이 가끔씩 들러 땀을 식히던 곳이기도 하다.

공터의 가장자리에서 한 노인이 어른 키 절반만한 바위를 앞에 두고 신중한 자세를 취하더니 벼락같은 기합을 넣었다.

"하앗!"

펑!

우렁찬 기합과 함께 힘을 쓰자 일 장 앞에 있는 어린아이만한 바위가 요란한 폭음과 함께 수십 조각이 되어 부서져 나갔다. 노인은 먼지를 털 듯 손을 탁탁 맞부딪치고는 자세를 바로 했다.

"험! 어떠냐?"

노인은 마치 전장에 나가 큰 무공이라도 세우고 온 장수와도 같이 거드름을 피워가며 말했다. 하지만 오 척이나 될까 한 땅딸막한 체구에 항아리처럼 옆으로만 벌어진 몸매가 보여주는 거드름이란 마냥 우스꽝스럽기만 했다.

그의 앞에선 사오 세가량의 어린아이가 빙당호로(氷糖葫蘆)를 맛있게 빨아먹고 있었다. 약간 마른 듯한, 어딘가 부실해 보이기도 하지만 초롱초롱한 눈매와 굵은 눈썹이 인상적인 아이다.

"고노(孤老), 멋있어!"

맨손으로 큰 바위를 부수는 노인의 모습이 신기했던지 아이는 놀란 눈망울에 연신 고개를 끄덕여 가며 말했다. 엄청난 굉음에 약간은 겁을 먹은 듯한 표정이었지만, 딴에는 사내다움이라도 나타내려는지 애써 그걸 숨기려는 표정이 역력했다.

"험, 개산권(開山拳)이라는 수법이다. 무림인이 되면 누구라도 전개할 수 있는 권법이지."

고노라 불린 노인은 허리춤에 양손을 얹고 고개를 빙빙 돌려 몸을 풀어가며 말했다.

"아항, 그렇구나!"

아이는 빙당호로를 다시 한 번 빤 후에 말했다.

"사군(思君)아, 배우고 싶지 않니? 너도 열심히 배우면 장차 이 할아버지보다 더 큰 바위도 깰 수 있단다."

아이의 이름은 사군이다.

고노는 어울리지 않는 미소를 지어가며 아이를 꼬드기듯 그렇게 말했다. 그 말에 사군의 표정이 갑자기 굳었다.

"어머니가 안 된다고 하셨어."

"몰래 배우면 되지. 말씀드리지 않고 그냥 동네 아이들과 함께 놀다가 왔다고 하면 되지 않느냐?"

살살 달래야 한다.

"고노, 그건 거짓말이잖아. 어머니가 거짓말은 나쁜 거라고 했어."

마치 그를 힐책이라도 하듯 올려다보며 말했다.

"험, 때로는 필요에 의해서 거짓말을 해야 할 때도 있는 거란다. 다른 사람에게 해만 끼치지 않으면 되지 않느냐. 거짓말이 나쁜 것은 그 때문에 다른 사람들이 손해를 보기 때문이지. 하지만 네가 무공을 배운다고 어머니가 손해를 볼 것은 없지 않느냐?"

씨익 미소까지 지어가며 하는 말이었다.

"그래두 거짓말은 싫은데… 그리구 날마다 외워야 할 것들이 너무 많아서 친구들과 놀 시간도 없는데 어떻게 무공까지 배워?"

'친구?'

녀석, 가증스럽기는!

알기로 녀석에게는 같이 몰려다니며 놀 만한 또래의 가까운 친구가 하나도 없다. 아직 이사 온 지 얼마 되지도 않았거니와 어머니의 극성에 글을 배우느라 밖으로 나가 놀 틈도 없을 터였다.

그들 모자의 집은 마을에서 좀 외따로 떨어진 이곳 산비탈의 계곡 가까운 곳에 위치해 있어 녀석이 아이들과 어울리기도 쉽지 않다. 게다가 아무것도 모르는 아이들이지만, 가끔 동네에서 사군을 마주치기라고 하면, 아비 없는 자식이라고 놀려대며 흉보는 처지니 친구가 있을 리 없다. 그런데 친구라니…….

하지만 그 말을 듣는 고노의 눈은 반짝 빛났다.

"허, 넌 잘 모르는구나. 내가 가르쳐 주는 것을 배우면 글도 쉽게 외울 수 있단다. 그리고 배우려면 몸이 피곤할 테니 날마다 빙당호로 한 개씩은 반드시 내가 책임지마."

땅딸막한 키지만 무릎을 반쯤 굽혀 아이의 눈에 맞추고 말했다.

"정말요?"

사군은 좋아라 하는 표정으로 쳐다보았다.

'휴, 성공이군!'

내심 안도의 한숨을 내쉬었다.

그런데……

돌연 사군이 의심이 가득한 눈매로 그를 쳐다보았다. 어린 마음에도 그렇게까지 해가며 무공을 가르치려는 것이 이상하게 여겨졌던 까닭이다.

'헉!'

아이의 반응을 유심히 지켜보던 고노는 그 변화를 금방 읽었다. 표정이 재빠르게 바뀌었다.

"휴우, 네가 이상하게 생각하는 것도 나무랄 일은 아니지. 이 할애비가 하루 종일 혼자 있는 것을 외롭게 느끼지만 않는다면 네 녀석에게 빙당호로까지 줘가며 무공을 가르치는 어리석은 짓은 하지 않을 게다. 에이구, 늙으면 그저 죽어야지. 누구 하나 말벗이라도 되어주려는 사람조차 없으니……."

고개까지 푹 떨구며 처량한 표정으로 하는 말이었다.

소매로 눈가를 훔치는 것으로 보아 슬픔에 못 이겨 눈물까지 나오는 모양이었다. 누가 보더라도 가슴이 절로 저미어오는, 고독이 철철 묻어나는 슬픈 모습이다. 사군은 고노의 헐렁한 소매에 가려 그의 손이 재빨리 입가를 지나며 침을 찍어 눈가로 가져가는 것을 보지 못했다.

'불쌍해라.'

사군은 옆으로 돌아가 그를 올려다보며 정말 슬퍼서 울고 있는가를 살폈고, 눈 주변이 축축하게 젖어 있는 것을 보고는 진짜 눈물임을 확인하고는 이마를 찌푸렸다. 사군은 아미를 찌푸렸다. 무척이나 안쓰럽다는 표정이었다.

'정말 그럴 거야. 이 깊은 계곡에서 밤새 혼자 있어야 하고, 낮에도 누구 하나 와주는 사람이 없다면 얼마나 무섭고 힘이 들까? 가끔은 호랑이나 늑대도 나온다는데…….'

노인의 한탄을 믿었다. 그런 생각을 하니 가슴이 찡하게 아파왔다.

"고노, 알았어. 그렇게 심심하면 진작 얘기하지 그랬어. 내가 내일부터 놀러 올 테니 걱정 말어. 대신 빙당호로는 꼭 사줘야 해.”

불쌍한 할아버지…….

가슴이 아픈 듯 눈썹까지 잔뜩 찌푸린 사군은 고노의 곁으로 다가가 작은 두 손으로 그의 주름진 손을 꼭 잡아주었다.

“무공도 배우겠다는 말이지?”

찍어 바른 침 때문에 눈 주위가 축축한 고노는 그때까지도 가련한 어조를 가장해 말했다. 내친 김이다.

“아니, 그냥 같이 놀아만 줄게.”

어리지만 단호한 말이다. 고노가 기가 막힌다는 표정을 짓자 한마디 덧붙이기까지 했다.

“그나마 심심하다니 와주는 거야. 그렇지 않다면 어림없어.”

다짐받듯 하는 말.

‘아니, 이 녀석이!’

녀석이 거드름을 피우자 또다시 황당해졌다.

어디서 어른들 말하는 것을 보고 흉내 내는 모양으로 말투마저도 아주 자연스러워 보였다. 이제 겨우 똥오줌이나 가릴 다섯 살 꼬마가 그러는 것이 일견 귀엽게 보이기도 했지만, 은근히 부아가 치미는 것 또한 어쩔 수 없었다. 속마음이 얼굴에 그대로 드러났다.

표정이 굳으며 눈꼬리가 하늘로 치켜 올라가는 순간, 그런 변화를 유심히 지켜보던 아이의 놀란 눈과 딱 마주쳤다.

‘헉!’

순간 고노의 눈빛이 흔들렸다.

‘아차, 안 되지!’

가슴이 철렁해진 그는 얼른 고개를 돌렸다.

"에이취! 에이취!"

연거푸 두 번의 재채기를 해가며 표정 관리를 한 고노가 다시 고개를 돌렸다. 예의 그 징그러운 미소가 가득한 얼굴이다.

"휴우, 난 고노가 화난 줄 알았어."

미소를 본 사군은 금세 얼굴을 펴더니 천진난만한 눈으로 그를 올려다보며 말했다.

"헛헛헛, 그럴 리가 있겠느냐. 갑자기 재채기가 나와서, 에이취!"

다시 고개를 돌려 재채기를 하는 표정이 그리 좋아 보이지 않음은 너무도 당연했다.

"혹시 감기 걸린 거 아냐? 어머니가 감기에 걸린 사람 곁에는 가지 말라고 했는데……."

아이답지 않게 아는 것도 많고 들은 것도 많은 놈이다. 상시 조심 또 조심해야 한다.

"그, 그게 아니라 코에 뭐가 들어가서… 으음, 하루살이가 들어갔나? 킁! 킁!"

이번에는 코를 후비는 시늉을 했다.

"이제 된 것 같구나."

"난 또, 근데 그냥 놀러만 와도 되는 거지? 그래도 빙당호로는 주는 거지?"

'나쁜 놈!'

알맹이만 빼먹자는 수작이다. 무슨 어린 놈의 잔대가리가 이리도 잘 돌아가는지.

"무, 물론이지. 나는 사실 네가 무공을 가르쳐 주지 않으면 놀러 오지 않을까 은근히 걱정이 돼서 무공을 가르쳐 주겠다고 한 거란다."

이 보 전진을 위한 일 보 후퇴란 것이 있다.

"그런 걱정 마. 어머니가 절대 무공은 안 된다고 하셨기 때문에 앞으로도 절대 무공을 가르쳐 달라고 하지는 않을 거니까."

'제기랄!'

내심 쓴웃음이 나왔다.

씨도 안 먹힌다. 하지만 서두르면 안 된다.

'일이 이렇게 어긋나다니……'

하지만 녀석이 날마다 이리 나와준다는 것만 해도 대단한 발전이다. 그동안 녀석을 이 공터로 끌어들이기 위해 얼마나 고생을 했던가! 앞으로 가르칠 방법을 생각해 내는 일이 고민거리로 남기는 했지만…….

"그리고 글을 잘 외우는 방법도 가르쳐 줘야 해. 그거 잘되는 무공은 꼭 배우고 싶어."

녀석은 마치 자기가 이곳에 와주는 것이 대단한 은혜를 베푸는 일이라도 되는 양 생각나는 조건을 차례로 덧붙였다.

좋은 것은 다 하겠단다. 어린 놈이 꽤나 머리를 굴리고 있었다. 하지만 이번에는 걸려들었다.

"허엄! 물론이지. 이 할아버지는 절대 거짓말을 하지 않는다."

그런대로 거래 조건이 괜찮다고 생각한 모양이었는지 사군의 얼굴에서도 미소가 번졌다. 그것을 본 고노의 얼굴이 펴졌다. 하지만 아직 안심하기는 이르다. 녀석의 어머니가 딴지를 걸고 나올지 모른다. 그렇기에 꼭 거쳐야 할 마지막 절차가 하나 남아 있다.

"정말 그렇게 약속한 거겠지? 대신 어머니에게는 비밀이다. 사나이로서의 약속!"

고노는 엄숙한 표정을 지으며 마치 천지신명에게 맹세라도 하는 듯

굳세고 경건한 자세를 취했다.

"그럼, 사나이로서의 약속이지. 사나이는 목숨이 위태로울지언정 약속을 어기지는 않는다!"

'사나이 약속'이라는 말이 무척 마음에 들었던지 사군은 주먹을 불끈 쥐고 또랑또랑한 목소리로 외쳤다.

"역시 사군은 진정한 사내로구나!"

고개를 꼿꼿이 세운 고노가 엄숙한 표정을 지어가며 말했다. 하지만 생긴 바탕이 그러니 영락없이 굳어버린 똥자루 형상이다.

"당연하지!"

사군도 고개를 꼿꼿이 세우고 말했다.

"오늘은 늦었으니 그만 내려가고 내일 네 어머니가 일을 나가시면 그 즉시 이리로 오면 된다. 잘 알지?"

사군의 어머니는 아침 일찍부터 하루 종일 밭일을 나갔다가 해가 떨어질 무렵에야 돌아온다. 그나마 밭이 공터 반대쪽의 마을 구석진 곳에 있어, 한 번 일을 나가면 도중에 집에 들르기도 쉽지 않다. 해서 녀석의 점심은 항상 감자 몇 알이나 삶은 옥수수 몇 개 따위가 전부다.

"응. 잘 있어, 고노."

사군은 그를 향해 손을 흔들어주고는 빙당호로를 쪽쪽 빨아가며 비틀비틀 계곡을 따라 내려갔다.

고노는 산길을 내려가는 사군에게서 눈을 떼지 못했다. 혹시 돌부리에라도 걸려 자빠지거나 인근에 흔한 독사에 물려 잘못되기라도 한다면 근 한 달에 걸친 피눈물나는 노력이 물거품이 되기 때문이다. 필요한 것은 조심 또 조심이다.

"휴우, 어린애를 상대하기란 정말 힘들구나."

아이가 저만치 멀어져 가자 비로소 한숨을 내쉬었다. 벗겨진 정수리와 이마에서 땀이 번들거렸다. 그동안 녀석을 구슬리기 위해 얼마나 애를 썼던지.

'고노(孤老)라……'

녀석의 어머니는 자신을 그렇게 부른다고 했다. 썩 듣기 좋았던 이름은 아니었지만 녀석에게 몇 번 듣다 보니 어느덧 귀에 익숙해졌다. 이제 그 이름에 은근히 친근감마저 드는 것은 무슨 까닭인지.

'녀석!'

어느새 녀석이 뒤뚱거리며 계곡 아래로 내려가 밭을 지나는 것이 보였다. 잔머리 굴리는 것마저도 제 아비를 쏙 빼닮았다. 하지만 주변 여건을 생각하면 그런대로 밝고 명랑하게 크는 아이기도 하다.

'내가 책임지마!'

고노는 다시 한 번 결심을 굳혔다. 이렇게라도 해두어야 마음의 빚을 덜 수 있을 터였다. 그게 전부였다.

"휴우……."

내일 해야 할 일을 생각하니 당장 한숨부터 나왔다. 조금만 힘들게 가르쳐도 금방 못하겠다며 뒤로 나자빠질 것이니 그게 걱정이었다.

그는 공터 구석의 냇가로 걸음을 옮겼다.

소흥주(紹興酒)라도 한잔하려는 것이다. 며칠 전 마을로 내려가 사 온 것으로 냇물에 담가두었다가 생각나면 꺼내 한 잔씩 마시곤 했었다. 모처럼 큰일을 해낸 것 같아 목이 컬컬했다.

'내, 더러워서!'

드디어 무공을 위한 첫 대면이다.

한 사람은 어떻게든 무공을 가르치려고 작정을 하고 있고, 상대는 그저 같이 시간이나 때워주려고 마음먹고 있으니, 여간해서는 타협점을 찾기 어려울 터였다. 하지만 고노에게는 깊은 고뇌로 밤을 세운 끝에 생각해 낸 방법이 있었다.

"군(君)아, 오늘은 첫날이니 재미있는 걸 가르쳐 주마."

쳐다보는 사군의 눈이 반짝 빛났다. 그런 해맑은 눈빛과 마주칠 때마다 문득 녀석이 애처롭게 느껴지며 가슴이 찡해왔다.

하필이면 이름마저도 사군(思君)이라니…….

"이리 와보렴."

고노는 부드러운 목소리로 사군을 불러 미리 말뚝을 박아놓은 곳으로 데려갔다. 어제 가르칠 방법을 찾기 위해 머리를 싸매고 있다가 문득 떠오른 생각이 있어 만들었던 것이다.

인근에서 잘 빠진 나무 몇 그루를 밑동째 베어다 저녁 내내 공터 구석구석 적당한 곳을 골라 뚝딱거리며 박아놓은 것들로, 언뜻 보기에는 아무런 질서도 없이 어지럽게 박혀 있는 것으로 보였다.

모두 열여섯 개로 이루어진 말뚝의 실체는 고노가 배운 모든 무공의 기초며 궁극이기도 한 유가무상보의 정수를 담은 결정체이기도 했다.

말뚝의 숫자가 충분한 것은 아니지만 신법이 바뀔 때마다 칡넝쿨로 바뀐 순서를 연결해 표시해서 쓴다면 큰 문제는 없을 터였다.

유가무상보(瑜珈無上步)!

서장(西藏) 좌도밀종(左道密宗) 최고의 신법, 경공으로도 일위도강(一葦渡江)이나 능공허도(凌空虛道)에 비추어 결코 뒤지지 않는 것은 물론이요, 곤륜의 운룡대팔식(雲龍大八式)과 같이 실전에서 초식과 융합하여 펼칠 수 있는 좌도밀종 비전의 신법이다.

사문의 절예이기에 입으로만 전해져 내려왔을 뿐, 이렇듯 땅에 말뚝까지 박아가며 그 정수를 노출시킨 적은 단 한 번도 없었을 터였다. 비인비전(非人非傳)의 기밀에 속하는 절기였건만, 녀석을 가르치자면 어쩔 수 없다는 생각에 내린, 고심 끝의 결정이었다.

혹시 녀석이 떨어져 다칠 것을 우려해 말뚝 높이도 겨우 손가락 한 마디 정도가 되도록 만들었고, 녀석의 족장(足丈)을 고려해 말뚝 간의 거리도 조절해야 했다.

"우리 서로 순서를 정해 말뚝 위를 빨리 걸어가는 놀이를 해보지 않으련?"

고노는 최대한 목소리 부드럽게 했다. 최선을 다해 부드럽게 말하려는 처절한 노력이 깃들어 있었건만 입덧하는 임산부가 아니더라도 절로 헛구역질이 나올 만한, 정말 듣기 거북한 목소리로 나타났다.

"누가 이기나 보자는 거지요?"

초롱한 눈망울이다.

"그렇지. 바로 그거야. 할아버지는 나이가 많아 힘들 것이고 너는 어려서 힘들 것이고, 서로 조건이 비슷하니 공평하다 할 수 있지 않니?"

"맞아요."

듣고 보니 그럴듯한지라 사군은 박수를 치며 좋아했다.

"내가 먼저 시범을 보이마. 잊지 말고 밟는 순서를 잘 보도록 해라."

고노는 말뚝 위를 일부러 비틀대며 천천히 걸었다.

"조심해요!"

사군은 안타까운 듯이 비명을 질렀다. 다칠 것으로 보이지는 않았지만 떨어질까 염려한 것이다.

'흐흐. 너나 조심해라, 인석아. 공연히 미끄러져서 자칫 다치기라도 하면 이 짓거리도 끝장이다.'

그는 가급적 비틀거리는 것으로 보이기 위해 애를 쓰고 또 썼다. 사군의 호승심을 자극하려는 것이다. 제대로 걷는 것보다 몇 배는 더 귀찮고 힘든 동작이었다.

'육시랄!'

차마 입으로 뱉지는 못했지만 내심 욕지거리가 나오는 것은 어쩔 수 없다.

하지만 사람마다 하늘이 내린 복은 다 다른 법.

스승에게 숱한 면박을 당하며 몇십 말(斗)의 땀방울은 족히 흘려가며 배웠건만, 곧 무덤을 파고 들어갈 이 나이에 이렇듯 구차하게 가르쳐야 하는 것 역시 자신의 업(業)이었다.

고노는 형(形)에만 치중하기로 했다.

심법(心法)을 통해 어느 정도 기(氣)를 다스릴 정도가 된 연후에야 형을 익히는 것이 순서겠지만, 녀석이 그런 골치 아픈 것을 좋아할 리 없으니 어쩔 수 없이 껍데기부터 가르치는 수밖에 없다.

그는 사군에게 사문의 심법을 가르칠 수가 없음을 아쉬워했다.

사군은 이 년 전부터 집안에서 전해온다는 양생술(養生術)을 익히고 있었다. 알아보니 그것은 사문의 내공심법(內功心法)에 결코 뒤떨어지지 않는 훌륭한 심법이었다.

사문의 심법을 가르치지 않은 이유는 사군이 배우는 양생술과 사문의 심법은 기의 운용이 비슷하기에 굳이 번거로움을 자초하며 가르칠 필요까지는 없다고 생각했기 때문이다. 사실 그보다는 사군의 어미와 마찰이 일어날 것이 더 염려스럽기도 했다.

"자, 이젠 네 차례다. 너도 한번 연습을 해보거라."

사군은 말뚝 위로 폴짝 뛰어올랐다.

"아싸!"

한 번 본 것치고는 그래도 제대로 밟아가며 용케 앞으로 전진하던 사군이 중간쯤에 멈추어 서더니 더 이상 발을 옮기지 못했다.

"허허허, 잊어버렸구나."

아이의 뺨이 빨갛게 달아올랐다. 딴에는 몹시 자존심이 상했던 모양이었다.

"처음부터 잘하는 사람이 어디 있어요? 이번은 무효로 해야 해요!"

사군은 혹시 그것도 시합에 들어갈까 염려되는지 항의하듯 소리쳤다.

옳거니! 이럴 때는 치켜주어야 한다, 피곤한 일이기는 하지만.

"그래, 이 할애비는 그만큼 전진하는 데 열흘도 넘게 걸렸는데 대단하구나. 몇 번 더 연습해도 괜찮다."

칭찬으로 연습을 유도하려는 것이다.

"이거 말고 그냥 밟는 것으로 해요. 고노는 아는 거를 하고 나는 모르는 걸 해야 하니 불공평하잖아요."

사군은 억울하다는 듯이 말했다. 고노가 하는 것을 보았을 때는 잘될 것 같았는데 그게 안 되니 다른 방법을 찾아 이겨보려는 것이다.

'예리한 녀석.'

하지만 이럴 경우도 대비해 놓았다.

"험, 그건 옥황보(玉皇步)라 불리는 것인데 황실이나 왕실 자제들이 주로 하는 놀이란다. 쯧쯧쯧, 하긴 이런 촌구석에서 옥황보 같은 고급스런 놀이를 하려고 한 내가 잘못이지."

짐짓 꽤나 아쉬운 듯 고개까지 저어가며 말하자 사군은 눈을 동그랗게 떴다.

"옥황보?"

"옥(玉)! 황(皇)! 보(步)!"

어리지만 글줄은 제법 깨우쳐 옥이 무엇이고 황이 무슨 뜻인지는 아는 녀석이다. 황(皇) 자는 어디서나 귀한 대접을 받는 글자다.

"정말이에요?"

황실의 일이란 아무리 사소한 것일지라도 그 누구에게나 동경의 대상이 되는 법. 고노는 그 점을 염두에 두고 있었고, 그게 바로 어젯밤 늦게까지 머리를 짜가며 생각했던 오늘의 전략이었다.

"그렇지. 이 할애비가 젊었을 때 우연히 종실 자제 분들하고 사귀게 되었는데, 그 사람들은 커서도 이런 놀이를 하더구나. 뭐, 술만 들어가면 자주 하는 놀이라나? 아무튼 그걸 곁눈질로 완전히 배울 동안 놀이판에는 끼지도 못하고 그저 술만 퍼마셔야 했지. 그때는 일반 백성으로 태어난 것이 얼마나 서럽게 느껴지던지 눈물까지 찔끔 나더구나."

"아!"

사군은 그 아픔을 짐작하기라도 하는 듯 눈쌀을 찌푸려 가며 공감을 표시했다. 고노가 슬쩍 보니 녀석은 이것저것 생각해 보는 눈치였다.

'음!'

절대 이럴 때를 놓치면 안 된다.

"험! 네가 후일 그런 분들과 사귈 기회가 없을 수도 있으니 옥황보가 어렵다고 생각한다면 군이 익힐 필요는 없겠지만, 이 할애비는 그래도 한 수 배워두기를 권하고 싶구나. 사람이란 앞으로 무슨 일을 겪을지 모르니……"

마지막 일침을 가했다. 당연히 효과는 있었다.

"그 말이 맞아. 그런 거라면 아무래도 미리 배워둬야겠어."

마침내 사군이 고개를 끄덕였다.

고노는 쓴웃음을 지었다.

'옥황보! 정말 내가 생각해도 멋진 이름이야.'

고노의 표정은 흡족하게 바뀌었다.

하기는 무공이 아니라 황실 자제들의 놀이라니… 그의 예상대로 사군은 이마에 땀을 삐질거려 가며 한 시진 내내 그 놀이를 익히는 일에만 열중하고 있었다.

'휴우!'

하지만 속으로는 또다시 신세타령을 해가며 한숨을 내쉬어야 했다.

어린애를 가르치는 일은 정말 어렵다. 하지만 요령을 알고 나면 그렇지도 않다. 어린애들은 이상하게도 한번 흥미있는 일에 몰두하면 아예 정신을 빼앗겨 버리는 경향이 있다. 그럴 때는 누가 불러도 그저 귀찮아할 뿐이다.

사군은 황실 자제들이 즐긴다는 그 놀이에 푹 빠져 있었다. 고노로서는 정말 고마운 일이었다.

"이리 와. 고노도 같이 해!"

어느 정도 자신감이 생겼는지 사군은 그를 불렀다.

"그러자꾸나."

친절한 녀석. 어쩌면 예상보다 진도가 더 빠를지도 모르겠다.

"어이쿠!"

고노의 입에서 비명 소리가 절로 나왔다.

아침부터 징징거리며 우는 소리가 들려 내다보니, 저 아래 계곡 끝 오솔길에서 징징거리는 녀석을 질질 끌다시피 하고 초옥을 향해 씨근 덕거리며 올라오는 여인을 보았기 때문이다. 사군의 어머니였다.

"아차!"

아마도 어제 사군이 글공부를 하지 않은 것을 알고는 아이를 족쳐 전말을 알아내 자신에게 따지러 오는 것이 분명했다. 너무 놀란 나머 지 몸을 숨기려 숲 속으로 튈 뻔했다.

하지만.

그는 황급히 초옥으로 달려가 준비해 두었던 널빤지들을 들고 나무 아래에 잔뜩 세워두었다. 널빤지에는 숯으로 뭔가를 썼다가 지운 자국 들로 가득했다. 이런 일이 일어날 것을 대비해 자신이 숯으로 그림 연 습을 했던 것을 물로 지운 자국이었다.

'휴우, 미리 준비를 해두었기에 망정이지…….'

그는 사군 일행이 저만치 가까이 오자 재빨리 전음을 날렸다.

"사군아, 어제 공부를 했는데 어려워서 미처 제대로 익히지 못했다 고 말하는 거다. 사나이 약속!"

사군은 어리둥절했다. 사람은 저 멀리에 있었는데 말소리는 마치 옆 에서 나는 듯 선명했기 때문이었다.

"듣기만 해라. 이건 전음이라고 하는 건데, 무공을 익히면 절로 배우 게 되는 거야. 어머니는 듣지 못하니 걱정 마라."

멀리서 사군 녀석이 딴청을 피우며 고개를 끄덕이는 것이 보였다. 아비 없이 자라서 그런지 몰라도 또래에 비해 눈치 하나는 빠른 녀석 이었다. 가끔 쓸데없이 영악하기는 했지만.

"대체 아이에게 뭘 가르친 거죠?"

사군의 어머니는 다짜고짜 시비조였다.

사실 둘 사이의 관계로 따지자면 그렇게까지 심하게 나올 수 있는 사이는 아니었다. 하지만 이런 반응이 그녀가 의도적으로 자신을 멀리하려는 마음 때문이라는 것을 잘 알고 있었다. 그래서 그녀를 상대하는 것이 더 힘들었다.

"나, 나요? 난 그늘에 누워 군아가 글공부하는 것을 지켜본 죄밖에 없는데……."

고노는 정말 억울하다는 표정을 지어가며 그렇게 말했다.

덧붙여,

"가끔은 내가 세상 살아온 이야기도 해주기는 했지만, 그게 어떻게 잘못되기라도……?"

하며 사군이 어머니에게 말을 잘못 전달한 상황으로 몰아갔다.

"사실이냐?"

그녀는 사나운 눈매로 사군을 돌아보며 물었다.

"얼른 그렇다고 해. 저쪽 나무 아래에 네가 글씨 연습했다는 나무판을 가져다 두었다."

고노는 얼른 턱으로 나무판을 기대어 둔 나무 쪽을 가리키며 고갯짓을 했다. 이제 녀석을 믿는 수밖에 없다.

"저기! 저기에서 글공부했어요."

아직 거짓말을 능숙하게 하기에는 익숙지 않은 나이이기에 사군은 땀을 삐질거려 가면서도 기꺼이 거짓말에 동참해 주었다.

'역시! 귀여운 녀석!'

가끔은 이쁜 짓도 하는 놈이다.

고노의 얼굴에 흡족한 미소가 어렸고, 대신 사군의 어머니는 황급히 나무 아래로 달려갔다. 확인을 하려는 것이다.

공연한 오해라면 망신이다. 판자를 하나하나 집어 들고는 이리저리 살폈지만, 엉겁결에 하는 검사로는 사전에 철저히 대비한 고노의 완벽함을 뛰어넘을 수는 없었다.

"음, 제가 무례를 했군요."

사군의 어머니는 얼굴까지 붉혀가며 정중히 고개 숙여 사과했다. 역시 배운 여자라 뭔가 다르기는 했다.

'호호호, 자네라고 별수있으려고.'

확실한 판정승이다. 굳히기로 들어가야 한다.

"아닙니다. 무슨 오해가 있었던 모양이군요. 그저 글공부나 시키며 같이 놀아준 것이 전부였습니다. 저도 무공은 가르치지 않을 생각입니다. 그저 건강을 지켜주는 간단한 기공술(氣功術) 정도나 강도들의 공격을 피하는 방법이라면 모르겠습니다만……."

얼굴 하나 붉히지 않고 천연덕스럽게 말을 이어갔다.

이런 말이라면 평소 늘 해오던 것으로 주특기 중에서도 백미로 내세울 만하지 않은가. 기공술 운운한 것은 혹시라도 나중에 탄로날 것을 대비한 포석이었다. 아이의 장수를 위하고 노상강도를 피하게 한다는 데야 뭐라고 하겠는가.

"그 정도라면 저도 굳이 뭐라고 하지는 않겠어요. 하지만 본격적인 무공은 절대 안 돼요."

마치 다짐을 받아내려는 듯 말하며 얼굴을 굳히던 그녀는 사군을 돌아보았다.

"어제 무공을 배우지 않았다고 맹세할 수 있지?"

혹시나 하는 마음에 다시 한 번 확인하고 다짐을 받아두려는 것이다.

"절대 그런 일 없었어요. 고노가 심심해하기에 잠깐 같이 놀아준 적은 있지만."

어제 녀석에게 가르친 것은 옥황보 놀이가 아닌가. 하는 말에 거짓이 없으니 녀석은 눈빛조차도 당당했다. 누가 보더라도 진실을 가득 담은 초롱초롱한 눈빛이었다.

"제가 정말 실례를 범했어요. 하지만 앞으로도 군아가 그날그날 익혀야 할 것을 제대로 끝내지 못한다면 이곳에 계속 오게 내버려 두지 않겠어요. 제 입장을 잘 아시리라고 믿어요."

단호하게 말한 그녀는 가볍게 고개를 숙여 인사하고는 사군의 손을 잡고 끌었다. 오늘은 그냥 가자는 것이다.

'쯧쯧쯧!'

그런 모자를 보는 고노의 마음도 편치 않았다. 지금 그녀가 얼마나 고생을 하고 있는지 잘 알고 있기 때문이다.

이십 대 초반의 사군의 어머니는 타고난 미모가 웬만하기에 몸을 가꾸지 않아도 갓 시집온 새댁 정도로밖에 보이지 않았다. 그런 그녀의 미모는 서가촌 사람들에게도 화젯거리였다.

순박하기는 하되 타지에서 온 사람들에 대해서는 배타적인 것이 촌사람들의 공통적인 생리였기에 그들은 은근히 사군 모자를 멀리했다. 촌장 서씨의 배려가 아니었다면 그들 모자가 이곳 서가촌에 발을 붙이는 일조차 쉽지 않았을 터였다.

그렇다고 두 모자와 촌장 서씨가 특별한 인연이 있었던 것은 아니다. 촌장 또한 마을을 떠나 있는 아들의 부탁으로 사군 모자를 받아들인 것이 전부였다.

촌장은 마을에서 좀 떨어진 계곡 바로 아래 사람이 살지 않는 집을 소개하고, 농사지을 땅을 조금 떼어주어는 등 사는 데 필요한 약간의 인정을 베푼 것이 고작이었다.

그녀를 두고 한동안 촌사람들은 말이 많았다.

걸음걸이며 품행이나 말투는 물론, 자식의 글공부를 위한 열의 등을 볼 때, 적어도 글줄이나 읽은 뼈대있는 선비 집안 출신의 여자임이 분명하다는 것이 서가촌 사람들의 공통된 의견이기는 했다.

한동안 그들은 수시로 사군의 어머니를 도마에 올리고 입방아를 찧어댔었다.

몇몇 사람들은,

"처녀가 몰래 정을 통해 아이를 낳게 되자 도망온 것이 틀림없어."

"얌전한 고양이가 부뚜막에 먼저 올라간다더니, 겉보기에는 전혀 그렇지 않은데……."

"그러게 사람이란 겉만 봐서는 알 수 없다고 하지 않던가?"

하고 말하는 사람들이 있었는가 하면,

"나라에 죄를 지은 집안에서 아들만이라도 살리려고 도망을 치게 한 것인지도 몰라."

"맞아. 행실을 보게, 어디 그렇게 정분이나 흘리고 다닐 여자로 보이던가?"

하고 말하는 사람도 있었다.

그들은 젊은 여자 혼자서 달랑 아이 하나만 데리고 이런 촌구석에 온 것을 의아해했기에 저마다 구구한 억측을 내놓으며 화제에 올리곤 했다.

사군 모자는 서가촌의 이방인이고 외톨이였다.

사군과 고노가 가까워진 것 또한 그리 오래된 일은 아니었다.

두 모자가 이곳으로 이사 온 지 며칠 되지도 않아 고노도 학산 계곡
에 와서 자리를 잡았다. 그의 초막은 사군의 집과 불과 삼사십여 장에
이를 정도로 그리 멀리 떨어지지 않았다. 혼자 놀며 심심해하던 사군
이 학산을 흘러내리는 시냇가에서 놀다가 우연히 고노를 만나게 되어
사귀게 된 것이 전부였다.

적어도 표면상으로는 그랬다.

고노(孤老).

언젠가부터 사군의 어머니는 그를 그렇게 불렀다.

사고무친(四顧無親)한 노인이라는 것인지, 혹은 고독을 좋아한다는
노인네라는 말인지, 아니면 둘 다인지는 모르겠지만, 자신을 표현하는
가장 적당한 이름 같기는 했다.

'휴, 내일부터 당장 천심통(天心通)부터 가르쳐 책을 잘 외울 수 있
도록 하는 일이 급선무로군.'

고노는 순서를 바꾸기로 했다. 천심통은 정신 집중 효과가 뛰어나
무엇을 외우는 데는 그 이상이 없다. 자신의 거짓말을 더 쉽게 알아채
는 부작용이 나타날 수 있기는 하겠지만.

"끙!"

고노의 입에서 신음성이 흘러나왔다.

수십 장 높이의 가파른 절벽에 매달린 그의 이마는 땀으로 범벅된
흙덩이가 잔뜩 묻어 있었다. 작은 소나무 한 그루가 절벽에 위태롭게
자리 잡고 있었는데, 우연히 흙덩이가 무너지며 뿌리가 드러났고, 그중
하나가 뿌리에 붙은 붉은 버섯의 중앙을 뚫고 나와 있었다.

복신(茯神)이었다.

‘지랄맞을!’

고노의 불평은 절벽 아래를 지나다가 우연히 적복령을 발견하면서 시작되어, 암벽을 타고 올라온 지금까지 이어지고 있었다.

이놈의 소나무는 어째 이런 절벽의 중턱에서 생겨났으며, 이 망할 적복령(赤茯笭)은 왜 하필 이 소나무에 터를 잡았느냐 말이다.

‘조심, 또 조심!’

아이 주먹보다 작은 돌덩이 하나에 발을 얹고, 절벽에 안기듯 매달린 그는 조심스레 소나무 뿌리를 잘라내고 적복령을 챙겨 품속에 넣었다. 누가 보더라도 위태위태한 모양새였지만, 사실 이런 작업은 그에게 그리 어려운 일은 아니다. 다만 위에서 흙덩이들이 굴러내려 고스란히 얼굴로 떨어지고 있는 것이 유일한 불만일 따름이다.

복신!

흙덩이를 맞아가면서도 오르지 않을 수 없었던 것은 바로 이 버섯 때문이었다.

그는 사군에게 여러 가지 영약을 먹이고 있었다.

복신은 청룡보양탕(青龍補陽湯)을 위한 준비였다.

청룡보양탕에 들어가야 하는 약재는 양기를 보(補)하는 것이 주종으로, 산수유(山茱萸), 맥문동(麥門冬), 적복령(赤茯笭), 감국(甘菊), 기양초(起陽草) 등등… 아흔아홉 가지나 된다. 약재에 따라 어떤 것은 잎을, 또 어떤 것은 뿌리, 열매, 줄기를 각각 써야 한다.

복령 중에 최고로 치는 것이 바로 소나무 뿌리를 품고 자란 놈으로, 신의 경지에 이른 귀한 것이라 하여 복령의 신, 복신(茯神)이라 불린다.

그러기에 복신을 넣은 청룡보양탕은 고노 자신도 먹어본 적이 없었을 정도로 귀했다.

'복도 많은 놈!'

입가에 미소가 걸렸다.

복신을 우연히 발견한 것은 자신이었지만, 녀석의 복은 절벽에 매달린 자신의 얼굴에 흙덩이를 뒤집어쓰게 만들고 있었다.

하긴 이보다 더 고생스러웠던 적이 한두 번이었겠는가.

이곳에서 만드는 빙당호로는 그가 사군에게 기울이는 정성만큼이나 특별했다. 원래 산리홍(山梨紅) 열매에 설탕을 묻혀 녹여 만들지만, 고노의 빙당호로는 모양만 그럴듯할 뿐 온갖 약재로 만들어진 보약의 정화였다.

밀종의 무공은 양기를 극한으로 끌어올려 펼쳐야 제 위력을 발하기에 체질을 온양지체(溫陽之體)로 바꾸어주는 것이 무엇보다 기본이다. 그것을 위해 밀종의 제자들은 사문 비전의 청룡보양탕을 꾸준히 복용해 체질을 최대한 바꾸려고 노력한다. 속을 데우고 양기를 돋우는 온신고정(溫腎固精)의 상태를 만들기 위해 탕으로 만들어 먹어야 좋지만, 녀석이 좋아하지 않을 것이 뻔하기에 빙당호로로 만들어주는 것이다.

그동안 사군이 쉽게 속아 넘어갔던 것은 고노가 노심초사(勞心焦思) 끝에 포장마저도 그럴듯하게 만들었기 때문으로, 맛에도 신경을 썼고 색도 그럴듯하게 맞추었던 까닭이다.

지황 중에 으뜸이라는 구지황(九地黃)을 만들기 위해 지황(地黃)을 술에 푹 담갔다가 아홉 번이나 쪄서 말려야 했던 일이나, 석창포(石菖蒲:창포의 일종)를 찾기 위해 며칠 동안 온 산을 헤집고 다녔던 일에 비하면 이렇게 절벽을 타는 일은 식은 죽 먹기에 속했다.

"퉤! 내 더러워서!"

또 흙덩이가 굴러내리자 살짝 벌린 입술 사이로 들어간 흙을 침으로 밀어 뱉어내야했다.

'도로애비타불!'

"쌔액… 쌔액……."

자는 모습도 귀엽다.

사군이 낮에 자는 습관을 가지게 된 것은 순전히 자신 탓으로, 멀쩡히 앉아 쉬는 놈의 수혈(睡穴)을 짚어 자게 만드는 것이다. 고노는 모이를 쪼는 암탉의 주둥이처럼 손을 빠르게 움직여 사군의 전신 경락을 두드려 댔다.

청룡타혈공(靑龍打穴功).

밀종 수련법의 일종으로, 경혈에 끊임없는 자극을 가함으로써 기의 활동을 왕성하게 하여 양기를 빠르게 증진시키는 수법이다.

수년에 걸쳐 조금씩 진기를 쏟아 부어주는 것이기에 밀종의 모든 제자가 청룡타혈공에 의한 도움을 받을 수 있는 것은 아니다. 타혈을 하는 사람의 능력이 상당한 수준에 이르지 않으면 불가능하기에 호법이나 장로 등 원로급의 적전(嫡傳)제자가 아니면 감히 이런 특별한 대우를 받을 수 없다.

'복도 더럽게 많은 놈!'

이마에 이내 땀방울이 맺혔다.

학산 뒤편 공터의 세월은 불쑥불쑥 커가는 사군의 키만큼이나 빨리 지나갔다.

옥황보로 개명된 유가무상보를 가르치기 시작한 지도 벌써 이 년이 넘었다.

생각보다는 배워가는 진도가 빨라 고노는 내심 크게 만족하고 있었다. 그는 사군이 만날 수 있는 유일한 스승이자 친구이기도 했기에, 두 사람이 하루 종일 붙어 있으니 어찌 보면 당연한 결과였다. 명문정파의 수제자라 한들 이들보다 더 가깝게 지낼 수 있겠는가.

"군아, 명산(名山)에 가면 가끔 사람들은 큰 바위에 유명한 글귀를 새기기도 한단다. 너도 그런 글들을 보았는지 모르겠구나."

고노는 질문하듯 말했다.

"맞아, 나도 책에서 읽은 일은 있어. 사람들이 그런 글귀를 보며 감탄했다고 써 있었어."

사군은 책에서 그런 글을 읽은 기억을 떠올리며 대답했다.

'호호호.'

내심 회심의 미소를 머금었다.

"그렇지. 그 사람들이 감탄하는 것은 문장도 문장이려니와 험한 바위에다 글을 새긴다는 것이 보통 일이 아니기 때문이란다."

"그럴 거야."

사군이 고개를 끄덕이며 맞장구를 쳤다. 몇십 장 혹은 몇백 장이나 한다는 가파른 바위에 글을 새긴다는 것이 어디 보통 일인가.

"하지만 유명한 사람이 되려면 그런 것쯤은 손쉽게 쓸 수 있는 실력 정도는 배워둬야 하지 않겠니?"

고노는 미리 정한 수순에 따라 말을 풀어갔다.

"나도 배울 수 있어?"

초롱초롱한 눈빛이 흔들렸다.

"그럼, 너라고 왜 안 되겠냐? 배울 때 좀 힘이 들기는 하지만 누구나 손쉽게 배울 수 있다면 책에까지 써둘 정도로 칭찬을 했겠느냐? 하지

만 그건 몇 달만 고생하면 평생 잘 써먹으며 유명해질 수 있는 기술이
란다.”

밤새 머리를 굴리며 생각해 낸 잔꾀였다.

청룡대수인(靑龍大手印)!

오늘 사군에게 가르치려고 작정한 무공이다.

서장(西藏) 좌도밀종(左道密宗)의 상징과도 같은 장법으로 백수십 년
간 무림에 모습을 드러내지 않았다.

청룡대수인. 한때 무림에서 실전되었다는 풍문이 떠돌더니 이제는
그들의 기억에서조차 지워져 버린 절학. 고노가 무림에 출도해 강호를
횡행하였을 때도 단 한 번도 선보이지 않았던 무공이었다. 그럴 필요
조차도 없었기 때문이다.

“정말?”

“거럼!”

가르친다고 하여 당장 사군이 그걸 펼칠 수는 없겠지만 그가 시도하
는 것은 형(形)이다. 갈 길이 머지않은 자신의 나이를 생각하면 서둘러
야 했다.

“하지만 너무 위험할 것 같은데…….”

사군은 불안한지 그렇게 대답했다.

어리지만 제 목숨 아까운 것은 아는 놈이다. 중요한 기로다. 이럴 때
는 얼른 응급 처방을 내려야 한다.

“헛헛헛, 그건 네가 모르는 소리란다. 보통 사람들이 보기에는 무척
위험해 보이지만, 그래서 사람들이 그토록 존경하는 이유이기도 하지.
하지만 사실 이 기술을 배운 사람에게는 그저 놀이에 불과한 정도란다.
내가 시범을 보이마.”

그는 사군을 이끌고 산 중턱에 약간 비스듬히 서 있는 큰 바위가 있는 곳으로 데려갔다. 이미 어제저녁에 생각해 둔 곳이었다.

"잘 보렴."

경사가 완만해 그리 위험해 보이지는 않지만 어린 사군의 눈에는 달리 보였다.

"와, 저런 곳도 돼?"

그는 대답 대신 바위를 향해 부드럽게 몸을 날렸다. 마치 붕새처럼 자연스럽게 바위에 다가간 그의 손에서 순간적으로 번쩍 하며 홍광(紅光)이 나왔다가 사라졌다.

파파파팟!

돌 가루가 튀더니 어느새 바위 위에 세 개의 글자가 새겨졌다. 고노는 팅기듯 몸을 뒤로 날려 가볍게 사군 곁에 섰다. 누가 보더라도 조금도 불안하다는 생각이 들지 않는 깔끔한 동작이었다.

"어떠냐?"

사실을 밝히자면 청룡대수인이 아니라 청룡반야지법(靑龍般若指法)을 펼친 것이지만, 녀석이 알 턱이 없으니 상관없다.

"우와!"

사군은 진심으로 감탄해 마지않았다.

'휴우.'

내심 한숨을 쉬었다. 두 가지 모두를 가르치려면 아무리 형(形)만 가르친다고 해도 족히 일 년은 넘게 보내야 할 것이다.

사군암(思君岩).

잘 쓴 글씨는 아니지만 돌 가루가 날리며 깊게 파인 글씨가 드러났다.

사군은 입을 다물 줄 몰랐다. 멋진 동작도 동작이려니와 자신의 이름이 새겨진 바위를 보고 너무 기분이 좋았던 까닭이다.

"어떠냐, 내가 위험해 보이더냐?"

"아니, 정말 너무 멋있었어. 나도 꼭 배우고 싶어!"

초롱했던 눈은 마치 무엇에 홀린 듯 초점을 잃고 있었다.

"이게 바로 유필각법(遊筆刻法)이라는 수법이다. 지금 잘 배워두면 후일 필히 쓰임새가 있을 것이다."

엄숙한 표정을 지으며 말했다.

청룡대수인이 졸지에 바위에 글씨나 새기는 유필각법이라는 그럴듯한 필법(筆法)의 이름으로 환골탈태를 하는 순간이다. 영자팔법(永字八法)이라 부르지 않아도 되는 것이 그나마 다행이다.

그의 노력은 누가 보더라도 가상하다 할 만했다.

"그렇구나. 꼭 가르쳐 줘야 해!"

'휴, 정말 힘들군.'

덕분에 뺀질거리던 이마에 주름살이 하나 생겼다.

녀석의 아비가 그렇게 졸랐어도 가르쳐 주지 않았던 사문의 절학이었다. 알려주는 것이 아까워서 그랬던 것이 아니라 적전제자에게만 전수하라는 선사의 유언이 있어 어쩔 수가 없었다.

하지만 이런 절학을 가슴에 묻고 그대로 죽었다가 십팔 층 지옥까지 그 미련을 가져갈 수는 없는 노릇이다. 지금이라면 극락이나 지옥에 가 계실 선사께서도 뭐라고 하시지는 못할 것이다.

'에잉, 도로애비타불이다.'

"그렇지 조금만 뒤로!"

고노는 땀을 뻘뻘 흘려가며 사군의 발을 목 뒤로 꺾는 데 힘을 쏟았다.

"아파! 그만 해!"

"허! 유필각법을 익히는 일이 그리 쉬운 거라면 천하에 할 줄 모르는 사람이 누가 있겠느냐. 한 달 정도만 고생하면 그때부터는 쉽게 구부러지니 그 정도는 참아야 해! 유필각법이야, 유필각법!"

"끙!"

그러자 사군이 불평 대신 힘껏 용을 썼다.

한 달이랬다. 절벽에 글씨를 새기는 유필각법이 한 달이란다.

"옳지! 됐어!"

고노의 얼굴에 희색이 만면했다.

아직 나이가 어리니 조금만 신경을 써주면 팔다리가 휙휙 꺾어졌다. 활처럼, 버들처럼, 종이처럼 휘어지고 구겨지는 몸. 사문의 절예인 청룡투(靑龍鬪)를 익히기 위해서는 반드시 거쳐야 하는 고난한 과정이다.

오늘은 점혈법(點穴法)을 가르치기로 했다.

"군아, 우리 재미있는 놀이 하나 하련?"

"그게 뭔데요?"

눈이 반짝 빛났다.

"사람을 꼼짝 못하게 하는 방법이란다. 급소를 눌러서 그렇게 만드는 것이지."

"외울 것이 너무 많은 건 싫은데……."

녀석은 머리가 굵어지면서 요령도 늘었고 그만큼 게을러졌다. 절학을 이런 방법으로 가르치리라고는 생각지 못했다. 이젠 지긋지긋하다. 하지만 어서 가르치고 눕고만 싶기에 참아야 한다.

"걱정 마라. 많기는 하지만 몇 개씩만 외우면 금방이다."

"그런데 급소를 누르면 어떻게 꼼짝 못하게 돼요?"

"중부혈(中府穴)!"

고노는 손가락을 들어 천천히 사군의 왼쪽 중부혈을 짚어갔다. 잘 보라는 것이다.

"왜 그래요?"

갑자기 손가락으로 찔러오는 그를 보고 사군은 무슨 짓이냐는 표정으로 눈을 동그랗게 뜨고 물었다.

'엉? 너무 오랜만이라 내가 잘못 짚었나?'

고노는 순간적으로 놀랐다.

중부혈은 폐경(肺經)의 요혈로서 쇄골 아래 어깨 쪽에 있는 급소다. 일단 점혈을 당하면 잠깐 동안 팔을 움직일 수 없다. 그런데 눈을 동그랗게 뜨고 왜 그러냐고 되묻다니…….

'흠, 그건 아닌 것 같은데…….'

사군을 이리저리 살피며 원인을 생각하던 고노는 우습게도 사군이 팔을 전혀 움직이지 않고 있어 자신의 몸에서 일어난 변화를 모르고 있다는 사실을 알았다.

'휴우, 난 또…….'

써먹어 본 지가 너무 오래되어 혈도를 잘못 짚었나 하는 생각까지 했었다.

"왼팔을 들어봐라."

사군이 팔을 들려다가 얼굴을 찡그렸다.

"악!"

비명 소리와 함께 인상을 팍 쓰는 것이 나중에 따지고 들 기세라 고노의 손이 번개처럼 움직여 혈도를 풀어주었다.

"이젠 괜찮지?"

그렇게 말하며 사군의 왼팔을 번쩍 올려 보였다.

"어?"

금방이라도 울음이 터질 듯하던 사군의 얼굴이 순식간에 다시 펴졌다.

"이젠 네가 해보아라."

당해주기도 해야 한다.

자꾸 녀석을 귀찮게 굴었다가는 좋은 결과가 나올 리 없다. 고노는 가슴을 펴고 사군이 편하게 혈도를 짚을 수 있게 해주었다.

"음, 손가락을 요렇게 하고……."

사군은 조그만 검지로 그의 중부혈을 눌렀다. 자세한 곳을 모르니 자신이 당한 부위를 어림잡아 누른 것이다. 점혈이 될 까닭이 없다.

하지만!

"어억!"

팔을 감싸 쥐고 비명을 지르며 고통에 찬 표정을 지어 보여야 했다. 이 짓도 정말 못해먹을 짓이다. 그는 인상을 찡그린 와중에도 사군이 크게 기뻐하는 것을 놓치지 않았다.

'이쯤 하면 됐겠지.'

잠시 후에 고노가 팔을 펴고 휘둘렀다.

"휴우, 이제 겨우 펴졌구나."

“어, 내가 눌러주지도 않았는데?”

예리한 녀석. 조심 또 조심이다.

“흠, 그건 그곳을 누르는 것은 원래부터 잠시가 지나면 풀리게 되어 있기 때문이란다. 그런 급소를 가리켜 마혈(麻穴)이라고 한단다.”

“아, 그렇구나.”

“앞으로 수시로 연습을 하도록 하자꾸나.”

“좋아요.”

일단 효과를 보고 나니 배워야겠다는 생각을 굳힌 모양이다. 사군의 혈도 수업은 그렇게 시작되었다.

‘자아식!’

회심의 미소를 지었다. 사혈(死穴)은 나중에 가르치더라도 마혈(麻穴), 훈혈(暈穴), 활인혈(活人穴) 등을 모두 가르치려면 족히 몇 달은 필요할 것이다.

무공을 가르치기 시작한 지도 벌써 오 년이 되었고 사군도 어느덧 열 살이 되었다. 이제는 놈에게도 검을 가르쳐야 했다.

이마 주름살도 제법 그 수가 늘어났다. 어젯밤에도 그는 사군을 가르치는 방법에 매달려 밤잠을 설쳐야 했다. 녀석 때문에 몇 년은 족히 일찍 죽을 것이 틀림없다.

“강호에는 신기한 일들이 많단다. 가끔 산길을 걷다 보면 성성이를 만나기도 하지.”

“사람같이 생겼다는 원숭이?”

“그렇지. 그중에서도 가장 위험한 것이 몇백 년씩 묵은 금모(金毛) 성성이라 할 수 있지. 그런 놈들은 사람을 만나면 그 자리에서 쭉 찢어

으적으적 씹어 먹어버리는 놈들이지."

"사람을 찢어 먹어요?"

놀란 사군은 눈을 휘둥그렇게 떴다.

"그럼. 그놈들의 주식이 바로 사람이라 할 수 있지. 놈들이 특히 노리는 것은 몇 명씩 무리 지어 상행을 다니는 행상들이지. 그런 사람들은 무공이 약해 상대하기가 쉽다는 것을 경험으로 잘 안단다."

오늘의 화두(話頭)는 검술이고, 그 전략은 강공이다.

이제는 달래가며 가르치는 것도 지쳤고, 이제 사군도 어느 정도 말귀를 알아듣기에 그에 따라 전략도 계속 바뀌어갔다.

"그럼 상인들은 어떻게 하나요?"

"대개는 자신의 명이 짧음을 한탄하며 금모 성성이의 밥이 되고 만단다. 하지만 그래도 평소에 간단한 검법이나 단봉술(短棒術)이라도 익혀둔 사람들은 금모 성성이와 대결을 벌여 살아남기도 하지. 그런 사람들이 아니었다면 금모 성성이의 존재도 세상에 알려지지 않았을 게다."

사군의 표정이 심각하게 변했다. 제 모가지 하나는 더럽게 아끼는 놈이니 당연한 반응이다.

"네가 상인이 되겠다니 그거라도 가르쳐 주고 싶은 마음이야 굴뚝같다만, 휴우, 자칫 네 어머니가 사람을 해치는 무공으로 알고 소동을 피울까 그게 걱정이 되는구나."

고개를 좌우로 설레설레 흔들며 자못 안타깝다는 표정까지 지었다.

"맞아요. 그러실 거예요."

늘 그렇듯 이번에도 사군 녀석은 어머니에 대해서 약한 모습을 보이고 있다. 공연히 어머니 얘기를 했다. 이러면 안 되는데… 고노의 조급

증이 도졌다.

'에라!'

또 한 개의 빙당호로가 주어졌고 강공은 계속되었다.

"험, 그러니까 네놈이 멀리 상행(商行)을 나갔다가 길에서 강도를 만났다고 치자. 어쩔 테냐?"

아까부터 기다렸는지 사군은 빙당호로를 빼앗듯 낚아채 입으로 가져갔다. 하지만 입에서 나오는 것은 바라던 말이 아니었다.

"역시 그거였군요? 흥, 사실은 저도 금모 성성이에 대해 책에서 읽은 기억이 있어요. 사람 말을 잘 알아들어 심부름도 잘해 아주 착하다고 쓰여 있던데, 공연히 착한 금모 성성이를 팔아 무공을 가르치시려고 그러는 거죠? 고노 나빠요. 쪽쪽!"

'젠장!'

어떤 미친놈이 그런 쓸데없는 얘기를 책에다 써놓았다는 말인가! 정말 빌어먹을 놈이 틀림없다. 듣던 대로 세상에 하릴 없는 놈이 많기는 많은 모양이다.

아무튼 그런 놈들 때문에 며칠 머리를 싸매 짜낸 작전이 수포로 돌아갔다. 틀림없이 먹힐 것이라고 믿었는데…….

오늘 두 사람의 화두는 진실된 무공을 익힐 것이냐 말 것이냐였다. 다행히 녀석은 자신이 수년간 무공을 익혀왔다는 것을 아직 실감하지 못하고 있었다.

"강도가 나타났다니까!"

강도라는 말에 바짝 힘을 주자 이마에 핏줄이 섰다.

"달아나야지요. 쪽쪽!"

그래도 몇 살 더 먹더니 윗사람 공경하는 것은 알아가지고, 요즘 들

어 자신에게 꼬박꼬박 존댓말을 해주니 그런대로 기분은 좋은 고노였
다. 하지만 빙당호로를 쪽쪽 빨아대며 약을 올리듯 대꾸하는 녀석의
낯짝을 계속 보자니 속에서 슬슬 열불이 나기 시작했다.

"강도가 계속 쫓아오면?"

언성이 올라갔다.

하지만 목소리만 컸지 별 볼일 없다는 것을 아는 사군 녀석은 꿈쩍
도 하지 않았다.

"계속 달아나지요. 쪽쪽!"

별걸 다 묻는다는 표정이었다. 아까부터 빙당호로를 빠는 소리가 평
소보다 유달리 큰 것을 보니, 녀석이 일부러 약을 올리려고 그러는 것
이 틀림없었다.

'망할 놈!'

얼굴에 홍조까지 어렸다.

제풀에 흥분하기 시작했다는 증거였다. 하기는 밀종 최고의 검법을
가르쳐 주기가 이렇게 힘드니 흥분할 만도 했다. 숨결도 한결 거칠어
져 콧김까지 풀풀 나왔다.

"강도가 끝까지 따라오면?"

말소리 끝이 더 올라갔고 어느새 얼굴마저도 균형을 잃고 일그러졌
다.

"그땐, 음… 죽어야지요. 쪽쪽!"

녀석은 자신의 그런 변화를 즐기는 눈치였다. 나쁜 놈!

'그걸 말이라고 하냐, 이 썩을 놈아! 그렇게도 뒈지고 싶으냐?'

속이 부글부글 끓었다.

하고 싶은 말이 정말 너무 많았지만, 불행하게도 그의 간은 사군의

성질을 건드릴 만큼 크지는 않았다. 정녕 습관이란 무서운 것. 어느새 그는 알게 모르게 녀석에게 쩔쩔매는 신세로 전락해 있었다. 하긴 처음부터 그랬지만.

고노가 보기에 녀석은 쓸데없는 책만 잔뜩 읽어 주둥이질만 늘어난 것이 틀림없었다. 문득 천심통을 가르쳐야 했던 상황이 원망스럽기까지 했다. 아무튼 반전의 기회를 잡기는 했다.

"거봐라. 남을 죽이지는 않더라도 네 한 몸 지킬 정도는 배워두어야 하는 것이 아니냐? 상인이 될 거라고 해서 무공을 몰라도 되는 것은 절대 아니란다. 비싼 물건을 가지고 이 지방 저 지방 떠돌다 보면 도적은 물론 목숨까지 빼앗는 강도도 부지기수로 만나기 마련이다. 몸이 시원찮아 보이는 상인을 보면 강도질을 할 생각이 없던 사람도 견물생심(見物生心)에 강도로 돌변하는 것이 세상 인심이란다. 그래서 상인들 중에는 일부로 비싼 은자를 낭비해 가며 무도관에 가서 무공을 익히는 사람이 많이 있지."

"그럼 저보고 무공을 배우라는 말씀이세요?"

사군의 눈꼬리가 올라갔다.

어미 말이 귀에 박혀 세뇌까지 당한 놈이니 저런 주둥이질을 해대는 것이다. 속은 점점 뒤집히고 있었다.

'망할 놈!'

가르치려는 것은 좌도밀종 최고의 검법이다.

"그게 아니라, 강도들의 도검을 막아내는 방법을 배우라는 것이다."

침이 튀었다. 생각 같아서는 침에 은근한 내공을 실어 녀석의 면상에 튀겨주고 싶었다. 낯짝이 따가울 정도의 내공이 실린 침을.

"그게 무공을 배우는 것이 아닌가요?"

정말 귀찮고 지겨운 놈이다. 이제 뭐를 배우는 것이 자신에게 필요한지 알 때도 되었건만… 무공이라는 말에 관한 한 녀석은 도통 발전이라고는 없었다.

"아니라고 말할 수는 없겠지만 공격 방법은 몰라도 자신을 지키는 방법은 반드시 배워둬야 한다는 것이다. 강도의 공격을 계속 막아내다 보면 놈들도 결국은 지쳐서 돌아갈 것이 아니냐?"

말에 힘이 빠졌다.

"그런 것 같기는 한데……."

그 말에 다시 화색이 돌았다.

쳐다보고 있던 사군은 문득 하늘을 쳐다보았다. 한마디 할 때마다 급격하게 표정이 바뀌는 고노가 무척 이상스럽게 생각되었기 때문이다. 나이가 들면 날씨 변화에 민감해진다고 했던가.

하늘은 멀쩡했고 날씨도 좋았다.

'거참!'

사군은 고개를 저었다. 공연히 성질을 돋운 것 같기는 했는데, 말을 하다 보니 이상한 방향으로 흘렀다는 것을 깨달았기 때문이다. 상대의 말이 점점 그럴듯하게 들렸다.

고노의 관심은 오로지 하나였다.

'옳거니!'

녀석이 동조하는 이럴 때를 놓치지 말고 바짝 조여야 했다.

"특히 너같이 희멀겋게 생겨먹은 놈은 강도들의 표적으로 딱이지. 흐흐흐."

눈을 매섭게 뜨고 살기를 무럭무럭 피워 올려 사군을 노려보았다. 내력을 모두 동원해 펼친 살기는 그가 끌어낼 수 있는 최고조의 것이

다. 덧붙여,

"칼을 든 강도의 먹잇감!"

하며 두 눈에 내력을 잔뜩 끌어모아 살광을 팡팡 쏟아냈다.

"으헉!"

무림의 일류고수라도 섬뜩할 정도의 살기였다. 하물며…….

예상대로 크게 놀란 사군의 얼굴이 새파랗게 질렸다.

고노도 사군의 약점을 알고 있다.

분위기 조성을 위한 것일 뿐이지만 아직 어린 녀석이다 보니 주둥이질은 비약적으로 발전했어도 이런 시답잖은 연기에는 무척이나 취약했다.

"적어도 자기 모가지는 자기가 지킬 수 있어야지. 그렇지 않냐?"

숨 막히는 살기.

겁을 먹은 사군의 고개가 절로 끄덕어졌다. 솜털을 곤두서게 하는 그 살기를 누가 감당할 수 있단 말인가.

"나도 귀찮게 검술까지 가르치고 싶지는 않다만, 휴우, 그놈의 정이 대체 뭔지… 네놈이 나보다 먼저 죽는 꼴은 정말이지 상상하기도 싫구나. 그래도 한동안 꽤 정이 들었는데……."

내력을 풀고 최대한 안타까운 표정을 지어가며 말했다. 녀석은 정에 약한 놈이기도 했다.

사군의 얼굴에 점차 불안감이 떠오르더니 이내 얼굴 전체를 덮어 곧 죽을 놈처럼 처연한 그것으로 바뀌었다.

'흐흐흐!'

말발이 먹힌다는 증거! 더욱 조여야 했다.

"휴우, 그래도 네놈은 오래 살아야 하는데……."

징그럽게도 슬픈 고노만의 표정이 또 나왔고, 예상대로 반응은 즉시 왔다.

"고, 고노의 검술을 배우면 그런대로 웬만한 강도들은 물리칠 수 있겠지요?"

"물론이지. 얼마나 열심히 하느냐에 달린 일이기는 하지. 대신 네 어머니에게는 절대 비밀이다."

늘 있는, 꼭 필요한 마지막 절차다.

"알겠어요."

사군은 마침내 고개를 끄덕였다.

그동안도 배우고 싶기는 했지만 어머니의 엄명 때문에 선뜻 나서지 못한 이유도 있었다. 하지만 적어도 일찍 죽고 싶지는 않았다.

'에이구!'

그제야 얼굴을 펴고 안심했다.

삼밀가지검법(三密加持劍法)!

지금은 좌도밀종의 원류인 서장에서조차 찾아볼 수 없을지 몰랐다.

'휴우.'

속으로 또 한숨을 쉬어야 했다.

새로운 무공을 가르칠 때마다 나오는 한숨이다. 좌도밀종 최고의 검법을 가르쳐 주는 것이 어찌 이다지도 힘들단 말이냐! 그제야 여유를 찾은 그는 소매로 이마와 정수리에 흐르는 땀을 훔쳤다.

사군의 검법은 그렇게 시작되었다.

'아무래도 이상해.'

집으로 돌아온 아들이 심심풀이로 내젓는 손동작에서 문득 무인들의 무공이 연상되는 것을 본 사군 어머니의 아미가 찌푸려졌다. 공터에 나가기 시작한 지도 몇 년이 넘은 어느 날이었다. 아무래도 의심을 지울 수 없었다.

"헛! 헛!"

사군은 그녀가 길을 나설 때 뱀을 쫓기 위해 들고 다녔던 긴 작대기를 휘두르고 있었는데, 그 자세가 무척이나 눈에 거슬렸던 때문이다.

"무공을 배웠니?"

"아, 아니요!"

아니라고는 하지만 얼굴에 써 있는 대답은 '그래요' 였다.

'음! 이 노인네가 또!'

사군 어머니는 입 안의 마른침을 삼켰다.

다음날 그녀는 일을 나가는 척하다가 몰래 아들의 뒤를 밟았다. 멀찍이 숨어서 두 사람의 하는 양을 지켜보려는 것이다. 하지만 그녀의 움직임은 고노에 의해 낱낱이 파악되고 있었다.

'흐흐흐, 그럴 줄 알았지!'

이십여 장 밖의 미세한 기척! 사군의 어머니가 몰래 숨어서 두 사람이 하는 짓을 관찰하려는 것임을 알고 있었다. 무공을 모르는 사람이라면 아무리 조심을 한다고 해도 그 정도 거리에서 고노의 오감(五感)을 피할 수는 없다.

"군아, 네 어머님이 몰래 보고 계시니 모른 척하고 오늘은 공부만 해야 한다."

그것으로 끝이었다.

두 사람은 그날 하루 종일 공자 왈 맹자 왈 해가며 열띤 학업 시간을 보냈다. 가끔 옥황보 놀이를 하기도 했다. 아주 가끔. 하지만 고노의 생각처럼 사군의 어머니 또한 그리 만만한 여자는 아니었다.

'틀림없이 뭔가 있어!'

현장을 눈으로 확인하지는 못했지만 사람에게는 육감이라는 것이 있기에 마음 한구석에 남는 찜찜함을 떨치지 못하고 있었다. 아무래도 고노가 자신의 움직임을 눈치 챈 것 같았다.

그러고 보니 무공이 제법 되면 눈귀가 보통 사람의 몇 배에 이른다는 말을 들은 기억도 났다.

'오늘은 기어코!'

며칠이 지난 후 그녀는 일을 나가는 척하며 이번에는 공터 멀찍이 반대 편 산기슭으로 올라갔다.

어차피 산에 온 김에 산나물 따위를 캐며 시간을 보내던 그녀는 적당한 시간이 되자 공터가 잘 보이는 곳으로 가서 몸을 숨겼다. 거리가 제법 멀어 윤곽만 보이는 정도였지만 누가 누군지 알아보기에는 충분했다.

"어머!"

고노는 아무것도 가르치지 않고 있었다.

다만 사군이 목검으로 짐작되는 막대기를 휘두르고 있었는데, 연속적으로 휘두르는 자세가 하루 이틀에 익힌 솜씨가 아니었다. 아들만 아니라면 크게 감탄하며 칭찬까지 해주고 싶을 정도였다.

"아!"

소나무를 잡고 기대선 몸이 휘청했고, 쓰러지지 않으려고 나뭇가지를 잡고 있던 손마저도 바들거리며 떨고 있었다.

"아니, 이 녀석이 왜 오지 않지?"

해가 서쪽으로 기우는 판에도 사군이 나타나지 않자 고노는 내심 초조해졌다. 목이 빠져라 하고 한 시진을 더 기다리던 그는 마침내 참지 못하고 사군의 집을 찾았다. 그런데 멀리서도 녀석이 마당으로 나와 작대기를 휘두르는 것이 보였다.

"아니!"

뭔가 사정이 있을 것이라 생각하니 마음이 급해진 그는 경공까지 펼쳐 달려갔다.

"왜 안 나왔냐?"

"들켰어요."

사군은 시무룩한 어조로 말하며 종아리를 걷어 보였다. 푸르뎅뎅한 회초리 자국이 여린 살가죽에 새파란 줄덩어리가 되어 부어올라 있는 것으로 보아 한두 대를 맞은 것 같지는 않았다.

"음!"

그런 와중에 나무 작대기로 검술을 연습하다니 대견하기는 했다. 하기는 매일 하다가 하지 않으면 몸이 쑤시고 갑갑하기도 할 것이다.

"사내가 그 정도 맞았다고 뜻을 포기해서야 되겠느냐?"

고노는 짐짓 엄숙한 표정을 지어가며 그렇게 말했다.

"저도 배우고 싶지만 앞으로 또다시 공터에 가면 더 이상 아들이 아니래요."

무척이나 시무룩한 표정이었다.

두 사람은 저물어가는 해를 등 뒤로 하고 나란히 앉아 침묵을 지켰다. 조각구름들이 가끔씩 해를 스쳐 갔다. 얼마가 지났을까. 고노가 침묵을 깼다.

"분명 공터에만 가지 않으면 된다고 했느냐?"

“예.”

“그럼 이건 어떠냐? 내가 매일 이리로 와서 너와 놀아주고 무공도 가르치고…….”

조심스런 어조였다.

“정말요?”

단 하루였지만 무척이나 심심했던 모양이다. 그동안 잔뜩 쌓였을 미운 정 고운 정도 있었을 터이니 당연한 반응이다.

“그래. 험, 내가 좀 수고스럽기는 하다만, 너나 나나 하릴없이 따로 떨어져 있어야 어디 그게 사람이 사는 거냐?”

은근히 동지 의식을 자극해 가며 하는 말이다.

“맞아요. 제가 어머니께 약속드린 것은 공터에 가지 않겠다는 것이니, 그렇게 하면 말씀을 거역하는 것은 아니네요.”

방문 과외는 그렇게 결정되었다.

또다시 바빠졌다.

낑낑거리며 산에서 적당한 나뭇가지들을 잘라와 대충 잔가지를 치고 엮어 집 주변에 널찍한 울타리를 쳤다.

“밤에 흉악한 산짐승들이 내려올 수도 있으니 주변에 이런 것이라도 있어야 하지 않겠습니까?”

사군의 어머니에게는 그렇게 둘러댔지만, 사실은 무공을 가르치는 모습이 바깥에서 보이지 않게 하려 함이었다.

“고마워요. 노구에 여간 힘들지 않으셨을 터인데 이렇듯 배려를 해 주시다니…….”

그러지 않아도 집이 마을에서 외따로 떨어져 있어 찜찜했던 차였다. 사군의 어머니는 고노의 그런 행동을, 그저 자신에게 잘 보여 무공을 가르치게 해달라는 말을 하려나 보다 하고 이해했다. 이 노인네가 중원 천지 그 많은 사람 중에 제자 하나 구하지 못하고 하필이면 사군이람 하는 생각도 있었다.

또 넓적한 돌들을 구해다 마당 사방에 깔아놓았는데 색이 흰 것, 검은 것, 회색, 줄무늬 등의 네 가지로 된 열여섯 개의 돌들이었다.

"허허허, 비라도 오면 땅이 질척거리니 그럴 때 이런 디딤돌이라도 있으면 다니기가 한결 수월할까 해서요."

"애쓰셨어요. 색이 여러 가지인 것이 보기가 좋군요."

마치 보호자라도 되는 듯 신경을 써주는 것이 그저 고맙기만 한 사군의 어머니였다.

네 가지 색과 무늬로 어떤 질서를 갖춘 듯 놓여진 돌들은 보기에도 괜찮아 보였다. 돌 놓을 자리까지 생각해 애초부터 마당을 넓게 만들었기에 큰 문제는 없었다.

작고 허름한 집에 어울리지 않게 큰 마당은 그만큼 땅을 평평하게 하는 정지작업(整地作業)도 힘들게 했고, 울짱을 칠 나무도 많이 해와야 했지만, 녀석에게 무공을 가르치려니 별수없다는 생각에 기쁜 마음으로 열심히 날랐었다.

"허허, 기왕에 디딤돌로 쓰려면 이런 색색의 돌들이 보기에 더 나을 것 같아서요."

얼굴 가득 썩은 미소를 지어가며 하는 말이다.

색색의 디딤돌은 공터에 박았던 말뚝을 대신한 것으로, 집 안마당에다 깔려니 아무래도 자리가 겹치는 수밖에 없어 색으로 구별한 것이 전부였다.

"휴……!"

모든 준비가 완료되자 고노는 긴 한숨을 쉬었다. 집이 마을에서 벗어나 한적한 곳에 있는 것이 그나마 다행이었다.

'내가 정말 미친다, 미쳐!'

세월처럼 빠른 것이 없다던가.

산비탈을 비틀거리며 걷던 사군이 어느새 열둘이 되었다.

담판을 지어야 했다. 더 이상 미룰 시간이 없었다. 형(形)만을 가르치는 것도 이제는 한계에 봉착한 것이다.

고노는 그저 불안하기만 했다.

좌도밀종(左道密宗)의 숱한 비전절학을 가르치기는 했으되, 과연 자신이 제대로 하고 있는지 염려스러웠기 때문이다. 사군 어머니와의 약속 때문에 제대로 된 절학을 가르치는 것에는 아무래도 한계가 있었다. 그것도 몰래라면.

'안 되겠어.'

며칠 고심을 하다가 마침내 사군의 어머니를 찾았다. 그에게 무공을 가르치는 일로 녀석의 어머니와 담판을 짓기 위해서다.

"어쩐 일이신지요?"

갑작스런 방문에 사군의 어머니는 무척이나 당황해했다.

"군아에게 무공을 가르치게 해달라는 허락을 받기 위해서입니다."

고노는 엄숙하게 무게있는 표정을 지어가며 말했다.

"안 돼요! 무공은 절대 안 돼요!"

적어도 무공에 관한 한 한 치의 양보도 허락할 수 없다는 듯한 단호한 어조였다.

"촌부로 키울 것이 아니라면 아무리 상인이 될 아이라도 반드시 무공만은 가르쳐야 합니다. 상행을 떠났다가 강도라도 만나면 어찌한단 말입니까?"

"아무리 강도라 할지라도 물건은 뺏을지언정 조금도 무공을 모르는 상인의 목숨을 빼앗기야 하겠습니까? 어설프게 무공을 배우느니 차라리 전혀 모르는 것이 더 안전할 것입니다."

고노는 할 말을 잃었다.

'새대가리!'

감당 못할 부아가 치밀어 올랐다.

시대가 바뀌었는가? 함부로 사람을 죽이는 패악(悖惡)한 강도 놈들이 언제부터 상대를 가려가며 그 짓을 했단 말인가. 제법 글줄은 읽었으되 생각은 영락없이 평생 집구석이나 지키는 평범한 아녀자였다. 세상 물정 모르고 입만 나불거리는.

이제껏 몸 성히 잘 있는 것이 세상 인심이 좋아 그런 줄 아는 모양이었다.

얼굴 반반한 젊은 여자가 어린 자식 하나만 달랑 데리고 밤을 보내고 있다면 어느 놈이 군침을 흘리지 않겠는가. 그동안 두 모자 때문에 내가 얼마나 고생을 했는지 알고나 있는가. 이 마을 젊은 놈을 벌써 몇 놈이나 두드려 패고 훈계해서 돌려보냈는지 알기나 하는지.

입만 열면 터진 둑처럼 쏟아져 나올 말이었지만 애써 참았다.

하지만!

좌도밀종 최고의 절학을 '어설픈 무공' 이라니,

무식한!

괘씸하기까지 했다. 자신의 무공을 그렇게 말할 자격이 있는 놈은 당금 무림을 통틀어도 단 한 놈도 없을 것이다. 아무리 무지한 아낙네

의 말이라지만, 그간 사군에게 무공을 가르치려고 숱하게 머리를 쓰고
가슴을 쳤던 고생스런 기억이 한꺼번에 치밀어 올라와 그의 열화를 돋
우었다.

"그만두시오. 아녀자와 이런 문제를 가지고 의견을 나누려던 내 잘
못이오."

그 말을 끝으로 돌아섰다. 이 자리에 더 있다가는 마음속 화기(火氣)
를 더 이상 주체하지 못할 것만 같았기 때문이다.

"군아의 어머니는 저예요. 제 결정은 확고하니 더 이상 이 문제로
말씀을 나눌 일이 없었으면 좋겠군요."

마지막 일격이 날아왔다.

그 말에 막 사립문을 나서려던 그의 어깨가 순간적으로 흠칫했다.

'군아의 어머니?

걸음을 멈춘 고노의 얼굴은 굳어 있었다.

'어째서 당신이 군아의 어머니란 말이오? 당신이 그 아이를 낳기라
도 했다는 말이오?

그런 말이 입 밖으로 튀어나오려 했다. 잠시 그렇게 멈추어 섰던 그
는 이내 고개를 저어가며 발걸음을 재촉했다.

속세의 인연이란 원래가 그렇게 덧없는 것일진대, 부모 자식 간의
인연 또한 그러할 것이다.

있음이 곧 없음이요, 없음이 곧 있음이니… 부모라고 다 부모가 아
니듯 낳지 않았다고 해서 부모가 아닌 것 또한 아닐 것이다.

'아미타불!'

모처럼 제대로 된 불호를 읊조렸다. 정말 이래 본 것도 정말 몇십 년
만인지 몰랐다.

‘그래, 맞소. 군아의 어머니는 당신이지.’

더 이상 꼬여 버릴 인연이라면 차라리 이대로 두는 것이 나을 것이다. 그런 것에 연연하다가는 언제고 새로운 번뇌의 씨앗이 되어 마음의 고통으로 남으리라. 지금 어린 사군에게 필요한 것은 다정하게 보살펴 줄 어머니지 언제 죽을지도 모르는 자신은 아니다.

고노가 그토록 피해보려는 새로운 번뇌였지만 이미 다른 곳에서 시작되고 있었다.

‘이곳에 계속 두었다가는 저 아이도 필경은 무림인이 되고 말 거야.’

사군의 어머니는 불안했다.

이제는 찾아오기까지 해서 노골적으로 무공을 가르치게 해달라니…….

‘이사를 가는 수밖에 없어!’

그녀는 입술을 꼬옥 깨물었다. 처음 한 생각도 아니지만 그녀의 발목을 잡아 실행에 옮기지 못하게 하는 것이 있었다. 바로 돈 걱정이었다.

‘그래, 그분도 이해하실 거야.’

서둘러 집으로 돌아온 그녀는 허름한 목재 장롱 깊숙한 곳에서 한 뼘 정도의 높이에 폭이 그리 넓지 않은 기다란 목함을 꺼냈다.

‘아!’

목함을 꺼내는 손이 덜덜 떨렸다.

회색 눈동자를 보여주던 그분의 마지막을 기억했다.

마지막 생명의 끈을 놓치지 않고 잡고 있으며, 죽음을 무릅쓰던 언니의 애틋하고 절박한 사랑도 기억했다. 아직도 죽음의 비명 소리가 밤을 뒤흔들던 그날의 공포를 기억했다. 서가촌 산자락에 파묻혀 사는 그녀가 기억하는 무림은 그런 곳이었다.

목함을 여니 장검이 눈에 들어왔다. 사군의 어머니는 조심스레 장검을 꺼내 가슴에 꼭 껴안아 보았다.

'언니!'

꼿꼿한 눈매 속에 감추어진 그 깊은 아픔을 기억했다.

"네게 이 아이를 맡기마. 네 자식으로 알고 키워주었으면 좋겠구나. 아이에게는 말을 해주지 않아도 좋다. 아니, 절대 말하지 말거라."

파리한 입술로 핏덩이를 보며 그 말을 남겼던 언니는 그렇게 가버렸다. 그저 오가다 지나는 바람처럼 스치듯 한 짧은 만남이었지만, 피를 나눈 가족으로 알았고 진심으로 존경했던 언니였다. 그 언니가 따라간 것은 여섯 달 전에 먼저 가버린 그분이었다.

장검이 들어있던 목함 바로 아래쪽에는 그분의 피 묻은 옷가지가 놓여 있었다. 이제라도 체온이 느껴질 것만 같았다.

눈물이 마냥 흘렀다. 울어보기도 정말 오랜만이었다. 잠시 격해졌던 마음을 달랜 그녀는 옷가지 아래에 손을 넣어 은원보 하나를 꺼냈다. 족히 열 냥은 되어 보이는 피 묻은 은원보였다.

한참 동안 멍하니 쳐다보던 그녀는 그것을 조심스레 바닥에 내려놓고 다소곳이 큰절을 올렸다.

'죄송해요. 군아를 위한 것이니 용서해 주세요.'

"조심하거라!"

잔뜩 이고 지고 양손에까지 큼지막한 보따리를 한 개씩 든 사군의 어머니는 아들이 걱정되는지 연신 뒤를 돌아보며 한마디씩 던졌다. 사군의 등에도 조그만 보따리가 메져 있었고, 한 손에는 조그만 보퉁이까지 들려 있었다.

"저는 괜찮아요. 어머니나 조심하세요."

두 사람은 수시로 그런 말을 주고받는 것으로 밤길의 공포를 잊으려고 노력했다.

모자는 달빛을 의지해 새벽길을 나서는 중이었다. 열둘밖에 되지 않았건만 씩씩하게 따라나서는 아들을 보니 그저 대견하기만 한 사군의 어머니였다.

'쯧쯧쯧!'

멀리 고갯마루 숲 속에서 두 사람을 지켜보던 고노가 혀를 찼다.

장정들도 겁을 낼 이런 새벽길을 어린아이까지 동반한 여자가 나선다는 것은 세상을 몰라도 너무 모르기에 부리는 지독한 만용이었다.

우선 이런 산길은 자신을 지킬 힘이 없는 사람이 다니기에는 배고픈 호랑이나 늑대, 표범 등 노리는 맹수들이 너무 많았다. 맹수들이라고 눈이 없겠는가. 대상을 척 보면 위험한 먹이인지 적당한 먹이인지, 아니면 덤볐다가는 그 길로 아주 가는 수가 있는지 한눈에 아는 놈들이다. 제대로 저항도 못할 사군 모자라면 냄새만 맡아도 침을 질질 흘리고 달려들 놈들인 것이다.

그뿐인가.

어쩔 수 없이 밤길을 걸어야 하는 객들을 융숭히 맞으려는 양상군자(梁上君子)들은 또 어떤가. 산채에 누워 있어도 주변에서 사라락거리는 발자국 소리와 냄새만으로 오소리, 늑대, 호랑이, 표범 등을 구별하는 것은 물론이고, 암수의 발정기까지 한 번에 알아낼 정도로 눈, 코, 귀가 밝은 놈들이다.

오늘도 예외가 아니었다. 지금 그런 놈들이 기다리고 있는 곳은 일각 후면 사군 모자가 지날 길이었다.

"애들아, 준비해라!"

바로 앞쪽에서 나직하면서도 짤막한 사내의 말소리가 들렸다. 바로 고노가 계속 지켜보고 있던 놈들로, 숨어서 사군 모자가 다가오기만을 기다리고 있었다.

'흠, 다섯 놈이라… 뭐 그리 큰 죄를 짓는 것은 보지 못했으니…….'

고노는 가볍게 손을 젓는 것으로 지풍을 날려 다섯 놈들의 수혈(睡穴)을 제압했다.

잠시 후에 두 모자가 끙끙거리며 산적들이 쓰러져 있는 곳을 지났다.

"군아, 힘들지? 조금만 참으면 마을이 나올 게다. 그래도 마을까지는 가야 쉴 수 있을 것 같구나."

"전 힘들지 않으니 걱정 마세요."

어린 사군은 오히려 어머니를 걱정하고 있었다.

숨어서 보는 고노의 눈에도 사군보다는 그의 어머니가 더 힘겨워하고 있었다.

'휴, 그나저나 멀리 이사 갈 생각이라면 나만 죽어나게 생겼군. 도대체 늘그막에 이 무슨 지랄맞을 고생이야! 제기랄!'

지켜보던 고노는 새벽 이슬에 축축이 젖은 바짓가랑이를 보며 투덜거렸다.

조정에는 큰 도적, 강에는 수적, 산에는 산적, 마을에는 주먹패만 득

실거리는 세상이다. 게다가 먹을 것이 줄어들다 보니 산짐승들조차 날로 영특해지고 있다. 그런 위험으로부터 두 모자를 지키는 것은 자신의 몫일 터였다.

'아차, 내가 이러고 있을 때가 아니지.'

고노의 신형이 숲 속으로 사라졌다.

마을 사람들에게 광림의 미친 노인네와 사군 모자가 서가촌을 떠난 사실이 알려진 것은 그로부터 한 달이나 지난 후였다.

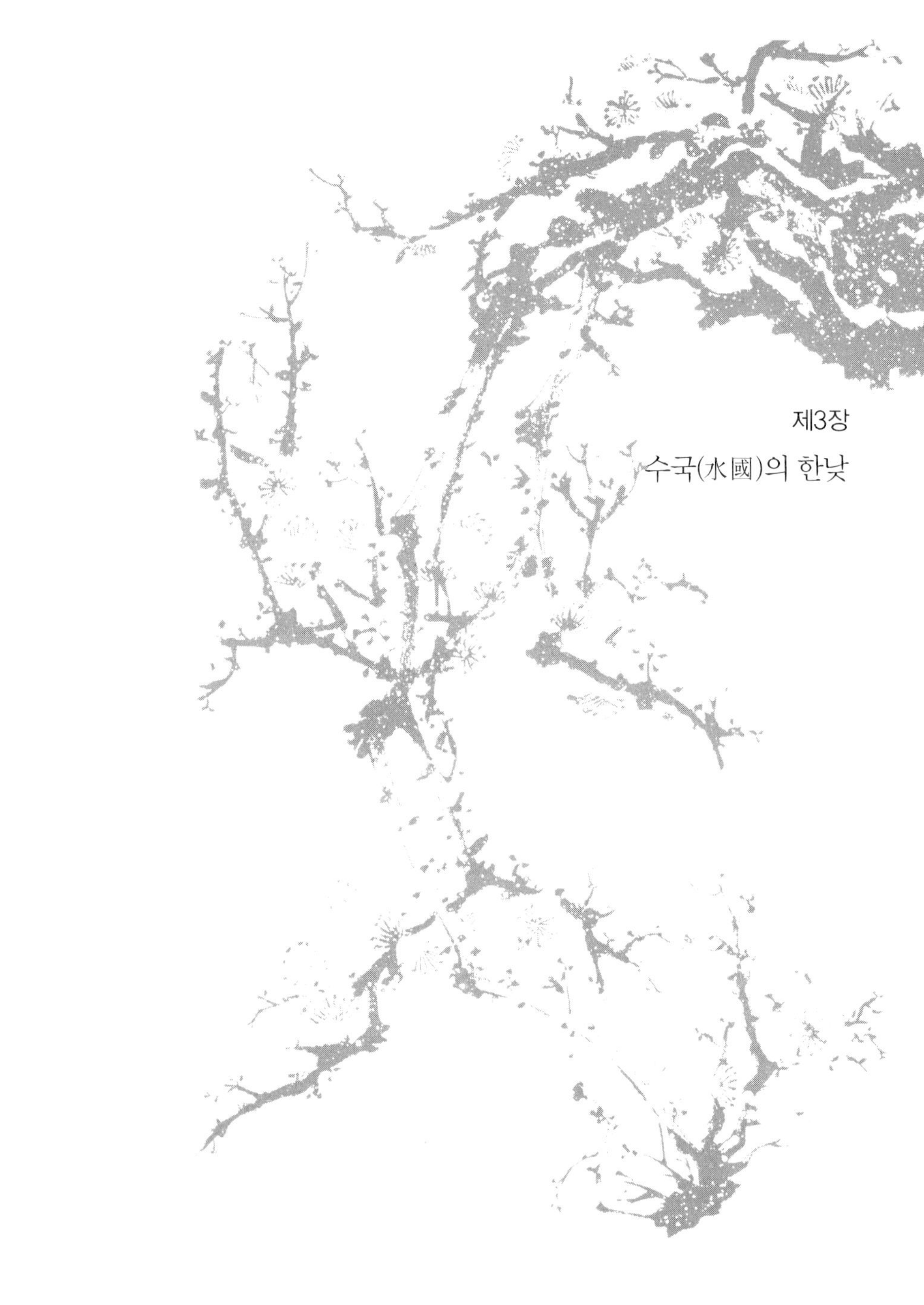

제3장
수국(水國)의 한낮

소흥부(紹興府).

절동의 하류에 위치한 강남의 수향(水鄉) 소흥은 회계산과 사명산, 천태산의 지기를 고스란히 이어받은 천 년 고도(古都)이다. 춘추전국시대에 월나라는 이곳 회계 땅에 도읍을 정했고, 진시황 때에는 산음현이라 불리기도 했다가, 수나라 때에는 오주 혹은 월주가 되었고, 남송에 이르러서야 비로소 소흥이라는 이름을 가졌다.

쓰러져 가는 왕가의 제업(帝業)을 계승하고 사직(社稷)을 중흥한다는 소조중흥(紹祚中興)의 큰 뜻을 품고 태어난 소흥이다.

오월동주(吳越同舟)의 고사가 남아 있는 곳. 월왕 구천이 복수의 칼을 갈며 쓸개를 핥았던 상담(嘗膽)의 고장이요, 경국지색(傾國之色) 서시가 구천의 말에 따라 구국의 뜻을 품고 오왕 부차를 향해 떨어지지 않는 발걸음을 옮겨야했던 곳이기도 하다.

희대의 장인 구야자(歐冶子)가 어장검(魚腸劍)을 담갔다는 우물도, 서시가 오왕 부차를 유혹하기 위해 매혹적인 걸음걸이를 연습했다는 동산도 아직 남아 있는 곳이건만, 이곳을 지나는 수십 갈래의 물줄기는 그 모든 일들을 쓸어담아 바다 저편으로 흘려 버렸기에, 지금은 그저 책자 속에 파묻혀 아스라한 과거 속에만 남아있을 뿐이다.

물이 많아 수향이라 일컬어지는 소흥은 부(府) 안에 네 개의 큰 강줄기가 십수 개에 이르는 작은 지류들과 함께 거미줄처럼 얽히고설키며 흐른다.

회계와 상우 땅을 지나는 동소강, 산음에서 회계로 나가는 서소강, 여요현과 자계현을 돌아가는 여요강, 그리고 산음과 소산을 지나는 제기강이 그 넷이다. 네 줄기의 강으로 흘러드는 수많은 작은 지류들로 수로(水路)가 번성한 이곳에서는 집들의 주춧돌 바로 옆으로 흘러가는 물줄기를 보는 것은 그리 드물지 않다.

집과 강물로 이어진 돌계단은 때로는 배를 타는 나루터가 되기도 하고 때로는 식사 준비를 위한 주방이 된다. 다리가 없으면 바로 건넛집이라도 통행이 불가능한 경우가 많기에, 아무리 길어야 몇십 장만 가면 다리요, 그 좌우 몇십 장 안으로 또 다리다.

그렇기에 소흥부 내에 있는 다리를 혹자는 수천 개라 하고 혹자는 만여 개에 이를 것이라고 말하기도 하지만, 그 누구도 정확한 수를 알지는 못한다.

멀리 마을에서 성안으로 향하는 영은교(迎恩橋)가 한눈에 내려다보이는 그리 높지 않은 야산 중턱의 작은 공터다.

주변의 비스듬한 비탈에는 사람 하나가 너끈히 누울 수 있을 정도로 넓적한 바위가 있고, 한구석에 엉성하게 지어진 초막이 있다.

초막을 지은 시원찮은 솜씨를 보니 주인의 성품을 알 만하다.

"하앗!'

"탓!'

공터를 찌렁찌렁 울리는 커다란 기합성이 나뭇잎을 뒤흔들었다.

오늘 이곳 공터에서는 두 사람의 한 치의 양보도 없는, 구경꾼이라도 있었다면 손에 땀을 쥘 그런 치열한 격전이 벌어지고 있었다. 싸움을 벌이는 사람은 청년과 노인으로, 미처 눈이 따라가기에도 버겁도록 빠르고 날카로운 동작으로 서로를 공격했다.

땅딸보노인은 고노가 분명한데…….

유난히도 빤질거리던 정수리와 이마, 하지만 지금 그 이마에는 세월의 흔적인 주름이 무척이나 늘어 겹겹의 골을 이루었다. 젊은이는 군살 하나 보이지 않는 육 척의 헌칠한 장부다.

어디선가 많이 본 듯한……

아, 사군이다.

어느새 헌헌장부가 되었다.

두 사람 모두 이마와 목 주변에 땀이 송골거리는 것이 이미 대련을 시작한 지 꽤 된 것으로 보였다.

"탓!'

힘찬 기합성과 함께 사군의 발이 허공을 휘감아 돌아 고노의 왼쪽 턱을 노렸다.

회선단각(回旋踹脚). 바람 가르는 소리마저 미처 들을 수 없을 정도의 빠른 동작이었다.

사군의 발이 턱에 닿을 듯한 순간 고노의 몸이 사군의 공격에 앞서 돌아가며 고개를 숙여 발을 휘돌렸다. 간단한 동작이건만 사군은 등을 드러내야 했다.

고노는 바닥에 한 손을 짚은 상태로 왼발이 뻗어 사군의 등을 찍어 왔다. 평범한 와번단각(臥飜踹脚)의 수법이었지만 그 쓰임새가 놀랍고, 그 빠르고 정확함 또한 놀라웠다.

팟!

사군 또한 재빠르게 옆으로 몸을 누이니 고노의 발끝은 그의 옷깃만을 스쳐 갔다. 하지만 어느 틈에 고노의 오른발 뒤꿈치가 곧바로 차고 나와 반쯤 누운 자세가 되어버린 사군의 등을 노렸다.

역시 평범한 곤전퇴(滾剪腿)의 수법.

하지만 사군은 이미 예견을 한 듯 냉큼 몸을 굴려 저만치에서 벌떡 일어나 자세를 잡았다. 이번에는 사군이 몸을 막 일으켜 세우려는 고노의 턱을 차 올렸다.

팟!

고노의 발이 순간적으로 서로 위치를 바꾸는가 싶더니 사군의 발은 허공만 갈랐다.

"이놈, 걸렸다!"

어느새 고노의 두 발이 앞으로 나오며 사군이 다시 거두어들이던 발을 휘감았다. 왼발로 상대의 발등을 찍어 누르고 오른발로는 무릎 관절에 끼워 비트니, 순간적으로 사군의 몸이 휘청했다.

쌍각금라(雙脚擒拿).

두 발로 상대의 다리를 엇갈리게 감아 꼼짝 못하게 제압하는, 발을 이용한 흔치 않은 금라수법이었다.

고노의 얼굴에 회심의 미소가 번졌지만 그것도 잠깐이었다. 사군은 지면 위에서 몸을 옆으로 굴려 발을 빼는 것과 동시에 왼발로 고노의 무릎 관절을 찍어갔다.

"헛차!"

고노가 화들짝 놀라며 다리를 오므리고는 뒤로 물러나 일어섰다.

얼굴에 가벼운 미소를 머금기는 했지만 어딘가 모르게 당황한 기색이 역력했다.

"제법인데."

"흥, 같은 수법에 몇 번이나 당하라고요."

사군도 일어서서 몸을 추스르며 말했다. 하지만 순간적으로 그의 눈이 반짝했다.

"하앗!"

돌연 부챗살처럼 길게 회전한 사군의 발이 허공을 내리찍으며 고노의 머리통을 노렸다. 이마를 도끼로 가르는 장면을 연상케 할 만큼 날카롭고 재빠른 동작이었다.

팟!

작심한 한 수였는지 바람 가르는 소리조차 예사롭게 들리지 않았다.

"흥!"

비록 코웃음은 쳤지만 고노의 내심은 즐거웠다.

말을 하다가 별안간 공격하는 수법. 놈이 한두 번 써먹은 얕은 꾀가 아니다. 하지만 고노는 그런 사군의 공격법을 사랑한다. 욕을 먹을지라도 귀계(鬼計)가 난무하는 강호에서 진득하게 오래 살아남을 수 있게 만드는 그런 지저분한 공격을.

녀석이 평소에도 그런 생각을 하고 있다면 상대로부터의 그런 야비한 공격 또한 예상할 수도, 피할 수도 있을 것이라 믿는 까닭이다.

무림이란 그런 곳이다.

이상한 말이겠지만, 사군 녀석은 그런 공격법이 강호에서 비겁한 수법이라고 치부될 수 있다는 것을 알지 못한다. 그렇게 가르쳤기 때문이다. 날마다 그런 방식으로 십 년을 넘게 가르쳤으니 그런 수법을 당연한 것으로 받아들이는 것 또한 너무도 당연한 일이다.

온갖 권모술수가 횡행하는 곳.

그래야 꿋꿋이 살아남을 수 있는 곳이 바로 강호다.

팟!

고노는 몸을 팽이처럼 회전해 공격을 피함과 동시에 오른발을 날려 사군의 옆구리를 걸어찼다. 비호(飛虎)를 연상케 하는 횡등퇴의 수법. 뚱뚱한 몸매에 조금도 어울리지 않는, 대체 어디서 그런 재간이 나오는지조차 궁금하게 만드는 한 수였다.

"후웃!"

몸을 비스듬히 기울여 가까스로 피한 사군이 한 호흡을 골랐다. 하지만 그런 중에도 그의 발은 쉬지 않았다.

휘릿!

어느 틈에 그의 왼발이 돌아 고노의 옆구리를 걸어찼다.

"오호라, 같은 수법으로 복수를 하시겠다."

고노는 중얼거림과 동시에 뚱뚱한 몸을 뒤로 젖혀 한 손으로 땅을 짚고 좌우 연타의 발길질을 날렸다.

파팟!

"훗!"

하지만 그의 공격은 사군의 현란한 발 동작에 의해 가볍게 무산되었다. 사군은 발을 교대로 젖혀가며 그의 발길질을 가볍게 피해냄과 동시에 발을 휘감아 차며 허리를 쓸어갔다.

'어이쿠, 큰일!'

우습게 보다가 허점을 너무 노출했다.

몸은 미처 따라가지 못하지만 생각만큼은 재빠르게 굴러갔다. 저 발길질은 피할 수 있겠지만, 그렇다 해도 녀석의 제이타(第二打)가 따를 것이 뻔하고, 그걸 피할 자신은 없었다.

"아이고!"

돌연 비명 소리와 함께 고노가 허리를 감싸 쥐며 옆으로 굴렀다. 언뜻 보기에 노구(老軀)에 무리한 발길질을 하다가 허리를 삐끗한 듯한 것으로 보였다.

"왜 그래요?"

사군이 깜짝 놀라 발길을 거두고 다가서려는 순간, 고노가 누운 상태에서 엉덩이를 꼬아가며 발길질을 했다.

파팟!

"흐익!"

황급히 뒤로 물러서던 사군은 고노의 왼발은 피할 수 있었지만, 이어지는 오른발에는 어쩔 수 없이 넓적다리를 내주었다.

픽!

"어이쿠!"

고노는 재주넘기를 하듯 벌떡 일어나 앞으로 뛰어들며 휘청거리는 사군의 마빡을 향해 정권으로 타격을 가했다. 마치 먹이의 목을 노리고 달려드는 늑대와 같은 동작. 이번에도 좌우 연타였다.

딱!

"어이쿠!"

얼른 고개를 젖혀 한 번은 피했지만, 미처 제이타를 피하지 못한 사군은 듣기에도 불쌍한 비명 소리를 지르며 그대로 나동그라졌다.

또다시 야비한 수법에 당했다.

고노의 공격은 늘 그랬다. 일타가 실패하면 어느 틈에 준비한 이타가 날아왔고, 가끔은 허를 찌르는 제삼타가 뒤를 이었다. 이제는 사군의 공격도 그와 비슷해지기는 했지만…….

탁! 탁! 탁!

고노는 입가에 흐뭇한 미소를 보이며 손에 묻은 먼지를 털어냈다. 그 모습은 마치 어린아이를 혼내주고 혼자 좋아하는 철없는 어른처럼 보여, 이미 늙을 대로 늙어버린 그의 모습과 비교되어 차라리 안타까움마저 느끼게 했다.

"치사한 노인네!"

아직도 골머리가 울리는지 연신 머리통을 좌우로 흔들어대던 사군이 투덜거렸다.

"흥, 천만의 말씀이다. 그렇게 일러줘도 모르느냐? 생사를 겨루는 싸움에 치사한 것이 어디 있느냐? 만약 이게 실전이고 상대가 네 목숨을 노리는 강도라면 어쩔 뻔했느냐? 모가지가 떨어진 다음에 그걸 따지면 이미 늦지!"

이제는 습관이 된 듯 어깨를 한 번 으쓱해 보이며 대수롭지 않게 말했다.

'제길, 또 당했군.'

벌써 몇십 번은 족히 될 터였다. 투덜거리던 사군은 문득 맞은 자리의 통증이 예사롭지 않다는 것을 알았다.

"내력을 썼지요?"

찌르르한 눈빛이 고노를 향했다.

"천부당만부당한 말이다."

고노는 억울하다는 듯이 눈을 동그랗게 떴다.

운기법을 가르치기 시작한 것은 얼마 되지 않았기에 아직 내력을 손쉽게 운용하지 못했다. 그래서 그가 내력을 써서 공격했다고 해도 사군은 아직 그것을 확실히 구분하지 못했다.

"씨, 그런데 왜 이렇게 아파요?"

사군은 붉게 물든 마빡을 어루만지며 따지듯 물었다. 고노의 눈빛이 잠깐 흔들렸다.

'음, 실수가 있기는 했지.'

하지만 세상에 실수하지 않는 사람이 어디에 있단 말인가. 하다못해 원숭이도 나무에서 떨어지는 법이다. 그는 어깨를 당당히 펴며 꿋꿋한 표정으로 대답을 했다.

"그건 네 녀석의 머리통이 시원치 않은 탓인데 그게 나하고 무슨 상관이 있다고 그렇게 따져?"

이미 흔들리는 눈빛을 감지한 사군이었지만 아니라는 데야 도리가 없다.

"에이, 다음부터는 아예 갑주(甲冑)를 입고 하던지 해야지."

"좋을 대로."

여전히 뻔뻔스러웠다.

군이 따지자면 한두 번 하는 일도 아니었다.

전에는 그래도 '음, 나도 모르게 내공이 조금 흘러 들어간 것 같구나. 미안하다' 하는 정도로 끝맺는 사과라도 했었는데, 요즘에는 아예 버티기로 작정했다. 그게 더 편했다.

"몸이나 씻고 다시 오너라."

고노는 땀에 묻은 흙먼지로 인해 더러워진 사군의 얼굴을 보며 말하고는 자신도 힘든 일을 했다는 생각에 바위 위에 걸터앉았다.

"휴우."

빤질거리는 맨머리에서 땀방울이 줄줄 흘러내렸다.

공터의 언덕 아래에는 산을 좌우에서 감싸듯 내려오는 얕은 개울물이 흘렀다. 발로 한 대 차인 넓적다리의 통증이 예사롭지 않은지 연신 쩔뚝거리며 산을 내려가는 사군의 모습이 보였다.

'흐흐흐, 아니라는 데야 네놈이……'

그런 사군의 뒷모습을 보는 고노의 표정에서 잔뜩 심술이 배어났다. 덧없는 세월에 얹혀가며 이마에는 주름들이 깊은 고랑을 이루어 층층이 자리를 잡았고, 얼굴 전체의 피부는 그 윤기와 탄력을 잃어버린 지 이미 오래였다. 체구에 비해 옷이 너무 큰지 조금만 손을 움직여도 옷소매가 길게 펄렁거렸다.

"저, 그만 가요!"

멀리 개울물 근처쯤으로 생각되는 곳에서 사군의 고함 소리가 들려왔다.

"이놈, 어서 돌아오지 못해!"

고노는 벌떡 몸을 일으키며 소리쳤다.

하지만 묵묵부답. 이미 튄 거다.

"망할 놈!"

바위에서 일어난 그는 언덕 비탈에 세워진 다 쓰러져 가는 초막을 향해 어기적거리는 발걸음을 옮겼다. 또 도로애비타불이다.

"지 애비를 닮아 완전히 제멋대로니……."

중얼거리며 가는 걸음걸이에 힘이 없어 보였다.

"휴우."

안으로 들어선 그는 벌러덩 거적 위에 누워 가볍게 한숨을 쉬었다. 놈이 수련을 하다 말고 달아났다고 해서 그리 특별할 것도 없지만 지금은 그저 답답하기만 했다. 자신에게 주어진 날이 길지 않음을 아는 까닭이다.

'언제나 철이 들려는지…….'

은근히 불안했다. 몇 달 전부터 급격하게 기력이 떨어지는 것이 느껴져, 이제는 그날이 멀지 않은 것이 확실했다.

'아직은 안 되는데…….'

주름이 가득한 노안(老顔)에 불안한 기색이 흘렀다.

살 만큼 산 마당이니 굳이 죽음을 두려워할 까닭도 없지만, 생을 정리해야 할 마지막 순간에도 이토록 애타게 삶을 구걸하는 것은 바로 사군, 그 녀석 때문이다.

'후훗, 녀석.'

그래도 녀석만 생각하면 흐뭇해지는 것은 어쩔 수 없었다. 녀석의 성취는 깃털처럼 스쳐 가는 이승의 많은 인연 중에서 자신이 남긴 유일한 흔적이기도 했다.

최근 들어 그가 집중적으로 가르치는 것은 투로(鬪路)였다.

실전에서 가장 중요한 것은 초식보다 임기응변의 박투술(搏鬪術)이기에 날마다 노구에 삐질삐질 땀까지 흘려가며 녀석과 몸싸움을 하고 있는 것이다. 적어도 녀석의 희멀건 낯짝을 저승에서 일찍 마주치고 싶지는 않았다.

“휴, 다 하늘의 뜻이겠지.”

문득 그날이 떠올랐다.

오 년 전 학산에서 자신을 피해 밤새 몰래 달아나던 사군 일가를 보며 얼마나 웃었던지. 그때 사군의 어미는 아들을 가르치려고 세 번을 이사했다는 맹모삼천지교(孟母三遷之敎)의 고사를 기억하고 행한 일이었을 것이니, 마음속으로라도 그녀를 탓하지는 못했다.

“크크크!”

그때만 생각하면 아직도 웃음이 나왔다.

사군은 터벅거리며 마을을 향해 걸었다.

“괘씸한 노인네.”

혼잣말로 하는 욕이었다. 걸을 때마다 장딴지 근육이 당겨왔고 아직도 머리통 속이 울리는 것 같았다. 고노가 내력을 넣어 두들기지 않았다면 도저히 일어나지 않을 상황이었다.

“나도 얼른 운기법을 확실히 배워야지.”

하지만 내력을 운기해 초식을 떨쳐 내는 것은 말처럼 쉽지 않았다. 그래도 상당한 진보가 있기는 했다. 조금도 미안한 표정을 짓지 않고 버티던 고노를 떠올렸다.

“푸웃!”

무슨 골탕을 먹든 잠시가 지나면 그저 웃음만 나왔다. 그만큼 고노가 좋았기 때문이다. 그런 일을 당하고 씨근덕거리는 것조차도 그가 누리는 즐거움의 한 부분일 것이다. 그런 자신을 알고 있었다.

오 년 전 서가촌에서 몰래 이사를 떠났지만 귀신같이 알고 쫓아와 마을 인근의 산속에 학산에서의 공터와 비슷한 살림을 차려놓고 몰래 자신을 불러냈던 고노였다.

얼마나 놀라고 얼마나 반가웠던지…….

이곳에 나타난 고노를 어머니가 안 것은 그가 초막에 들락거린 지 근 한 달이나 지나서였다. 새파랗게 질린 얼굴이던 어머니는 마침내 포기했다. 둘 중 하나가 떠나야 하는 상황이었는데, 이제 막 자리를 잡기 시작한 이곳을 떠날 수 없었던 까닭이었다.

"휴우, 이것도 인연이라면……."

하는 어머니의 항복 선언과 함께 고노는 그렇게 받아들여졌다. 하지만 무공을 가르치는 것은 여전히 허락되지 않았다.

적어도 표면적으로는.

"응?"

멀리서 들려오는 소리가 있었다.

무공을 수련하는 일도 그런대로 재미가 있기에 웬만하면 끝까지 남아 연습이라도 하고 오련만 오늘은 따로 할 일이 있었다. 그 소리에 귀를 기울였다.

가네, 가네, 나는 가네. 처자식 두고 먼저 가네.
천도(天桃) 도적 동방삭은 삼천 갑자 살았건만
불쌍한 이내 인생 백 년도 못 살았네.
에헤야 에헤야, 에헤에에 에헤야.

상엿소리다.

아침부터 은근히 신경쓰며 기다려 왔던 소리. 사군은 달리기 시작했다. 상여가 마을 어귀를 지났다. 후닥닥거리며 집 안으로 들어간 사군은 옷을 갈아입었다. 나름대로 생각한 망자에 대한 작은 예의다.

우리 인생 한 번 가니, 다시 못 올 이 길이라.
못 가겠네, 안 가겠네, 내 집 두고 못 가겠네.
너도 죽어 이 길이요, 나도 죽어 이 길이라.
에헤야 에헤야, 에헤에에 에헤야!

술집 가던 그 길은 친구들과 함께건만
극락왕생 가는 이 길, 홀로 감이 서럽구나.
가네, 가네, 나는 가네, 북망 고개 나는 가네.
허이야 허이야, 어허어어 허이야!

망자가 누구든 상엿소리는 언제나 애처롭다.
하지만 오늘의 소리는 더 더욱 애처롭다. 어지러운 세상에 죽어나는 것은 힘없는 백성들이라, 상엿소리마저도 한결 더 애처롭게 들리는지도 모르겠다.
인파로 이어진 상여 행렬은 장대하기까지 했다.
오백여 명은 됨 직한 긴 추모 행렬의 뒷줄에 단정한 옷차림의 사군이 끼어 있었다. 비록 허접한 무명옷이건만 뒤따르는 주변 사람들과 다르게 보이는 것은 깨끗하게나마 빨아 입었다는 점이다.
헌칠한 키에 다부진 어깨, 그리 뛰어난 미남이라고는 할 수 없지만 어딘가 모르게 넉넉함이 피어나는 짙은 눈썹의 편안한 얼굴.
그저 순하게만 생겼기에, 지나던 입심 좋은 처녀라도 있다면 한 번쯤 저 사내에게 농이라도 걸어, 당황하는 표정은 어떨까 하는 호기심마저 자아내게 만드는, 그런 순진함과 편안함이 베어나는 외모였다.

상여 앞에 올라탄 상두꾼 강 생원이 요령을 흔들며 큰 목소리로 선창(先唱)을 매기면 이어 상여꾼들이 힘차게 후창(後唱)을 했다. 상여 바로 뒤에는 장지(葬地)에서 나눌 음식들로 보이는 짐을 실은 수레 몇 대가 나귀에 이끌려 따르고 있었다.

강 생원은 산음현 사람이다.

관직에 큰 인연이 없었던지 생원으로 남은 지가 벌써 삼십 년이 훌쩍 넘었다고 하건만, 이날 이때까지 배필도 구하지 않고 홀로 단칸집을 지키는 그런 위인이 바로 강 생원이다. 한일 자로 굳게 다문 입술에 떡 벌어진 어깨와 절도있게 요령을 흔드는 동작, 그사이에 잠깐씩 비치는 우람한 팔뚝 근육이 그의 박력을 느끼게 했다. 저토록 사내다운 강 생원이건만 아직까지 일가를 이루고 있지 않다는 사실은 그를 아는 사람들로 하여금 자못 아깝다는 생각마저 들게 했다.

오늘의 망자는 조씨 노인이다.

진정 사람은 죽음으로 모든 잘못을 덮는가.

길고 긴 인생길이라지만 만남의 끝은 언제나 재회를 기약할 수 없는 이별이다.

망자를 떠나보내야 하는 그 마지막은 절대 내일을 기약할 수 없는 영원한 길임을 잘 알기에, 그래서 상여 길은 더 더욱 슬프다. 누구나 숙명으로 맞아야 하는 죽음이라 해도 그 아픔이 덜하지는 않다.

에헤야 에헤야, 에헤에에 에헤야!

상엿소리는 언제 들어도 구슬프다.

하지만 오늘 이 상여를 따라가는 호상꾼들에게서는 진한 슬픔이 담긴 내면의 소리를 들을 수 없다. 지금 상여를 메고 가는 힘은 슬픔과 애도의 마음도 아니고 이웃에 대한 의무도 아닌, 그저 그런 허접한 인간의 욕심일 따름이다. 관을 차지한 망자는 바로 성중(城中)에 사는 수전노 조씨 노인이기 때문이다.

언뜻 보기에 화려하게 장식된 상여와 수많은 조문객들은 죽은 사람이 무척이나 대단한 사람인 것처럼 여기게 했다. 하지만 죽기 전까지의 조씨 노인은 인근 사람들의 고혈을 짜내 배를 불려왔던 고리대금업자로, 성안의 평범하고 흔한, 가난한 백성들의 피를 빠는 그저 악질적인 돈놀이꾼일 중 하나였을 뿐이다.

얼마 전까지만 해도 '칠순이 내년이라 그때까지는 꼭 살아야겠다'며 어눌한 말투로 자신의 장수를 기원했다던가… 그 말을 들은 사람들은 뒤에서 '푸핫핫핫' 하며 크게 웃고는 침을 퉤퉤 뱉었다고 했다.

조씨 노인은 이승에서의 마지막 그날도 그런 웃음으로 장식했는데, 성 밖으로 빚을 받으러 갔다가 채무자가 돈을 갚지 못해 사정을 하자 제풀에 길길이 날뛰더니 별안간 꼬르륵거리며 뒤로 넘어갔다고 했다. 채무를 독촉하는 일은 평소 그가 늘 해온 일상적인 행사였지만 그날의 결과만은 그렇지 못했다. 그 일을 두고 조씨 노인을 아는 사람들은 급살에 맞았다며 떠들어댔다.

망자가 성안 사람이니 상여가 이리 지나갈 까닭이 없겠지만, 죽은 곳에서 장례를 치르고 자신이 살던 성안을 한 바퀴 돌게 해달라는 것이 조씨 노인의 유언이라고 했다.

별난 노인네였다.

허이야 허이야, 어허어어 허이야!

가슴을 들어내는 구슬픈 상엿소리. 망자가 조씨 노인이라면 오늘만큼은 속마음도 그렇지는 않으련만, 상여꾼들의 소리는 언제 들어도 절절하다.

사군이 보기에 별난 사람이 또 있다.

바로 강 생원이다.

그는 행적은 이곳 소홍부에서 수시로 세인들의 입에 오르내릴 만큼 특이했다.

강 생원의 머리 속에는 조정에 대한 불만만 가득한지 입만 열면 역이(逆耳)와 역천(逆天)의 독설이라, 관아에서도 은근히 눈여겨보고 있다는 소문까지 돌았다. 하지만 이웃의 아픔에 대해서는 귀천을 가리지 않고 몸소 나서서 인정을 베풀기에 그의 거친 입담에도 불구하고 주변에는 항상 사람들로 들끓었다.

그 강 생원이 이 행렬의 상두꾼이라니… 오늘 조씨 노인의 상여 위에서 요령잡이 노릇을 하는 강 생원이란, 상여 위에 실린 망자의 살아생전 행적을 생각하면 아무리 이해하려고 해도 어울리지 않았다.

은자를 가볍게 여기고 고달픈 사람들을 위해 살아왔다는 그가 돌연 악질 고리대금업자인 조씨 노인의 상여에 상두꾼으로 나섰다니, 세상사 이해 못할 일들이 많기는 하지만 정말 기이한 일이기도 하다.

화왕지절(火旺之節)이다.

태양이 뜨겁다.

"후우!"

사군은 더위를 뿜듯 한숨을 내쉬며 이마에 줄줄 흘러내리는 땀을 훔쳤다.

오가는 구름이 잠깐씩이나마 불타는 해를 가려주기는 했지만, 무섭게 달아오른 대지와 사방을 휘감아 도는 칙칙한 절강의 습기에 누구나 연신 땀을 훔쳐 내야 하는 찌는 듯한 무더운 날씨였다.

에헤야 에헤야, 에헤에에 에헤야!

이런 지독한 더위에서도 삼십여 명이 넘어 보이는 건장한 체격의 상여꾼들은 조금도 지친 기색을 보이지 않고 우렁차게 만가를 불러가며 힘을 더했다. 그도 그럴 것이, 자식이 없는 조 노인은 자신의 전 재산을 장례에 참석한 사람들과 상여꾼들에게 골고루 나누어 주라고 공표했기 때문이다.

먹고 살기 힘든 요즘 같은 세상에 거저 생기는 돈이나 다름없기에 너도나도 상여꾼을 자원했고, 끝내는 산통(算筒)을 가져다 제비뽑기로 결정했다는 말이 돌았다. 그 뒤를 인근 마을 사람들까지 마을을 텅텅 비워놓고 따랐다.

'후후.'

사군의 입가에 웃음이 배어났다.

조씨 노인의 생전 행적을 생각하면 상여의 뒤를 따르는 조문객들의 행렬은 누가 보기에도 웃음을 금치 못하게 하고, 일견 사람을 허망하게까지 만드는 부조화의 극치였다.

조씨 노인의 재산을 나누어 줄 권한을 부여받은 것으로 알려진 정 노인은 끝을 보이지 않고 길게 이어지는 조문객들의 행렬을 보고 흐뭇한 미소를 지었다.

상여가 성문을 통과했다.

미리 손을 써두었는지 수문장의 태도는 의외로 순순하기만 했다. 은자만 있으면 귀신에게도 맷돌을 돌릴 수 있게 한다던가.

딸랑거리는 요령 소리와 우렁찬 만가가 어우러진 상여 행렬이 어느덧 광상교(光相橋)를 지나고 경괴문(經魁門)을 지났다.

이곳까지 왔으니 무더위에 지칠 만도 했건만, 아직도 상여꾼들의 목소리에서는 넘치는 힘이 느껴졌다. 오늘 상여를 메는 사람들에게는 적어도 은자 열 냥씩은 돌아갈 것이라는 말이 있었다. 일 년을 꼬박 일해도 벌기가 쉽지 않은 그런 엄청난 돈이니, 오늘 힘 한번 바짝 쓴 여파로 한 달을 앓아누워 있어도 충분히 남는 장사라는 얘기다.

역시 은자의 위력은 대단하다.

사군은 슬며시 눈을 두리번거려 다른 사람들의 표정을 살폈다. 젊은이고 중늙은이고 아낙이고 간에 모두 사는 것에 시달려 절절이 찌들고 지친 표정이었다. 아직 갈 길이 먼 것 같기에 그러는 것마저도 시들해진 사군은 멀리 저 앞쪽에서 들리는 만가에 귀를 기울였다.

이유는 알 수 없지만 만가를 들으면 한없이 마음이 포근해진다. 영원한 쉼터로 안내하는 소리이기 때문인가. 만가는 저 먼 어떤 곳에서 울려와 퍼지는 편안한 안식처로 인도하는 노래와도 같다.

'하루 종일 만가만 불러줄 사람 어디 없나.'

별 생각이 다 떠올랐다. 햇볕이 뜨거우니 머리도 이상해지는 모양이다. 떠가던 옅은 회색의 구름 조각이 잠시 태양을 가렸다.

'어머니.'

요즘은 벌써 흰머리도 몇 개씩 보인다. 새치였으면 좋겠다. 이런 무더운 여름의 상여 행렬 가운데서 문득 떠오르는 사람이 어머니라니 가당치도 않다.

하지만……

철이 들기 전까지의 어머니는 그저 자신을 속박하는 가장 가까운 어른일 뿐이었다. 사군은 그때까지도 어머니에 대해 알지 못했다. 사군은 아직도 그날을 기억했다. 아니, 영원히 잊지 못할 거라는 표현이 맞을 것이다.

'어머니!'

소흥부로 이사 온 후에 맞은 새해에 모두들 문 앞의 저잣거리에서 사온 춘련(春聯:한 해의 복을 기원하는 글)을 붙이는 등 부산했다. 가난한 사군의 집에서도 복은 받아야겠기에 문에다 직접 붉은 물감으로 복(福)자를 거꾸로 써두었다.

그걸 놀리는 이웃집 계집아이를 실컷 두들겨 패고 온 사군이 크게
혼났던 날 그는 어머니의, 그리고 자신의 비밀을 알았다.

"그런 것이 뭐가 그리 대단하다고 사람을 때렸느냐. 돈이란 있다가
도 없는 것이다."

"흥, 돈이 없어 춘련 한 장도 사지 못하잖아요."

그런 아들을 한참이나 바라보던 어머니는 마치 중대한 결심이나 한
듯이 입을 열었다.

"네 아버지는 중원에서 둘째가라면 서러워할 대상인(大商人)이셨다.
너도 반드시 상인이 되어 아버지의 한을 풀어드려야 한다."

이름 석 자도 모르고 있던 아버지였다. 겨우 상인이라는 것만 들어
알고 있었다.

그런데 느닷없이 그 아버지의 실체가 중원 제일의 대상(大商)이었다
니…….

"그럼 이름만 대면 나이 드신 분들은 알겠네요? 함자가 어떻게 되지
요?"

기회를 놓치지 않으려는 듯 사군이 물었다.

이런 기회를 빌어 그동안 알지 못했던 아버지에 관한 이야기를 들으
려는 것이었다. 이유는 알 수 없었지만 아버지에 관한 이야기는 집 안
에서 금기에 속했다.

"더 이상 묻지 마라."

그걸로 끝이었다.

대체 뭘 숨기고 싶은 것일까?

하지만 어머니는 더 이상 말해 주지 않았다. 사군의 설익은 반항기
는 멈추지 않았고 그럴 때마다 어머니는 매를 들어야 했다. 사군은 그

답답함을 무공으로 풀었다. 어머니가 제일 싫어하는 무공으로.

더 이상 참기 어려웠을까?

어느 날 어머니는 또 다른 말을 했다.

"네 아버지가 장사에 망하고 끝내 죽음에 이른 것은 상인으로서 알아야 할 일들을 체계적으로 배우지 못했기 때문이다. 게다가 믿었던 사람들이 배신을 했기 때문이기도 하다. 그분의 함자를 알려주지 못하는 것은 행여 네가 철없이 굴다가 함부로 입 밖으로 내서 그들의 주의를 끌까 두렵기 때문이다."

"그래서 그 잘난 아버지 때문에 어머니께서 저만 데리고 도망을 다니며 이렇게 궁상맞게 사는 건가요?"

"이 녀석, 말이 지나치구나!"

어머니는 파랗게 질려 몸까지 부들부들 떨었다. 아버지에 대해서는 조금도 불경한 말을 허락하지 않는 어머니였다. 당연한 반응이었다.

"뭐가 지나치다는 거지요? 아버지로서 일단 자식을 낳았으면 적어도 클 때까지는 책임을 져주어야 하는 것이 아닌가요?"

"내가 이렇게 책임을 져주고 있으니 된 것이 아니냐?"

여간해서 목소리가 올라가는 법이 없었던 어머니였지만 그날만큼은 달랐다. 그날 성안 저잣거리에서 산에서 뜯어온 산나물을 팔다가 불량배들에게 희롱을 당했다는 말을 들었는데, 그 앙금이 남아 사군에게 향하는 모양이었다. 하지만 그 일 역시 사군을 무척이나 화나게 하는 일이었다. 사군의 감정 또한 격해졌다.

"무슨 책임을 져주었다는 거지요? 홍! 성안에 사는 부잣집 놈들은 뻔지르르한 비단옷에 종자까지 데리고 다니고, 집 안에는 독서생을 몇 명씩 모시고 공부한다더군요. 그렇게는 아니더라도 삼시 세 끼 중에

한 끼라도 남부럽지 않게 제대로 먹어보는 것이 소원인 저하고 그놈들은 천양지차(天壤之差)지요. 부모로서 자식을 낳았으면 그 정도는 해주어야 하는 것이 아닌가요? 어머니가 제게 제대로 해주신 일이 대체 뭐가 있어요? 기껏 나물 죽 한 그릇 놓고 서로 밀어가며 '드세요', '아니다, 네가 먹어라' 하는 것이 고작이었잖아요. 그러고도 무슨 어머니예요? 대체 뭘 책임져 주셨지요?"

지금 생각하면 너무 철없는 말이었지만 그때는 자식에게 그렇게 하는 것이 부모의 당연한 도리라고 여겼었다.

아직도 그날의 그 말이 너무나 후회스럽기만 했다. 아마 어머니의 가슴에는 영원히 잊혀지지 않는 큰 못이 되어 박혀 있을 터였다.

그날 어머니는 정말 흥분했다.

얼굴은 새파랗게 질려 금방이라도 숨이 넘어갈 것 같았고 꼭 말아쥔 두 손은 물론 몸까지 파들거리며 떠셨다. 그러고는 마침내 꺼내지 말아야 할 말을 하셨다.

"네 어머니께서 그 말을 들으셨다면 지하에서도 편히 눈을 감지 못하고 계실 게다."

쿵!

무슨 소린가?

내 눈앞에 있는 어머니 말고 지하에 또 한 사람의 어머니가 누워 계신다는 말인가.

멍했다.

마치 돌을 깨는 커다란 망치에 한 방 제대로 맞은 기분이었다. 하늘에서 벼락을 맞으면 이런 기분일까?

"그, 그게 무슨 소리지요?"

그때 어머니는 무척이나 당황했다. 아들을 향했던 분노는 이미 거두어진 지 오래고 얼굴에는 당황한 표정만 가득했다.

"무슨 말이냐니까요!"

버럭 지른 소리에 깜짝 놀란 어머니는 황급히 말을 바꾸려고 했다.

"아, 아니다. 내가 말이 헛나와서……."

"무슨 얘기냐고요? 내 어머니가 지하에서 그 말을 들었으면 편히 눈을 감지 못할 것이라고 했잖아요! 어서 말을 해보세요!"

소리가 너무 커서 집까지 흔들렸을지도 모르겠다. 그 정도로 흥분했었다. 눈을 까뒤집고 입에는 거품을 물고 침덩어리까지 튀겨가며 하는 소리에 어머니는 완전히 겁을 먹었다.

"사, 사실, 나, 나는 네 어머니가 아니라 이모다."

쾅!

또 한 방의 마른벼락을 맞았다.

그때 그 충격이란!

너무나 감당하기 힘든 말이라 사군은 한동안 입을 열지 못했다.

"그럼 제 어머님은?"

지하에서도 눈을 감지 못한다고 했으니 이 세상 사람이 아닐 것은 분명했다. 어머니, 아니, 이모는 모든 것을 포기한 듯 대답했다.

"네 어머니는 마지막까지 아버님을 살리려고 노력하다가 끝내는 목숨마저 버려야 했지. 내가 가장 존경하는 분이기도 하다."

그래서 어쩌라는 말인가?

"그런데 왜 이모가 나를 맡았지요?"

이모는 대답하지 않았다.

그래서! 그래서 존경하는 사람을 위해 인생을 그렇게 구차하게 살았단 말인가? 어머니라는 이름을 들어가며 사군을 속였던 여자.

배신감이었다.

태산 같은 분노는 파도처럼 밀려와 사정없이 사군을 덮어버렸다. 그가 살고 있던 세상은 바뀌어 버렸다. 혼돈이었다. 어머니가 이모가 되었고, 그 이모는 결혼도 하지 않고 조카를 데리고 살고 있고, 그 이모에게 얹혀 사는 조카……. 칠흑 같은 어둠과 절망을 보았다.

그 절망의 두께는 너무나 두터웠기에 어린 사군이 뚫기에는 너무나도 벅찼다.

"뭐 하러 저를 이렇게 힘들게 키워요! 차라리 나가서 죽어버릴 거예요!"

사군은 그렇게 집을 박차고 나왔다.

바닷가였다.

푸른 물결이 끝없이 펼쳐진 동해가 보이는 곳이었다. 지친 사군은 해송(海松) 몇 그루가 만들어낸 작은 그늘 아래 쓰러져 잠이 들었다.

꿈이었다.

어머니가 이모가 되고 아들이 조카가 되는 그런 허접한 꿈이었다.

쏴아아, 철썩!

쏴아아, 철썩!

그 꿈 내내 파도 소리가 귀를 멍하도록 때렸다.

다시 눈을 뜬 것은 별이 초롱초롱한 깜깜한 밤이었다. 그리고 깨어날 때까지 답답했던 그 꿈은 현실이 되어 다시 돌아왔다. 가끔은 친구가 되어주었던 별들마저도 그때는 그저 무심하게만 느껴졌다. 차라리 듣지나 말 것을… 눈물을 흘렸다.

"서럽냐?"

고노였다. 그저 물끄러미 내려다보기만 했다. 동정의 눈빛이 싫었다.

"가자."

사군은 고노를 따라갔다. 그리고 고통을 이겨낼 탈출구를 보았다. 한동안의 그가 모든 것이 엉망이 되어버린 어둠 속에서 위안으로 삼았던 것은 오로지 무공뿐이었다.

"고노, 제대로 된 무공을 가르쳐 줘요!"

미칠 듯이 무공에만 전념했다. 날마다 땀에 전 피곤한 몸으로 마른 풀이 깔린 초막의 바닥에 누워 그렇게 쓰러져야 했다. 그렇지 않고는 견딜 수 없었다.

몇 날이 지났을까.

어느 날 문득 잠결에 여인의 울음소리를 들었다.

"군아 없이는 하루도 살 수 없어요. 흑흑흑."

어머니, 아니, 당시는 이모였다.

"지금은 군아 스스로가 헤치고 나올 때까지 그냥 내버려 두는 것이 최선입니다."

고노였다. 두 사람은 초막 맞은편의 숲가에서 낮은 목소리로 대화를 나누었지만 사군은 한마디도 빠짐없이 들을 수 있었다.

눈물이 흘렀다.

'맞아요. 저도 보고 싶었다구요.'

날이 밝아오자 사군을 덮었던 칙칙한 어둠은 안개처럼 사라졌다.

이모는 다시 어머니가 되었다. 하지만 사군을 대하는 어머니의 목소리에는 예전과 같은 엄격함 대신 조심스러움이 묻어났다. 사군이 무공을 배우는 것을 알면서도 크게 뭐라 나무라지도 못했다.

"나는 네가 무공을 연마하는 것이 탐탁지 않구나."

그게 전부였다. 사군은 그 말을 귓전으로 흘려 버렸다.

제대로 된 무공은 그렇게 시작되었다. 그저 상처의 겉만 덮어두었을 뿐 마음속 깊은 곳의 앙금마저 가신 것은 아니었기에 몇 년 동안 미친 듯이 무공에만 열중했다.

허이야 허이야, 어허어어 허이야!

상여꾼들의 만가 소리가 사군의 상념을 깨웠다.

사람들의 이마나 얼굴은 물론 등에서까지 땀방울이 주르르 흘러내렸다. 칙칙한 더위는 누가 옷깃만 스쳐도 멱살을 잡게 만들 만큼 사람들을 짜증나게 했다. 인파에 밀려가면서 옷깃은 물론 몸이 부딪치는 일도 종종 있었지만 누구도 소란을 피우지는 않았다. 상여 행렬이었기 때문이다.

"이상하네. 왜 자꾸 중심가로 들어가지?"

갑자기 그의 옆에서 가던 얼굴이 시커멓게 찌든 중늙은이 하나가 고개를 갸웃거리며 하는 말이 사군을 상념에서 깨어나게 했다.

"그러게 말입니다. 좀 더 가면 소흥 관부(官府)가 나오는데……."

그 옆의 어떤 사내가 그 말을 받았다.

그리고 보니 상여가 가는 방향은 소흥부 관아가 있는 중심가로 향하고 있었다. 성안을 한 바퀴 돈다고 했으니 굳이 중심가로 들어가 관부의 심기를 건드릴 필요는 없는 것이다.

‘왜 이러지?’

그들이 주고받는 말을 듣고 있던 사군도 내심 이상하다는 생각이 들었다.

돈 많은 사람의 상여라면 명당이 있는 성 밖 산으로 옮겨져야 마땅했다. 서남의 회계산이나 동북의 서시산을 꼽을 것도 없이 산수 좋은 명당이 즐비한 소흥이다.

‘어디로 가는 걸까?’

생각해 보니 망자의 장지(葬地)가 어디라는 말을 들은 기억이 나지 않았다. 다른 사람들도 그저 돈이 생긴다는 말에 따라나선 사람들이 대부분으로 보였다.

이미 상여가 우성관을 지난 지도 꽤 되었으니 몇 리만 지나면 소흥부 관아였다. 길 좌우로 마주 보고 옆집 처마를 맞대고 빼곡이 들어선 집들로 인해 넓은 대로를 가득 메우듯 나가던 상여 행렬은 갈수록 앞뒤가 멀어지며 그 줄은 길어져만 갔다. 소문을 듣고 상여가 지나가기만을 기다리던 사람들이었다.

“멈추어라!”

갑자기 관병 수십 명이 창검을 들고 달려와 상여 행렬을 막아섰다.

“무슨 일이오? 관병이라고 함부로 망자의 극락왕생 길을 막아서도 된단 말이오?”

상두꾼 강 생원이 앞으로 나서며 다짜고짜 시비조로 물었다.

나이는 제법 들었지만 우락부락한 얼굴의 다부진 어깨를 가진 그는 평소의 성품대로 관병들을 대하는 태도며 말투가 예사롭지 않았다. 관병들이 앞을 막아섰기에 상여꾼들이 상여를 내려놓았다.

“뭐야? 이런 무례한 작자를 보았나! 상여라면 마땅히 장지가 있는 산으로 나가야지 어째서 관청으로 향한단 말이냐?"

천호(千戶) 남용(南勇)은 이마에 핏줄을 불끈거리며 꾸짖듯 말했다. 상두꾼 강 생원의 대답에 남용은 정말 화가 났다.

인근 건도소(健跳所:천여 명의 병력을 배치한 지방 방위소) 수장인 그는 수상한 상여가 성안으로 들어갔으니 빨리 검문을 해보라는 지부(知府)의 긴급한 지시를 받고 휘하 병력 중 일부를 급히 수습해 달려온 길이었다.

이미 오는 도중에 망자가 성안에서 고리대금업자로 악명 높았던 조씨 노인이라는 것을 들었기에, 상여 행렬이 대단해 보여도 그는 조금도 기가 죽지 않았다. 망자의 앞이라는 점을 고려하지 않았다면 벌써 장검을 뽑아 들었을 상황이었다.

그 순간 상여꾼들이 상여를 내려놓고는 그 주위를 둘러쌌다. 얼핏 보기에 무례한 관병들의 태도에 혹시 일이 터질까 상여를 보호하려는 행동 같았다. 죽음으로 가는 절차는 항상 성스러운 것이 아니던가.

하지만.

"흥, 다 이유가 있지. 애들아!"

남용을 향해 코웃음을 친 강 생원은 돌연 뒤를 돌아보며 소리쳤다. 그러자 상여꾼들은 재빨리 상여를 해체하고 그 위에 올려진 관 뚜껑을 열어젖혔다. 놀랍게도 그 안에는 각종 병장기가 들어 있었다. 상여꾼들은 그것들을 꺼내 들고는 관병들을 향해 달려들었다.

"죽여라!"

"썩은 탐관오리의 앞잡이들을 죽여라!"

그뿐 아니라 뒤를 따르던 추모객들도 끌고 가던 수레로 달려들어 위에 덮은 천을 걷어냈다. 그 안에는 당연히 있어야 할 상례를 위한 음식

대신 병장기만 가득했다. 그들 또한 망설임없이 무기를 꺼내 들고 앞으로 달려나갔다.

"뭐, 뭣들 하는 짓이냐!"

돌연한 상황에 놀란 남용은 황급히 뒤로 물러서며 장검을 뽑아 들었다.

"모두 죽여라!"

"와아!"

갑작스럽게 우르르 달려드니 그 기세에 놀란 남용 휘하의 관병들은 덜컥 겁을 집어먹었다. 서로 얼굴을 마주 보며 우왕좌왕하던 그들은 황급히 무기를 집어 던지고 걸음아 날 살려라 하며 오던 길로 달아났다. 그러자 남아 있던 남용 주변의 관병 몇 명도 대장의 눈치를 살피다가 슬금슬금 도망을 쳐버렸다.

하지만 앞장섰던 남용은 당황한 데다 우르르 달려드는 상여꾼들에게만 신경 쓰다가 그런 사실을 까맣게 몰랐다.

"헛! 이것들이!"

무리를 지어 달려드는 반도들의 기세에 크게 놀란 남용은 얼굴이 하얗게 질렸다.

관병들이 달아나는 것을 보고 기세가 등등해진 상여꾼들은 그를 향해 집중적으로 달려들었다. 하지만 아무리 그래도 천호란 직위는 거저 생긴 것이 아니었다. 그는 앞서 달려드는 몇 명의 장한들을 향해 날렵하게 검을 휘둘렀다.

군중이란 아무리 수가 많아도 몇 명만 기를 꺾어놓으면 모두 겁을 집어먹고 달아나는 법이다. 그렇게 믿었고, 지금은 믿어야 했다.

"으악!"

“커억!”

기세에 비해 상대의 무공은 그리 변변치 않았는지 대번에 두 사내가 피를 뿌리며 바닥으로 쓰러졌다.

“쳐라!”

두 명을 죽이고 황급히 뒤로 물러선 남용이 뒤를 돌아보며 소리쳤지만, 그가 본 것은 휑한 길거리와 마지막으로 달아나던 직속 수하의 뒤통수뿐이었다. 그제야 상황을 파악한 그는 자신도 살아야겠다는 생각에 황급히 몸을 돌려 달아나려고 했다.

“어딜 가느냐!”

어느새 박도를 든 강 생원이 남용을 향해 달려들었다.

챙!

남용은 재빨리 검을 마주쳐 강 생원의 일격을 막아낸 후에 오던 길로 몸을 빼려고 했다. 하지만 미처 두 발짝을 떼기도 전에 강 생원의 칼이 남용의 등짝을 길게 내리그었다. 천호를 죽인다는 생각 때문이었는지 잠시 주춤거리는 듯했던 강 생원이었지만 어느새 남용의 뒤로 다시 따라붙어 등을 벤 것이다.

놀랍도록 빠르고 경쾌한 도법!

“크윽!”

남용이 비틀 하는 사이 잇달아 장한 서넛이 달려들어 도검으로 그의 등을 쑤셨다.

푹!

천호 남용은 물먹은 솜처럼 그 자리에서 무너졌다.

“관아로 간다! 모두 나를 따르라!”

강 생원이 허공으로 검을 높이 치켜들고 소리쳤다. 그러자 뒤따르던 장한들은 저마다 한마디씩 소리쳐 가며 앞으로 내달렸다.

강 생원.

하지만 그의 얼굴에 언짢은 기색이 어려 있었다.

'미안하이!'

빛살처럼 빠른 수법으로 일도(一刀)에 남용을 거꾸러지게 만들었던 그였다. 단 한 명의 수하도 잃지 않고 놈을 제거할 수 있었다. 하지만 수하를 두 명이나 죽게 만든 것이 못내 가슴이 아팠다.

하지만 그렇게 한 것은 피를 보게 하려 함이었다.

바닥에 질편한 동료들의 선혈!

붉은 피에 흥분해 눈이 뒤집힌 사람들이 무서운 기세로 쳐나가게 만들려 함이었다. 적어도 오늘은 그 피를 두려워하지 않고 앞을 뚫고 나갈 힘이 필요한 날이기 때문이다.

"가자! 나가자! 썩어빠진 탐관오리를 쓸어내자!"

강 생원의 가슴 가득한 뜨거운 열정은 지축을 뒤흔드는 고함 소리가 되어 절강의 더위마저 와락 밀어내며 터져 나왔다.

"와아!"

"관아를 부수자!"

"모두 죽여 버리자!"

담장을 끼고 길게 뻗은 행렬이라 뒤쪽에서는 아직 정확한 정황을 알지 못했다. 그들은 갑작스럽게 돌변한 사태에 영문을 몰라 웅성거리기 시작했다.

"뭐야?"

"웬 고함이야?"

"무슨 일이야?"

뒷줄 사람들은 불안한 표정을 지으며 저마다 한마디씩 내뱉었다.

"이거 혹시 실컷 이용해 먹고 돈을 주지 않으려고 수작 부리는 거 아니야?"

그들의 최대 관심사는 오늘 받기로 한 일당이다. 하지만 상여가 멈춰 선 이유는 이내 밝혀졌다.

"앞에서 들리는 말로는 관병들이 막아서고 있다는데."

"뭐라고? 관병?"

"관아를 향해 오백여 명도 넘는 사람들이 움직이고 있으니 당연한 일이 아닌가?"

곳곳에 반군들이 설치는 마당에 수백 명이 떼를 지어 움직이는 상여 행렬이 관병들을 자극한 것이 틀림없었다. 그런데 갑자기 앞쪽에서 누군가의 큰 목소리가 들려왔다.

"학정을 일삼고 제 배만 채우는 탐관오리들을 베어 죽이자! 가자, 관아로!"

"앞을 막는 관병들은 모두 죽어 버리고 길을 열어라!"

"와! 와!"

그 소리가 신호라도 되듯이 상여 행렬의 중간중간에서 수백 명의 무장한 사람들이 나서며 사람들을 선동하기 시작했다.

"우리를 따르지 않는 자는 관부의 첩자들이 분명하니 모두 베어 죽일 것이다!"

누군가 그렇게 말하며 허공에 박도를 휘둘렀다.

"어이쿠!"

"헛!"

아무것도 모르고 쫓아왔던 사람들은 그제야 상여 행렬의 실체를 깨

닫고는 크게 놀랐다. 하지만 흉흉하게 도검을 휘두르며 을러대는 그들의 기세에 겁을 먹은 사람들은 감히 대열을 이탈할 생각도 하지 못하고 겁에 질려 어정쩡하게 서 있었다.

사군은 그제야 상여 행렬이 관부를 공격하기 위한 반란군들의 위장임을 알아챘다. 아마 연고가 없는 조씨 노인의 시신은 들판에 버려져 있거나 야산 귀퉁이에 파묻혀 있을 것이 뻔했다.

'어이구, 잘못하면 반란군으로 몰려 모가지가 떨어질 터인데…….'

둘러보니 다른 사람들도 모두 그런 생각인지 불안한 표정이지만, 도검을 빼 들고 설쳐 대는 반란군들의 기세에 어쩔 줄 몰라 했다.

"그동안 나라에서 해준 것이라고는 집 안의 숟가락까지 세금으로 걷어간 것이 전부가 아니냐? 그뿐이냐? 내 딸년은 빚에 몰려 지난달 청루로 팔려가 뭇 사내들의 노리개가 되었다!"

어떤 자가 큰 목소리로 소리쳤다. 그러자 그에 호응하듯 여기저기에서 고함이 터져 나왔다.

"나는 마누라까지 빼앗겼다!"

"무지막지한 세금을 내려다가 논밭을 모두 잃고도 빚쟁이가 되었다!"

"백성들을 굶주림에 빠뜨린 관리들을 모두 죽여라!"

"와아!"

습기를 가득 머금은 끈적끈적한 무더위가 기승을 부리던 날이었다. 어느새 그들의 선동은 사람들을 자극했고 많은 사람들이 동조하기 시작했다. 하루 한 끼 먹기도 힘든 세상이니 누군가 불만 지펴준다면 활화산처럼 타오를 민심이었다.

"죽여라!"

"다 때려 부숴라!"

한번 불평이 터지기 시작하니 모두들 크게 소리치며 파도처럼 앞으로 밀고 나갔다.

소흥 외곽의 창안포(昌安鋪).

이곳은 바다에서 소흥으로 들어오는 수로의 관문이기도 했다.

해문위(海門衛) 지휘첨사(指揮僉使) 남당(南唐)은 사람들의 고함 소리를 들었다. 방향으로 보아 성안에서 들리는 소리가 틀림없었다. 망루 위에 올라가서 보니 성문을 지키던 병사들이 오히려 성 밖으로 달아나는 것이 보였다.

"반란이다!"

망루를 달려 내려온 그는 즉시 수하들을 소집했다.

바다로 향한 관문인 해문위에는 원래 왜구들의 침입을 대비하기 위한 곳으로, 오천여 명의 병사들이 지키게 되어 있었다. 늘 그렇듯이 인간사의 모든 규정과 현실은 항상 맞지 않는 법이라 지금 남당의 휘하에는 병졸 이천여 명이 전부였다.

하지만 평소 투철한 충성심을 강조하는 그인지라 휘하 병사들의 훈련도 남달라 이곳 해문위 병사들은 소흥부 전체의 위소 중에서도 정예로 소문이 나 있었다.

남당은 일단 수하들로 하여금 도망병들을 수습하게 하고는 성문을 점거해 수비를 강화했다. 성문이 폐쇄된다면 반격도 그만큼 힘들기에 그는 무슨 일이 있더라도 성문을 지켜야겠다는 결심을 했다.

수비 태세를 굳히던 그에게 수하 하나가 나는 듯이 말을 달려왔다. 남당이 해문위를 떠나오며 임시로 그곳 경비 책임을 맡은 자로부터 온

연락병이었다.

"수상한 배 세 척이 포구를 지나고 있습니다. 정선(停船) 명령을 내려도 불응하고 성 안쪽으로 접근하고 있습니다."

"뭣이?"

이런 판국에 수상한 배라면 다른 지역에서 와서 반군들과 호응하려는 놈들일 가능성이 높았다. 소흥성은 물길을 통해 바다에서 곧장 성 안으로 접근할 수 있기에 그 관문을 지키는 해문위의 역할은 자못 중요했다. 남당은 수하들 중 기병 백여 명을 추려서 신속하게 포구로 이동했다.

"알아볼 필요도 없다. 화공(火攻)을 가해라! 한 척도 남기지 말고 바다에 모두 수장(水葬)시켜 버리도록!"

남당의 명령을 받은 수하들은 신속히 불화살을 준비했다.

"죽여라!"

"관아를 불태우고 곡식 창고를 열자!"

곡식 창고를 열자는 말은 확실히 효력이 있었다. 뒤에 처져 머뭇거리던 사람들도 저마다 소리치며 앞으로 내달렸다. 사군도 예외가 아니었다.

"죄다 죽여 버려라!"

그는 자신도 모르게 그들과 같이 소리 지르며 반군들의 대열에 합세했다. 달리면서 보니 부서진 상여가 길 한구석에 처박혀 있었는데, 시체가 들어 있어야 할 속이 텅 비어 있었다. 사군은 그제야 상여가 가짜임을 알았다.

'좋아!'

무슨 이유에서인지 몰랐다. 불끈하고 가슴속에 뜨거운 피가 치밀어 오르는 순간 상여로 달려간 사군은 부러진 나무 작대기 하나를 집어 무기로 삼고 그들의 뒤를 따랐다.

"모두 죽여라!"

폭염 아래 뜨겁게 달궈진 군중 속의 광기였다. 뭐가 뭔지도 자세히 알 수 없었지만, 사군은 그렇게 소리치며 사람들의 뒤를 따랐다.

몇 개의 다리를 건넜을까.

사람들의 기세는 갈수록 흉흉해졌다. 크게 소리치며 지나가는 반란군들에 동조한 사람들의 수는 구름처럼 늘어나 순식간에 수천 명의 무서운 세력으로 바뀌었다. 기세 좋게 앞으로 달려나간 그들은 이내 소흥 관부가 보이는 곳까지 도착했다.

이미 소식이 전해졌는지 굳게 문이 잠긴 관아에서는 얼굴에 긴장이 가득한 백수십여 명의 관병들이 활과 조총, 창검 등으로 무장하고 초조하게 반군들을 기다리고 있었다.

팽팽한 긴장 속에 두 세력이 대치하며 무거운 정적이 흘렀다.

"나가자!"

"다 죽여라!"

"쓸어버려라!"

누군가의 우렁찬 구호와 호응하는 고함 소리에 군중들은 마치 주술에 걸린 사람들처럼 앞으로 내달렸다.

"쏴랏!"

이쯤 되면 별수없다. 사정권 안에 들어왔다고 여겼는지 어디선가 명령이 떨어졌다. 담장 뒤에 기대어 몸을 숨기고 있던 관병들은 일제히 고개를 들어 화살을 날렸다.

핑! 핑! 핑!

"으악!"

"커억!"

기세 좋게 달려나가던 선두의 몇 명이 화살에 맞아 거꾸러지자 뒤따르던 사람들이 놀라 주춤했다. 하지만 그도 잠시뿐, 누군가 소리치며 다시 반란의 기세를 돋우었다.

"놈들은 몇 되지 않는다! 앞으로 나가자!"

"겁먹을 필요가 없다!"

"죽여라!"

그들은 함성을 질러대며 일제히 앞으로 내달려 단숨에 십여 장의 거리를 좁혀갔다.

"와아!"

쐐액! 쐐액!

탕! 탕! 탕! 탕!

관병들도 지지 않고 화살을 날렸고, 콩 볶는 듯한 총 소리가 뒤를 이었다. 하지만 수천 명으로 불어난 군중들은 더 이상 가리는 것이 없었다. 대부분 변변한 무기도 없어 몽둥이나 농기구가 고작이건만 그들은 겁을 몰랐다. 앞에서는 몇십 명씩 쓰러져도 뒤에서 계속 밀어붙이니 그 기세는 마치 성난 파도와 같았다.

"앞으로 나가자!"

"막는 놈들은 모두 죽여라!"

관병들은 그만 질려 버렸다. 그들은 해일처럼 달려드는 반군들의 기세에 완전히 겁을 집어먹었다. 몇 명의 관병들이 무기를 버리고 달아나는 것을 시작으로 저마다 대열에서 이탈해 뒤로 달아났다.

“와아!”

“썩어빠진 탐관오리들을 모두 죽여라!”

그것을 본 사람들은 더욱 용기백배해 담장을 넘었다.

무공을 배운 몇 명의 사람들이 땅을 박차고 담장을 넘어 안으로 들어가자, 사군도 지지 않고 날렵하게 담장을 타고 넘었다. 먼저 들어선 일부 반군들이 재빨리 관아의 빗장을 풀어 문을 열자, 수많은 사람들이 관청 안으로 밀물처럼 쏟아져 들어갔다.

“으아악!”

“악!”

관리며 관병들이 모두 달아났는지 관아는 텅 비다시피 했는데, 행동이 느린 몇몇 아전들은 미처 달아나지 못하고 허둥대다가 반군들의 칼에 목숨을 잃었다. 관청을 습격하는 일에 동조했던 사람들 대부분의 관심사는 곡식 창고였다.

“와아!”

그들은 순식간에 창고문을 부수고 쌀이며 잡곡들을 약탈하기 시작했는데, 미처 담을 자루를 준비하지 않은 사람들은 윗옷을 훌랑 벗어 보자기 삼아 미곡을 주워 담았다.

“이런 제기랄!”

“텅텅 비었어!”

숱하게 걷어갔던 그 많은 곡식들은 다 어디로 숨겼는지, 수십 명이 한 말도 채 되지 않는 양을 나누어 가졌을 뿐인데도 창고는 이미 바닥을 보였다. 뒤늦게 온 사람들은 욕을 해대며 빈손으로 돌아서야 했다.

“관리와 부자 놈들을 텁시다!”

누군가 소리쳤다.

"세미(稅米)를 걷어 나라에 바칠 생각은 않고 다 제 집으로 빼돌려 놓은 것이 틀림없소! 다 함께 썩어빠진 관리들의 집으로 갑시다!"

"그리 가자!"

"와아!"

한번 승리감에 도취된 그들은 더 이상 가리는 것이 없었다. 사람들은 무기고를 털어 저마다 창검을 하나씩 구해 들고는 살기등등하게 관아를 빠져나갔다.

'제길, 이쯤에서 빠지는 것이 낫겠구나.'

사군은 은근히 겁이 났다.

그의 손에는 급하게 윗옷을 벗어 주워 담은 한 말 정도의 쌀이 들려 있었다. 그는 사람들을 따라가며 슬금슬금 주변의 눈치를 보다가 골목길이 나타나자 재빨리 몸을 돌려 달아났다. 그런 그를 본 사내들 몇몇이 그의 뒤를 따랐다. 사군의 쌀 보따리가 탐이 났던 것이다.

"이놈! 쌀을 내놓으면 그냥 보내주마!"

별안간 그의 뒤를 따라온 몇 명의 장정 중 하나가 그를 향해 몽둥이를 휘두르며 소리쳤다. 떡 벌어진 어깨 하며 한눈에 보기에도 뒷골목에서 위세를 부리는 놈들이 틀림없어 보였다. 사군은 가슴이 철렁했다.

휘익!

몽둥이는 사군의 머리통을 향해 우악스럽게 날아왔다. 하지만 그런 어설픈 몽둥이질에 당할 정도는 아니다. 재빨리 고개를 숙여 피한 사군의 발이 돌아 놈의 옆구리를 찍었다.

"컥!"

목표물이 피하자 중심을 잃은 장한의 몸이 발에 차이며 쓸리듯 나가

떨어졌다. 사군은 주인을 잃은 몽둥이를 받아듦과 동시에 발을 허공에 교차시켜 뒤 이어 달려들던 자의 턱을 차올렸다.

"캑!"

한 손에 들려진 몽둥이가 허공을 갈라 세 번째 놈의 어깨를 그대로 내리찍었다.

퍽!

턱이 차인 장한은 발라당 뒤로 나가떨어졌고, 어깨를 찍혔던 놈은 인상을 찡그리며 그 자리에 주저앉았다. 한 놈이 더 있었지만 사군의 기세에 놀란 녀석은 그대로 몸을 돌려 오던 길로 달아나 버렸다.

"흥!"

사군은 손에 들고 있던 몽둥이를 쓰러진 놈들에게 던져 주고는 한 녀석의 상의를 벗겨 걸쳤다. 웃통을 벗은 채 간다는 것이 아무래도 마음에 걸렸던 까닭이다.

"쫓아오면 이번에는 죽여 버린다."

오히려 자신의 겉옷까지 벗겨가는 그를 보며 황당한 표정을 짓는 털보장한에게 겁을 주고는 가던 길을 계속 달렸다.

"이놈! 월왕회(越王會) 왕칠(王七) 어른의 옷을 벗겨가고도 무사할 줄 아느냐!"

털보장한이 뒤늦게 그의 등에 대고 고함을 질렀지만 감히 따라올 생각은 하지 못했다.

'제기랄!'

사군은 입맛이 썼다. 월왕회라니… 소흥 최대, 유일의 타항(打行)이 아닌가. 가슴이 뜨끔하기는 했지만 그렇다고 이제 와서 다시 옷을 벗어주고 올 수는 없는 일이었다.

사군은 더욱더 빨리 달렸다.

신기했다. 처음 붙어보는, 실전이라 하기에도 멋쩍은 싸움이었지만 상대의 허점이 고스란히 눈에 들어왔었다. 고노의 얼굴이 절로 떠올랐다.

'왜 그랬지?'

대체 무슨 일이 일어났는지 아직 실감이 나지 않았다.

문득 강 생원이 대단한 사람으로 여겨졌다. 항상 이웃을 몸으로 위한다는 평이 있는 사내였다. 도하촌 촌놈인 자신도 악정(惡政)을 항의하는 대열에 끼어 목소리를 높였다는 사실이 신기하기조차 했다.

그저 뿌듯했다.

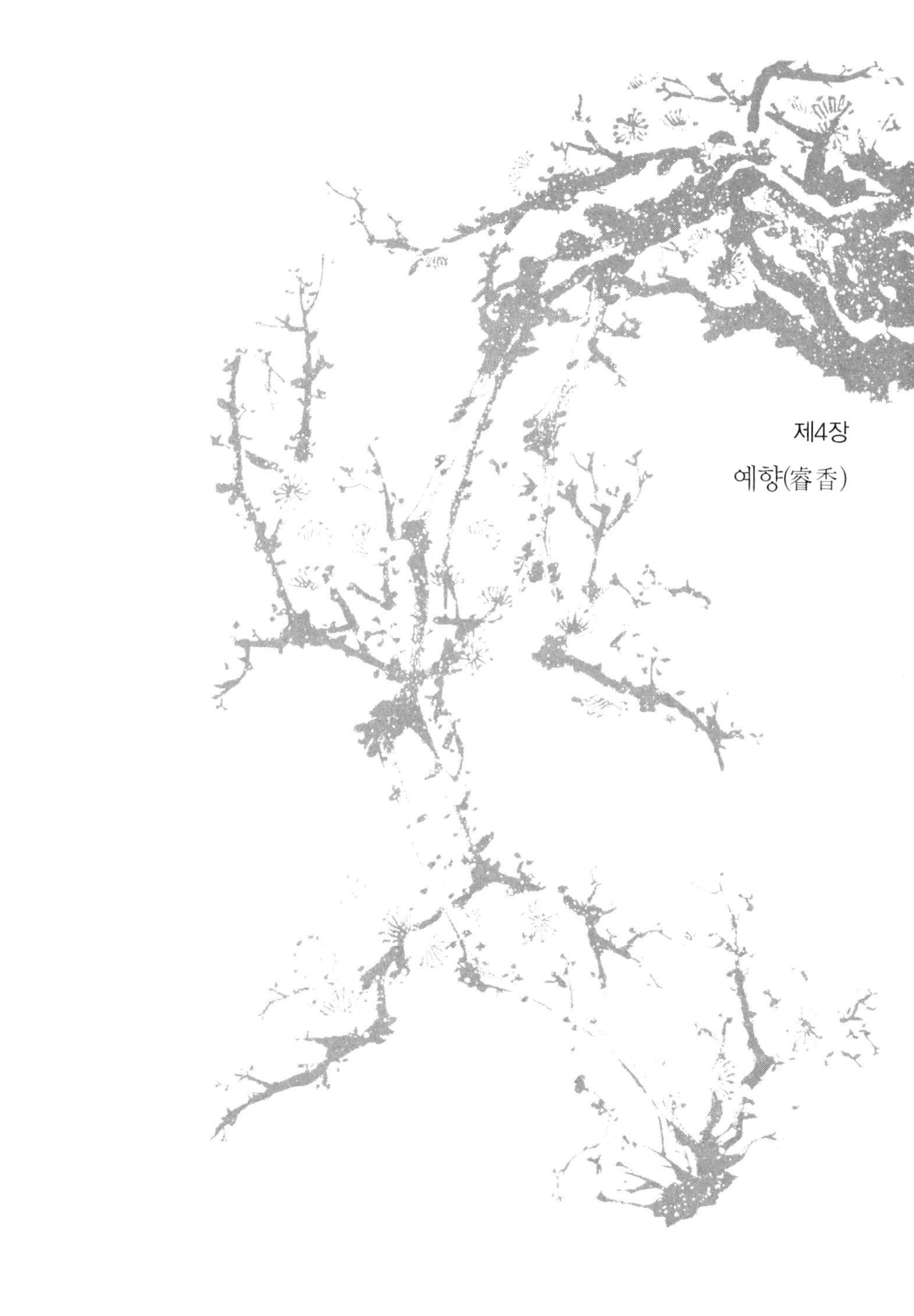

제4장

예향(睿香)

성밖 영은교에서 조금 아래로 내려가면 강을 따라 물가에 길게 늘어선 수십 채의 허름한 목조 집들이 있다. 사람들은 이 마을을 도하촌(渡河村)이라 부른다.

물가에 지어진 집은 물이 많아 수향이라 일컬어지는 이곳 소흥부에서는 너무 흔하기에 차라리 자연스러운 풍경이다.

하지만 이곳의 집들은 번듯한 주춧돌에 잘 다듬은 기둥을 쓴 성안의 좋은 집들과는 같지 않다. 인근 산에서 커다란 바위를 주워다가 대충 모난 곳을 쳐낸 후에 바닥을 다졌고, 그 위에 고르지 못한 통나무를 잘라 기둥을 세운 다음, 기둥 사이를 엉성한 판자로 이어 만든 집들이다.

그런 집들 중에서도 마치 움막을 연상케 하는, 도하촌에서 가장 작고 형편없는 집이 바로 사군과 그의 어머니가 같이 사는 거처다.

"그게 무어냐?"

허름한 탁자를 앞에 두고 삯바느질에 열중하던 그의 어머니가 놀란 얼굴로 일어나 그를 맞았다.

천민들이나 모여 사는 이런 곳에 전혀 어울릴 것 같지 않은, 대갓집 며느리와 같은 곱상한 얼굴이었다. 그렇지만 이마와 눈가의 숱한 잔주름들이 그녀의 지나온 인생 여정이 결코 순탄치만은 않았음을 말해 주었다.

소흥부에서도 해안 일대의 사람들은 밭을 일구거나 물고기를 잡거나 혹은 술을 빚어 팔거나 해서 생계를 꾸려갔다.

하지만 사군의 어머니가 하는 일은 바느질이었다. 남다른 그녀의 바느질 솜씨에 모두들 입을 모아 칭찬을 해주었고, 그 소문은 성안까지 흘러들어 제법 글줄을 익힌 부인들로부터 천의무봉(天衣無縫)이 따로 없다는 말까지 들었다. 이제는 성안에서도 제법 이름있는 부호나 대갓집 안주인들도 그녀에게 바느질을 맡겼다.

"그 옷은 또 뭐냐?"

사군이 입고 있는 옷까지 바뀐 것을 본 어머니가 눈을 둥그렇게 뜨고 물었다.

대답이 궁한 사군이 머뭇거리자 그녀의 아미가 살짝 올라갔다. 털보 장한의 옷을 빼앗아 입었다고 말할 수는 없었다. 사군은 얼른 입에 손가락을 대 비밀스런 표정까지 지어가며 말했다.

"쉿, 쌀이에요. 오늘 반란군들이 일어나 관아를 공격해 곡식 창고를 털었어요. 그 틈에 얼른 슬쩍 해왔지요."

목소리까지 낮추었다.

"뭐라고? 관청의 창고를 털었단 말이냐? 그건 조정으로 올릴 세미(稅

米)가 아니더냐!"

큰 충격을 받았는지 얼굴이 하얗게 질린 그녀가 털썩 뒤로 주저앉으며 말했다. 그녀의 반응에 당황한 것은 오히려 사군이었다.

"그, 그게 조정으로 갈 리가 있겠어요? 그냥 놔둔다 해도 탐관오리들의 배로 들어갈 테지요."

"이 녀석, 닥쳐랏!"

어머니의 손은 그대로 사군의 뺨을 후렸다.

찰싹!

불이 번쩍했다. 사군은 당황했다. 전에 크게 다툰 이후로 한 번도 직접 손찌검을 한 적이 없었기 때문이다. 어머니는 사군의 말을 더 들을 생각도 않고 방 한구석에 세워둔 회초리를 들었다.

"종아리를 걷어라!"

한동안 보지 못했던 싸늘한 표정이었다.

"어, 어머니."

실수다. 사군의 표정이 일그러졌다. 그제야 자신이 멍청한 말을 했음을 알았다. 모처럼 쌀죽이라도 해먹을 수 있다는 생각에 미처 어머니의 심중을 헤아리지 못한 것이 실수였다. 고지식한 어머니가 자신이 관청을 털었다는 사실에 얼마나 놀랐을 것인지는 말할 필요도 없다.

'멍청이!'

내심 그렇게 투덜거리며 바지를 걷어 올리는 수밖에 없다. 쌀을 침상 구석에 내려놓은 사군이 종아리를 걷고 돌아섰다.

"이놈!"

어머니는 서릿발 같은 목소리와 함께 매를 치켜들었다.

피잉!

매섭게 허공을 가른 회초리가 뽀오얀 종아리를 사정없이 후려쳤다.

짝!

피잉!

짝!

회초리질은 끝도 없이 계속 이어졌다. 이를 앙다문 어머니는 매서운 표정을 지어가며 계속해서 회초리를 내려쳤다. 팽팽하던 사군의 종아리에 이내 붉은 줄이 죽죽 가며 그 수를 늘리더니, 이내 핏줄이 터졌는지 주르르 피가 흘렀다.

'아이고, 죽겠네.'

사군은 이마를 찡그렸다. 벌써 열 대가 넘었건만 어머니는 매질을 멈출 생각이 없어 보였다. 그러고 보니 철이 든 이후로는 처음 맞는 종아리 매질이었다.

짝! 짝! 짝!

그녀는 사군의 종아리 상태에도 아랑곳 않고 매질을 계속했다.

"내가 그렇게 가르쳤더냐!"

매섭게 소리지르는 뺨 위로 눈물이 흘렀다. 이미 성안에서 들려오는 고함 소리와 조총 소리, 그리고 하늘로 퍼져 가는 시커먼 연기를 이곳 사람들도 모두 보았다. 마치 시커먼 먹물처럼 여름 하늘을 적시며 피어오르는 연기를 보며 사람들 모두 불안에 떨었다.

"어이구, 저곳은 관아가 있는 곳인데……."

"난이 일어난 게야!"

"드디어 이곳에도 피바람이 부는군. 세상이 어찌 될라고!"

사람들은 저마다 그렇게 한마디씩 하는 것으로 마음속의 불안을 달

랬었다. 맡은 일거리가 급하지만 않았다면 그녀도 아직 돌아오지 않고 있는 사군을 걱정하며 밖에 서 있었을 터였다.

'나쁜 녀석!'

어떻게 키웠는데 그런 못된 도적질에 연루되다니, 잘못도 잘못이거니와 그러다가 나중에 관아에서 반도들 색출이라도 나오면 어찌 목숨을 부지하려고 그리 무모한 짓을 했단 말인가. 저 하나만 보고 살아온 자신은 또 어떻게 살라고… 눈물이 철철 흘러 앞이 제대로 보이지 않을 정도였건만 매질은 멈추지 않았다.

피잉!

짝!

얼마나 때렸는지도 몰랐다. 사군의 어머니는 미친 사람처럼 회초리를 휘둘렀다.

'어마! 어째! 어째! 아주머니가 미쳤나 봐!'

열대여섯은 되었을까?

한 소녀가 문틈에 눈을 대고 방 안의 그런 광경을 보며 발을 동동 구르고 있었다.

한 마을에 살고 있는 예향(睿香)이었다. 그녀는 사군의 얼굴이라도 볼까 하여 기웃거리다가, 집 안에서 나는 회초리 소리에 놀라 문틈으로 방 안을 살피고 있었다. 계속되는 매질에 예향의 간은 콩알처럼 오그라들었다.

'바보, 그만큼 맞았으면 아프다고 주저앉지 왜 버티는 거야. 어서 잘못했다고 빌어!'

예향은 연신 발을 동동 굴렀다. 하지만 그녀의 애타는 바람에도 불구하고 매질은 조금도 멈출 기미를 보이지 않았다.

‘어떡해!’

생각 같아서는 안으로 달려들어 가 회초리를 빼앗고 그만 좀 때리라 말하고 싶었지만 사군의 어머니가 얼마나 엄격한 여자인지를 잘 알기에 감히 안으로 들어갈 엄두도 내지 못했다.

‘어머! 어머! 저러다 기어코 우리 군 오라버니를 잡지!’

예향은 이제 얼굴색마저 헬쑥하게 바뀌었다.

회초리가 휙휙 허공을 가를 때마다 마치 자신이 매질을 당하는 것처럼 문설주를 꼭 부여잡고 몸을 사시나무처럼 떨었다.

휘릿!

“악!”

다시 회초리의 파공음이 들리는 순간 예향은 눈을 질끈 감았다.

짝!

가벼운 신음성과 함께 사군의 몸이 잠시 휘청했다.

하지만 그는 이내 몸을 다잡았다. 고통을 참느라 이마뿐 아니라 등줄기에서도 땀이 줄줄 흘러내렸지만 이를 악물었다. 몇 대를 맞았는지도 몰랐다. 웬만하면 ‘아이고, 나 죽겠네’ 하며 냅다 밖으로 달아날 수도 있겠지만, 어머니가 이토록 화를 내는 이유를 잘 알기에 또 다른 실망을 줄 수는 없다는 생각에 계속되는 고통을 오기로 버티고 있었다.

‘아차!’

언뜻 휘청거리는 사군을 본 그녀는 그제야 자신이 너무 심했다는 것을 깨달았다. 너무 흥분해 자제하지 못하고 계속 후려친 것이다. 종아리를 보니 어느새 피떡이 되어 있었다. 다시 올라간 손을 멈추려 했지만 이미 늦어, 마지막 한 대마저도 사정없이 사군의 종아리를 갈랐다.

짝!

종아리에서는 핏물이 주르르 흘러내렸다.

'나쁜 녀석, 아픈 시늉이라도 좀 하지.'

은근히 열화가 치밀었고 가슴은 미어졌다. 녀석은 이를 악물고 참았던 모양이라 그게 더 괘씸하고, 분하고, 서러웠다. 자신도 모르게 다시 눈물이 왈칵 솟구쳤다.

"흑흑흑!"

고통이 심했지만 어머니의 눈물을 본 사군은 마음이 약해져 절룩거리며 다가가 어깨를 감싸 안았다.

"죄송해요. 제 생각이 짧았어요."

어머니가 우는 것이 모두 자신의 탓으로만 여겨진 사군은 그녀를 부둥켜안았다. 사군을 목숨처럼 아끼는 그녀 또한 갈가리 찢어지는 마음으로 그를 안고 또 울었다. 마침내 두 사람은 목을 놓아 울었다.

"흐흐흑!"

"어엉! 형!"

한동안 두 사람은 그렇게 떨어질 줄 몰랐다.

그동안 그녀가 자신을 위해 얼마나 모진 삶을 살아왔다는 것을 잘 알기에 철이 든 이후에는 더욱더 그녀의 말에 순종해 온 사군이었다.

밤늦게까지 일감에서 손을 놓지 못하다가 코피를 쏟고 만 어머니의 모습을 본 것도 한두 번이 아니었다. 추근대는 저잣거리 남정네들의 손길 때문에 마음이 상하면서도 좌판을 거두지 못하는 것을 볼 때마다 가슴이 아팠었다.

은근히 매파를 넣어 혹을 떼버리고 팔자를 고칠 것을 권하는 소리를 들은 적도 여러 차례 있었다. 처음 그 말을 들었을 때는 그 혹이 무엇인지도 몰랐지만, 매파가 자신에게 주는 눈총을 몇 번 경험하고서야 그 혹의 의미를 알았다.

하지만 사군을 혹 취급했던 사람들은 '내 집에서 썩 나가' 라는 그녀의 고함 소리에 꼬리를 말고 쫓기듯 문을 나서야 했다.

"침상 위에 엎드리거라."

아직 피가 멈추지 않는 사군의 종아리에 생각이 미친 그녀가 말했다. 축축하게 젖어 있는 목소리였다. 그제야 극심한 통증을 느낀 사군도 고개를 돌려 종아리를 보니 살점까지 너덜거려 차마 눈 뜨고 보기 힘들 정도였다.

'에이구, 오늘 완전히 젯날이었구만……'

신음성이 절로 나올 법도 했건만 이를 악물었다. 어머니는 황급히 방 한구석의 목함을 가져다 열어 천 조각들을 꺼냈다. 상처를 보고는 다시 눈물을 쏟는지 연신 소매가 눈언저리를 들락거렸다.

"훌쩍."

미처 콧물을 훔칠 틈도 없었다. 고약을 종아리 이곳저곳에 바른 그녀는 목함에서 꺼낸 천 조각으로 상처를 감싸기 시작했다.

'휴, 내가 미쳤지.'

종아리의 상처를 본 그녀는 가슴이 찢어질 듯 아팠다. 자칫 사군의 목숨이 위험할지도 모르는 상황이었다는 생각에 잠깐 이성을 잃은 것이 실수였다.

"헤헤, 이 정도는 며칠 지나면 아무 상처도 남지 않고 깨끗이 아물 거예요."

그녀의 생각을 눈치 챈 사군의 한마디는 꾹 참고 있던 그녀의 울음을 기어코 다시 터뜨리게 만들었다.

"흑!"

그녀는 연신 눈물을 훔치곤 떨리는 손을 다잡아가며 정성껏 상처를 싸맸다.

'씨, 진작 그만 때릴 것이지.'

문틈으로 두 사람이 하는 양을 지켜보고 있던 예향은 사군의 어머니가 일어서는 것을 보고는 황급히 문에서 눈을 떼고 돌아섰다. 두 모자가 이 동네로 이사 온 것은 오 년도 넘은 일이었다. 전에 살던 곳이 부양현 부근의 어느 촌마을이라고 했던가?

'넌 내 거야!'

처음 이사 온 날 예향은 사군을 찍었다.

그날 이후로 수시로 사군의 집 근처를 오갔는데, 어느 새해인가는 사군네 대문에 물감으로 써놓은 춘련을 보고 입을 잘못 놀렸다가 실컷 두드려 맞기까지 했었다. 그래도 며칠 후에 배실거리며 사군을 다시 찾았던 그녀였다.

'바보.'

종아리가 그런 지경이 되도록 맞고만 있었다니… 두 사람을 하는 양을 지켜보던 예향은 훌쩍거리며 문 앞을 떠났다.

회초리질이 얼마나 심했는지 사군은 사흘 동안 끙끙 앓으며 자리에서 일어나지 못했다.

'내가 죽일 년이지.'

사군의 어머니는 수시로 눈물을 흘려가며 자신을 탓했다. 매번 끼니때마다 없는 살림에도 고깃국을 끓여 상에 올려가며 그가 빨리 기력을 회복하기를 빌었다.

"제가 잘못했는걸요."

사군은 그렇게 말하는 것으로 그녀의 자책을 조금이라도 누그러트려 주려고 했다. 하지만 그 말은 그녀의 자책감을 더욱 자극하게 만들었을 뿐이었다.

사군의 어머니는 며칠 동안 성으로 들어가지 못했다. 성문이 굳게 닫혀 있었기 때문이다. 반란군은 성안에서 하루 종일 관군과 치열한 교전을 벌였지만 우세를 점하지 못하자 다음날 모두 달아나 버렸다.

성안에서는 부호들이 고용했던 보표들이 관병들과 힘을 합쳐 그들을 저지했고, 병력을 이끌고 달려온 지휘첨사 남당이 달아나던 관병들을 신속히 수습해 대응했기에 반란은 어이없이 종국을 맞았다. 게다가 소식을 접한 인근의 영파부와 태주부 지부와 총병관(總兵官) 등이 인근 위소(衛所)의 휘하 병력들을 수습해 즉시 지원에 나섰다.

반군은 하루 만에 거의 궤멸되었고 관군들은 성문을 걸어 잠그고 주동자 색출에 나섰다는 소문이 돌았다.

성문이 다시 열린 것은 반란이 있었던 날로부터 나흘째가 되는 날이었다.

"다녀오마. 아직 어디 나가면 안 돼."

옷 보퉁이를 든 어머니가 집을 나섰다.

성문이 열리고 대충 상황이 수습이 되었다는 소문이었기에 그녀는 겨우 몸을 운신하는 사군을 대신해 일감을 들고 성안으로 들어간 것이다.

"군 오라버니 있어?"

어머니가 집을 나서 성안으로 들어간 사이 살며시 문을 밀고 들어서는 처녀가 있었다.

예향이다.

그동안 은근히 눈치를 보고 있다가 사군의 어머니가 옷 보따리를 끼고 길을 나서는 것을 보고는 재빨리 안으로 들어온 것이다.

어디서 구했는지 그녀의 손에는 빙당호로(氷糖葫盧)가 들려 있다. 산리홍(山里紅) 열매를 줄줄이 꼬치에 꿰어 설탕을 묻힌 것으로 예전에 사군이 꽤나 좋아했던 군것질거리였다.

“어, 웬일이야?”

남녀가 유별한데 총각만 있는 방 안으로 거침없이 들어서다니, 사군은 그녀를 보고 깜짝 놀라 침상에서 벌떡 일어나 앉으며 물었다. 침상이라야 엉성한 나무에 다리를 대고 그 위에 널빤지 조각을 몇 개 꼼꼼히 얹은 것이 고작이었지만 그런대로 튼튼하기는 했다.

“많이 아프다는 말을 들었어. 그동안 망설이다가 오늘에야 들어온 건데…….”

예향은 은근히 사군의 눈치를 보았다.

어렵게 결정하고 들어온 것이니 나무라거나 내쫓을 생각은 하지도 말라는 우회적인 표현이었다. 전말을 다 알면서도 회초리 사건을 입에 올리지 않은 것은, 행여 그런 말에 사군의 자존심이 상할까 염려한 때문이었다.

‘허…….’

사군은 당황했다.

예향이 은근히 자신에게 마음을 두고 있다는 것을 안 것은 최근이었다. 하지만 아직 예향에 대해 별다른 관심을 나타내 보이지 않았던 그다. 마음에 없는 것이 아니라 표현하는 방법을 모르는 까닭이다.

“상처가 어때?”

그녀는 그의 반응에도 전혀 개의치 않고 침상 옆으로 다가와 앉더니 바지를 걷어 그의 상처를 살폈다. 전에 없던 과격한 행동이었다.

“어, 어……”

사군은 깜짝 놀랐다.

아무리 한 동네에서 몇 년을 같이 컸다지만 처녀가 되어 가지고 총각의 옷을 훌렁 걷어붙이고 맨살을 보다니… 하지만 사군은 아무런 말도 하지 못하고 그저 얼굴을 붉히고 당황한 몸짓을 해 보이는 것이 고작이었다.

“어머나, 아직도 흉터가 많이 남아 있네.”

아미를 찡그리고 상처를 보던 예향은 그렇게 말하며 흉터가 있는 사군의 종아리를 부드럽게 문질렀다.

“으헛!”

깜짝 놀란 사군이 헛바람을 들이켰다.

그런데… 짜릿했다.

어머니의 손길이 주던 느낌과는 전혀 다른, 알지 못할 묘한 쾌감에 놀라 그만 심장의 박동까지 다 멎을 지경이었다. 하지만 예향은 손길을 멈추지 않고 두 다리를 차례로 보듬었다. 무척이나 조심스럽고 부드러운 손길이었다.

‘어, 어……’

사군은 그저 입만 딱 벌렸다.

사실 종아리의 상처는 거의 아물어 몇 군데 흉터만 남기고 있었다.

애초 열흘은 족히 가야 겨우 일어설 수 있을 것이라는 의원의 말이

있었지만, 의외로 부기가 쉬이 빠져 이제 자리를 털고 방 안을 걸어다
닐 수 있을 정도였다. 하지만 몸 상태가 걱정이 된 어머니가 극구 말렸
기에 아직도 감히 밖으로 나설 생각은 하지 못하는 상태였다.

"깔깔깔!"

사군의 반응이 재미있다는 듯 예향은 크게 웃어가면서 계속 다리를
쓰다듬었다.

예향은 오늘 큰 결심을 했다.

'반드시 해내야 해!'

이미 들어오기 전에 이를 질끈 물었다.

몇 번씩이나 망설이다가 마음을 다잡고 하는 당찬 행동이었다. 서로
의 마음이 자연스럽게 여물기를 기다릴 수도 있겠지만, 고만고만한 마
을 계집애들이 신경 쓰여 계속 버려둘 수 없기에 이렇게 용기를 낸 것
이다.

하지만 쉽지 않았다.

그것을 나타내기라도 하듯 다리를 만지는 예향의 손길은 속마음만
큼이나 떨고 있었고, 얼굴에는 은은한 홍조가 어렸지만, 사군은 너무
당황해 그런 변화를 전혀 눈치 채지 못하고 있었다.

"군 오라버니는 내 거야! 너희들, 괜히 집적거리면 그냥 두지 않을 테니 그
렇게 알아!"

동네의 또래 처녀들이 모인 자리에서 부끄러움도 모르고 그렇게 말
했었다.

특히 그동안 은근히 사군에게 꼬리를 치는 것으로 여기고 있었던 소

진이 년 코앞에다가는 주먹을 불끈 쥐고 흔들어 겁을 단단히 줘가며
윽박질렀었고, 서슬에 놀란 소진이 년은 다시는 그러지 않겠다고 꼬리
를 내리고 말았다.

과격한 행동에 놀란 사군이 다리를 꿈찔거리자, 그런 반응이 더 재
미있다는 듯 이번에는 종아리를 만지던 손을 허벅지 쪽으로 옮기려는
시늉을 했다.

"왜, 왜 이러냐?"

사군은 깜짝 놀라 황급히 다리를 오므리며 소리쳤다.

"호호호, 오라버니가 너무 그러니 오히려 재미있어서 그러지. 이거
주려고 왔어. 예전에 군 오라버니가 좋아했잖아."

예향은 그렇게 말하며 들고 있던 빙당호로를 사군의 입에 넣어주려
고 했다. 이렇게 호들갑을 떨어 보이며 푼수기를 내보이지 않으면 하
기가 더 힘들 터였다.

"어, 어."

거북했던 사군이 뒤로 물러서며 피하려 하다가 그만 예향이 들고 있
던 빙당호로를 쳐서 침상 구석에 떨어지게 만들었다.

"엇!"

갑자기 미안해졌다. 적어도 동전 몇 푼은 주었을 것이다. 그것도 몇
날 며칠을 어머니를 졸라 얻은 것이겠지…….

하지만 예향은 침상 모서리로 굴러간 빙당호로 따위에 조금도 관
심이 없었다. 가까이 기대간 그녀는 사군의 눈을 빤히 들여다보았다.
그러자 사군의 얼굴은 빨갛게 달아올랐고 눈길은 갈 곳을 찾지 못했
다.

"풋!"

예향의 입에서 가벼운 웃음이 나왔다. 먼저 눈길을 돌려주니 차라리 더 편했다. 사군의 얼굴을 요모조모 뜯어보던 그녀는 아예 침상에 엎드려 팔꿈치를 괴고 사군을 쳐다보았다.

너무 좋다.

이젠 아무런 부끄러움도 없다. 편하다. 이렇게 대담하게 굴지 않으면 아무런 반응도 보이지 않을 목석 같은 위인이 바로 군 오라버니다. 가까이 살아도 하루만 사군의 얼굴을 보지 못하면 내 마음이 새카맣게 타버린다는 것을 알까?

군 오라버니의 얼굴을 보는 순간 하마터면 울음이 터질 뻔했다.

'바보, 내 마음 알아?'

얼굴을 돌려가며 피하는 것을 보니 군 오라버니도 내 눈이 뜨거운 것을 아는 모양이다.

'바보, 이럴 땐 서로 마주 보면 돼.'

하지만… 정말 마주 보게 된다면 사군의 그 눈길을 받아낼 수 있을 것 같지는 않다.

'후훗.'

너무 귀엽다. 덩치는 태산만한 사내가 어찌 저리도 수줍은가? 품에 안기고 싶다.

'무척 편안할 거야.'

어느새 예향의 얼굴이 본래의 색을 찾았다.

더욱 대담해진 그녀는 이번에는 사군을 향해 살며시 몸을 기대갔다. 얼핏 보기에 장난인지 진심인지조차 구별하기 어려운 행동이었다.

"헛!"

놀란 사군이 몸을 피하려 했지만, 좁은 침상 안이라 마땅히 피할 곳이 없어 결국 예향의 손길에서 벗어나지 못했다.

'어이쿠!'

풋풋하고 시큼한 처녀의 향내를 맡은 사군은 정신이 아찔했다.

한 번도 경험하지 못한 향기가 전해지며 호흡이 가빠왔다. 정신이 아득해지며 가슴은 쿵쾅거리며 제멋대로 날뛰었다. 겨우 침상을 뒤로 짚고 반쯤 누워 있던 사군의 두 손이 후들거렸다.

멍했다.

엉망이었다. 뭐가 어떻게 되는지도 몰랐다. 이런 상황을 피해보려는 생각도 났지만 꼭 그런 것만도 아닌 것 같았다. 솔직히… 이런 시간이 더 길었으면 하는 마음도 있었다.

"헉!"

표현하기 어려운 성숙한 여인의 향기가 침상을 뒤덮었다. 난생처음 맡아보는 냄새였다. 그토록 그리워했던 비릿한 젖내음인지도 몰랐다. 사군은 그만 정신이 아찔해져 침상 바닥을 짚고 있던 손에서 힘이 빠져 그대로 뒤로 쓰러졌다.

콰당!

"어머나!"

예향도 놀란 듯 가볍게 비명을 질렀다.

사군은 당황해 버둥거리며 일어나려고 했지만 그러지 못했다. 예향이 바로 위에서 두 팔로 침상을 짚고 마치 자신의 몸을 덮을 듯 하고 내려다보는 까닭이다. 사군은 그냥 어정쩡하게 누워 있을 따름이었다.

그런데……

잠시 그를 지켜보던 예향이 그대로 쓰러지며 사군의 몸을 덮었다.

"으헉!"

사군의 입에서 경악성이 절로 나왔다.

더욱 대담해진 그녀는 자신의 입술로 사군의 입술을 눌러왔다.

"흡, 흡!"

사군은 어쩔 줄 몰라 손을 내밀어 그녀를 밀어내려고 했다. 그런데 급하게 손을 내젓다 보니 그만 예향의 젖가슴을 밀쳤다.

'헉!'

손에 닿는 감촉이 물컹한 것이, 젖가슴이 닿았다는 것을 느낀 그는 손에서 힘이 쭉 빠져나가 더 이상 움직이지 못했다. 사군은 두 눈을 꼭 감았다. 덮어온 예향의 입술도 더 이상은 어찌할 바를 모르는지 그냥 그렇게 있었다.

예향의 입술맛이 느껴졌다.

새콤한 맛인가. 아니면 유채꽃처럼 상큼한가. 아니 뽕나무밭에서 몰래 따먹었던 오디 맛인지도 모르겠다.

순간. 매끈하고 따스한 물체가 입안으로 미끄러져 들어왔다. 꽃뱀의 그것처럼 날름거리며 귀중한 것을 찾아 헤매듯 입속을 헤집고 다니는 그것은 예향의 혀였다.

'아⋯⋯!'

몸이 붕붕 떠다니게 만드는, 혼을 쏙 빼놓아 심장마저 벌렁거리게 하는 잠깐의 시간이 흘렀다.

예향은 젖가슴을 사군의 가슴에 더욱 밀착시키고는 입술을 떼고 고개를 틀었다. 뺨과 뺨을 밀착시킨 그녀는 마치 무엇을 기다리는 듯 가만히 숨만 내쉬었다. 뜨겁게 달아오른 뺨이다. 사군의 귓전으로 예향의 뜨거운 숨결이 와 닿았다.

"군 오라버니."

마치 꿈결에서 부르는 목소리 같았다. 사군은 그 향기에 취해 대답조차 하지 못했다. 보드랍고 따스한 뺨, 귓가를 간질이는 나직한 목소리. 눈을 뜨지 못했다.

예향도 눈을 감고 있었다.

이 순간만큼 그녀는 모든 부끄러움을 잊었다. 언제나 꿈꿔왔던… 지금 그 사람의 품에 자신이 안겨 있었다.

쿵! 쿵! 쿵! 쿵!

흥분인가, 부끄러움인가!

예향의 심장은 주체할 수 없을 정도로 맹렬히 뛰었다. 성숙한 처녀의 부드러운 피부와 놀란 듯한 심장 박동은 사군에게 그대로 전해졌다. 문득 예향의 머릿결에서 나는 냄새가 지난 사월, 머리 위에 꽂혀 있던 유채꽃 냄새 같다는 생각이 들었다.

예향의 떨리는 손이 살며시 들려 사군의 어깨를 잡아왔다. 하지만 사군은 알지 못할 두려움으로 여전히 꼼짝도 하지 못했다.

"하아."

예향은 입에서 단내를 가득 담은 은은한 숨결을 그의 귓전에 토해냈다. 호흡이 점점 거칠어지며 육체의 가녀린 진동은 빠짐없이 사군에게 전해졌다.

'헉!'

자극을 받은 그의 남성이 슬며시 고개를 쳐드는 통에 사군은 내심 크게 당황했다.

양물은 보드라운 허벅지를 밀어 올리고 있었다. 그 움직임을 느꼈음인지 여체가 움찔했고, 예향의 작은 손이 사군의 어깨 부근에서 꼼지락거렸다.

'으음!'

사군은 야릇한 홍분에 젖어 몸을 주체하기 힘들었다. 보드라운 감촉에 한층 자극을 받은 양물이 예향의 허벅지 안에서 꿈틀거렸다. 야릇한… 주체하기 어려운 뜨거운 힘이 몸속에서 소용돌이치기 시작했다.

"하아. 하아. 하아."

예향의 입에서 미약하나마 거친 숨소리가 흘러나오기 시작했다.

가슴 언저리에서 전해지는 탄력이 살아있는 물컹한 느낌과 심장 고동… 뜨겁게 뱉어져 귓전에서 할딱거리는 숨소리는 사군의 숨을 멎게 할 지경이었다. 갈증마저 느껴지며 육신이 간절히 원하는 것이 있었다. 양물이 허벅지 사이를 파고들었다.

어쩌면…

예향을 부숴 버릴지도 모른다는 생각마저 들었다. 아니 부시고 싶었다. 와락 옷을 찢어버리고 그 안에 숨겨진 수밀도를 어루만지고 싶었다. 사군은 바르르 손을 떨었다. 숨결은 더욱 거칠어졌다.

그때였다.

후닥닥!

갑자기 몸을 일으킨 예향이 붉게 물든 얼굴을 가리고는 황급히 움막 밖으로 달려나갔다.

"바보!"

문을 나서기 전에 잠깐 사군을 돌아본 예향이 소리쳤다.

두 볼은 아직 열기가 가시지 않은 듯 빨갛게 달아올라 있었다. 사군은 몸을 벌떡 일으켰다. 하지만 돌연 알쏭달쏭한 한마디를 남기고 사라져 버리는 행동에 그저 눈을 동그랗게 뜨고 활짝 열린 문을 보고 있을 따름이었다.

'허!'

사군은 자신을 바보라고 부른 그녀의 말에 한순간 흠칫했다. 그 뜻도 짐작하지 못할 멍청한 목석은 아니다.

'그랬나…….'

무언가 알 수 없는 진한 공허함만이 남았다.

아직도 입가에 잔상처럼 남아 있는 예향의 향기가 느껴졌다. 사군은 혀를 내밀어 그녀가 남기고 간 처녀의 향기를 몰래 즐겼다. 잘 익은 살구 맛이라고나 할까? 지난 사월에 들판을 뒤덮었던 유채꽃 냄새인지도 몰랐다.

달콤하면서도 시큼했던 예향의 빨간 그 입술…….

예향은 열여섯으로 사군보다 두 살이나 아래다.

언젠가부터 눈에 띄게 가슴과 엉덩이가 나오는 것 같더니 어느새 처녀가 되어 있었다. 그동안 평범한 이웃으로 손아래 누이처럼 사군을 잘 따랐던 그녀였지만, 얼마 전부터 자신을 향해 보내는 의미심장한 눈길이 거북해 은근히 피하는 처지였다.

뭔가 아쉬웠다.

다시 보고 싶었다. 예향이 떠난 그 자리에 알지 못할 여운이 남아 있는 것 같아 사군은 다시 고개를 두리번거렸다. 하지만 방 안에 남아 있는 흔적은 침상 저만치 떨어뜨리고 간 빙당호로뿐이었다.

사군은 빙당호로를 집어 살며시 자신의 입술에 대어보았다. 달콤하면서도 풋풋한 예향의 냄새와 비슷한 것 같기도 했다.

사군은 손을 들어 마치 무엇을 만지듯이 허공을 더듬었다.

"아……!"

뭉클한 그 감촉이 느껴지는 듯했다. 방금 전까지 그 자리에 있던 예향의 몸을 머리 속으로 그려가며 만지고 있는 것이다.

한동안 그러고 있던 사군은 누군가 집 근처를 지나는 발자국 소리에 퍼뜩 정신을 차렸다.

'미친놈, 이게 무슨 짓이야.'

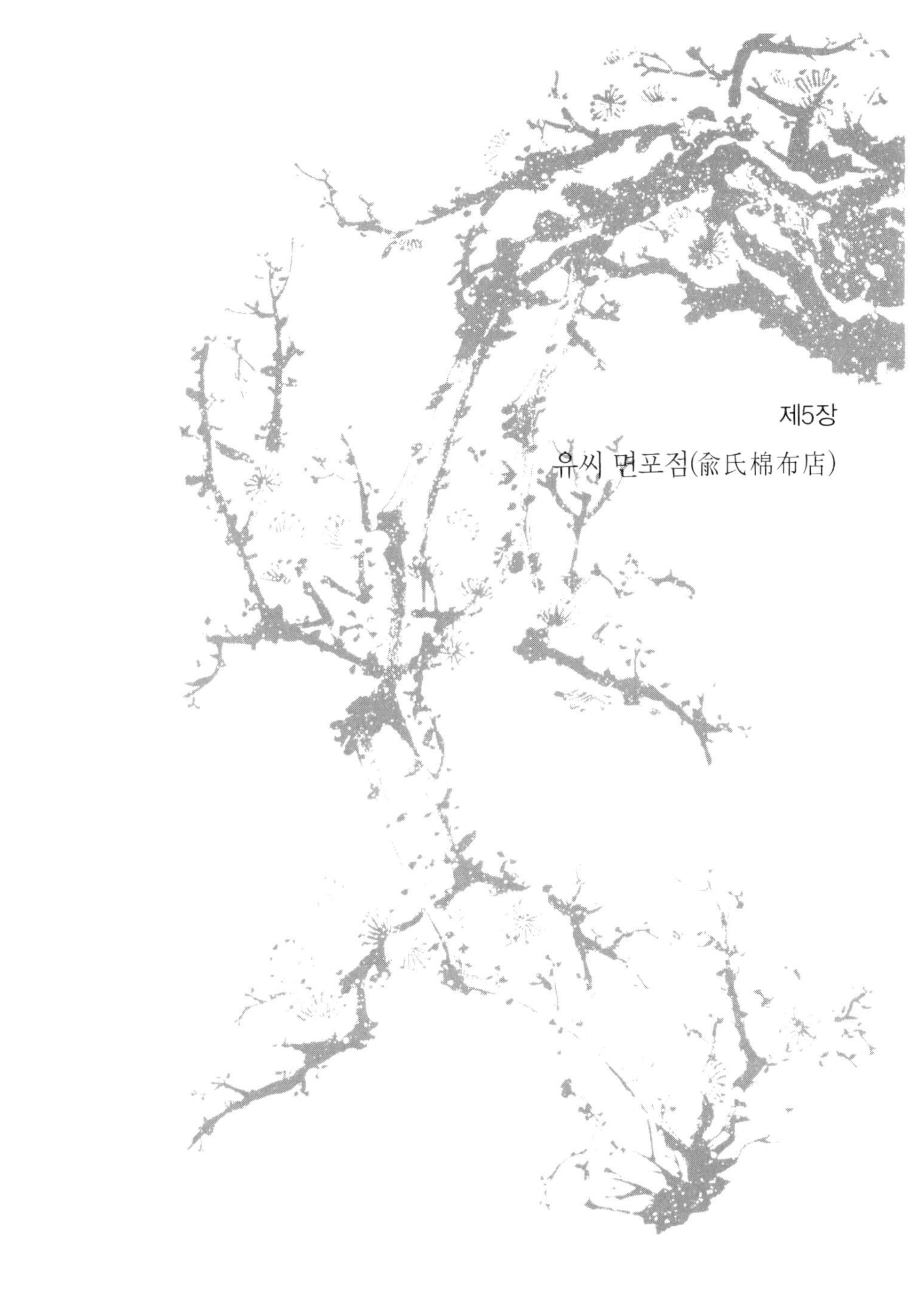

제5장

유씨 면포점(兪氏棉布店)

"잘 보거라. 이것이 바로 청룡투(靑龍鬪)의 제일식인 청룡섬(靑龍閃)이다."

신중한 얼굴의 고노가 사군과 일 장쯤 마주한 거리에서 두 다리를 어깨 넓이만큼 벌린 채 말했다. 그러더니 주먹을 서서히 말아 쥐고 가슴 높이만큼 끌어 올렸다.

그런데 흘낏 사군의 반응을 보니 '또 뭐요?' 하듯 심드렁했다. 그게 고노의 심기를 건드렸다.

'저놈이!'

쌍심지가 홱 올라갔다.

요즘 그는 심기가 편치 않았다.

사군은 바람난 수캐처럼 눈동자에 초점을 잃고 멍하니 허공만 바라보기 일쑤였기 때문이다.

고노의 생각대로 사군은 예향의 젖가슴 내음을 잊지 못하고 있었다. 눈을 떠도… 다시 감아도 어른거리는 예향의 빨

간 입술과 봉긋한 앞가슴 윤곽은 그날의 감촉과 함께 아직까지 가슴속
에 남아 있었다.

그 뭉클함이 그리웠다.

사군의 눈이 게슴츠레해지는 것을 본 고노는 회심의 미소를 지었다.

'맛 좀 봐라!'

순간 그의 주먹은 사군의 얼굴을 향해 빠른 속도로 뻗어 나갔다.

"으악!"

사군은 놀라 뒤로 발라당 나자빠질 뻔했다. 팟 하는 순간 눈앞이 번
쩍 하더니 강한 바람이 얼굴을 따갑게 때렸던 까닭이다.

"뭐예요!"

깜짝 놀란 사군이 신경질적으로 소리쳤다.

"봤냐?"

"뭘요?"

팟!

또다시 번쩍했다. 닿지도 않았는데 얼굴이 화끈거리는 느낌이었다.

"으헉!"

"청룡섬이다."

흥미가 생겼다. 사람이 주먹을 이리도 빠르게 떨쳐 낼 수 있다니…
그동안 숱한 대련을 거치면서도 단 한 번도 보지 못했던 수법이었다.

"가르쳐 줘요, 청룡섬."

그제야 사군은 씩 미소를 지으며 말했다. 흥미가 생겼다는 말이다.

'제기랄, 진작 이랬어야 하는 건데. 괜히 무게를 잡고 설쳤네.'

고노는 쓴 입맛을 다셨다.

한동안 죽어라 무공을 파더니 제법 나이가 든 요즘은 그마저도 시들

해졌는지 녀석은 자꾸 딴전을 피웠다.

마음이 급했다.

몸이 자꾸 늘어지고 있었다. 아무리 다그쳐도 이젠 주인 말을 가끔씩 무시해 무척이나 힘들게 했다. 빨리 가르쳐야 했다. 나머지는 녀석의 몫일 따름이었다.

"청룡투은 모두 일곱 개의 초식으로 이루어져 있다. 제일식인 청룡섬은 극쾌(極快)에 있다. 진기를 끌어올릴 때는 가볍게, 그리고 단숨에 밀어내야 한다."

다른 생각을 할 여유도 없었다.

하늘이 자신에게 허락한 시간이 다되어 가는 것만은 틀림없기에, 고노가 할 수 있는 일은 그저 최선을 다해 가르치는 것이 전부였다. 몇 번 설명을 해준 고노는 다음 초식을 가르쳤다.

"제이초 청룡전(靑龍轉), 상대의 공격에 반응해 빠르게 돌아들어 공격을 가하는 것이다. 제삼초 청룡등(靑龍騰), 허공으로 뛰어오르며 날리는 권이다. 모든 체중을 싣기에 무서운 파괴력을 지닌다. 제사초 청룡나(靑龍挪), 몸을 움직여 가며 공격을 퍼붓는 것으로 위력보다는 빠른 변화에 중점을 둔 권이다. 제오초 청룡첩(靑龍貼), 빠른 상대에 바싹 붙어 따라다니며 공격을 가한다. 제육초 청룡봉(靑龍封), 상대의 공격을 선공으로 제압하는 것이고, 제칠초 청룡번(靑龍飜)은 공격 도중 방향을 뒤집어 상대의 허를 찌르는 수법이다."

멍!

쉴 새 없이 주절거리는 고노의 태도에 사군은 그저 그의 입을 쳐다보는 것이 전부였다.

"잘 외워두어라!"

고노는 간략한 설명을 마친 후 구결을 전수해 주었다.

'이키!'

사군은 퍼뜩 놀라 얼른 천심통을 펼쳤다. 그래도 뭘 외우는 일에는 천심통의 효과가 그만이라는 것을 잘 알기 때문이다.

"다시 한 번 말해 줘요!"

그 말에 고노는 내심 회심의 미소를 지었다.

'그래, 열 번인들 못해주랴. 빨리 익히기만 한다면 밤을 세워가면서라도 가르쳐 주마.'

"내일은 저도 성안으로 들어가 일자리를 찾아볼게요."

반란의 여파로 어머니는 바느질을 해오던 거래처를 잃었다. 이제 사군이 나선 것이다.

"분위기가 흉흉하더구나. 당분간은 함부로 나돌아다니지 않는 것이 좋겠구나."

그녀는 걱정스런 눈길로 사군을 보며 말했다. 잠깐의 웃음으로 잠시 펴졌던 주름이 어느새 다시 제자리를 잡았다.

"괜찮은 모양이던데요. 제가 몸이 부실해서 집 안에 있는 푼돈도 죄다 날렸으니 입에 풀칠이라도 하려면 채워놓아야지요."

그 말에 어머니는 입을 닫았다.

"성안은 건달들의 행패도 유난스러우니 조심해야 한다. 그리고 요즘은 시국이 조심스러우니 행동에 각별히 유의하고."

마음속으로야 걱정이 태산 같지만 그녀가 해줄 수 있는 말은 그게 전부였다. 말을 하던 그녀가 두 손으로 사군의 볼을 감쌌다.

영락없는 그분이다.

"이건 참의(參議) 어른댁으로 가는 것이니 실수없도록 해라."

주인 유장은 그렇게 말하며 옷감이 든 보퉁이를 사군에게 건넸다.

성안에서 참의라 불릴 사람은 연계문 앞에 사는 오원철 대감뿐이다. 전에 조정에서 참의를 지내다 퇴임을 했기에 벼슬에서 물러나 낙향한 이후에도 여전히 참의로 불리고 있었다.

사군이 유씨 면포점(兪氏棉布店)에서 일을 시작한 지는 며칠 되지 않았다.

이 일이나마 구하기 전까지 어머니는 사군이 시무룩한 표정으로 돌아오면 그저 빙긋 웃어줄 뿐이었다. 마치 '돈 벌기가 그리 쉬운 줄 아느냐' 하는 가벼운 책망이 담긴 그런 표정이었다.

오기가 난 사군이 사흘을 성안을 오간 끝에 겨우 얻은 것이 이곳 유씨 면포점의 급사 자리였다. 사실 이곳의 일자리도 그의 어머니가 일감을 맡는 대갓집의 침모를 통해 몰래 주선한 것이었지만 아들의 체면을 고려해 말하지 않은 것뿐이었다.

"유씨 면포점에 일자리가 났다는 소문을 얼핏 들은 것 같구나."

그저 그렇게 말한 것이 전부였다.

내막을 모르는 사군은 다음날 좋아라 그리로 달려갔고, 간단한 구술 시험을 마친 후에 일꾼이 되었다.

유씨 면포점은 면포를 구입해 색깔에 따라 염색한 뒤 여러 공정을 거쳐 상인들이나 일반인들에게 파는 점포였다.

사군의 소속은 행포조(行布組)였다.

행포란 상점에서 면포를 파는 일을 말했다. 행포조라 해서 특별한 것은 없었고, 아침 일찍 일어나 해야 하는 상점 청소와 단방(踹坊:옷감을 펴서 광택을 내는 곳)으로 보낼 옷감을 분류하는 것과 그때그때 손이 필요한 잡일이 전부였다.

하지만 그가 대가로 받을 수 있는 것은 고작 하루 두 끼의 식사뿐이었다. 주인 유씨는 석 달이 지난 후라야 한 달에 은자 한 냥씩 쳐주겠다고 했다. 그런 일자리라도 없어서 못 구하는 사람들이 널리고 널린 처지라 그만하면 이런 일에 아무런 경험이 없는 사군에겐 그리 나쁜 조건이라 할 수도 없었다.

잠자리는 창고 뒤쪽의 허름한 일꾼 숙소였고, 열흘에 한 번은 집에 다녀오는 것이 허락된다고 했다.

참의댁에 옷감을 가져가는 일은 신입들이 주로 맡는 일로 잡일에 속했다.

대개는 구입하러 온 사람들이 알아서 필요한 만큼 종자를 시켜 들고 가지만, 참의댁에 보내는 옷감은 성안 유지에게 잘 보이려는 일종의 뇌물로 상점에서 직접 배달을 해주었다.

이렇게 하면 며칠 안에 참의댁에 잘 보이려는 인근 사람들이, 그 댁 마님이 넌지시 던지는 한마디를 듣고는 점포에 들러 그 이상의 매상을 올려주기 마련이었다. 소위 말해서 가는 정 오는 정이라는 것이다.

"조심해서 다녀와야 한다. 그 댁 분들에게는 무조건 허리를 숙여 공손히 인사하는 것을 잊지 말고."

참의댁은 처음 나서는 길이기에 유장은 은근히 걱정된다는 표정으로 신신당부를 했다.

"알겠습니다."

사군은 보퉁이를 들고 길을 나섰다.

유씨 면포점의 청람포(靑藍布)는 그 표백과 염색은 물론 광택도 남달

라 소흥부에서도 고관 댁이나 부자들이 많이 찾았다. 그걸 자랑으로
아는 유씨는 옷감을 나르는 보퉁이에 유씨 면포점을 상징하는 유(兪)
자를 금박으로 입혀 새겼다. 그래서 이곳 사람들은 옷 보퉁이만 보고
도 유씨 면포점 점원임을 쉽게 알아보았다.

주변 사람들의 움직임에 신경을 쓰며 가는 사군을 주의 깊게 보는
사람이 있었다. 바로 길 맞은편에서 유심히 사군을 지켜보던 털보장한
이었다.

"흠, 그놈 같은데……."

그는 사군을 보며 기억을 더듬었다.

성안 뒷골목에서는 그래도 제법 이름이 있는 왕칠이라는 건달로, 이
곳 소흥부 일대의 타항(打行:폭력배 조직)인 월왕회(越王會)에 소속의 십
장(什長)이기도 했다.

"맞아, 저놈이 바로 그날 나를 개망신시켰던 그놈이 틀림없으렷다!"

확신을 한 왕칠은 이를 갈았다.

감히 성안에서 자신의 옷까지 벗겨갔던 새파란 애송이 놈, 덕분에
자신은 동료들의 술자리에 안줏감이 되어 한동안 고개조차 들고 다니
지 못했었다.

'흐흐흐, 제대로 걸렸다.'

아직도 술만 처먹으면 그 일을 떠벌리며 자신을 씹는 상관이나 다른
십장 놈들이 있는 판이라 사군을 본 그의 각오는 남달랐다.

'그렇단 말이지. 어디 한번 두고 보자!'

왕칠은 보퉁이의 금박을 확인했다. 놈이 유씨 포목점 점원인 것을
안 이상 서둘 일은 없었다.

'흐흐흐.'

왕칠의 입가에 징그러운 미소가 떠올랐다.

사군은 누가 보더라도 사람을 제대로 뽑았다는 말을 들을 수 있을 정도로 열심히 일했다. 마음속에는 어서 석 달이 지나 일당을 받을 수 있는 날이 오기를 바라는 마음뿐이었다.

사군이 들어온 이후로 점포는 한층 활기를 더했다.

"사군! 창고에 가서 최고급 남색 면포를 가져오너라."

"옙! 갑니다!"

"사군! 이걸 저쪽으로 치워두거라."

"예잇!"

점원들 사이에 사군은 누구에게나 편한 동생이며 보조였다.

그의 편안한 얼굴과 싹싹한 행동은 누구에게나 호감을 주기에 충분했기에, 며칠 되지도 않아 점원들 사이에 일 잘하고 예의 바른 후배로 통했고, 그런 행동은 이내 주인 유장의 눈에 들었다.

사군은 이곳에서도 철이 들기 전부터 계속해 오던 양생술(養生術)을 게을리 하지 않았다. 그는 남들이 자는 조용한 시간이면 몰래 창고 뒤쪽의 처마 밑으로 가 가부좌를 틀고 앉았다. 양생술을 시행하고 나면 모든 피곤이 씻은 듯 사라졌다.

마침내 열흘째가 되었다.

처음 집으로 갈 수 있는 날이 온 것이다. 그는 새벽부터 일어나 성문이 열리기를 기다렸다. 대충 때가 되자 그는 바람처럼 내달렸다. 문이 열리기를 기다렸던 사람들 틈에 섞여 밖으로 나온 그는 관도에서 갈라진 샛길을 따라 숨이 턱에 차도록 마을을 향해 달렸다.

사군을 보는 그녀의 눈에는 정이 담뿍 담겼고, 이마 위에서 그 수를 늘려가던 잔주름들이 활짝 펴졌다. 그녀는 마치 귀빈을 맞은 주인처럼 서둘러 식탁을 차렸고, 모처럼만에 입에 맞는 음식을 본 사군은 게걸스럽게 그릇들을 비워갔다.

"아참, 며칠 전에 고노께서 다녀가셨다."

식사가 끝나고 나서 주섬주섬 탁자 위의 음식을 치워가던 어머니가 말했다. 그 말에 사군이 흠칫했다. 그러고 보니 고노를 까맣게 잊고 있었다.

"다녀올게요."

사군은 그 말을 남기고는 미처 그녀가 다른 말을 하기도 전에 횅하니 움막 밖으로 내달았다.

"어맛!"

사군의 움막 주변을 기웃거리고 있던 예향은 갑자기 뛰쳐나온 사군이 미처 말을 붙이기도 전에 저만치 멀어져 가는 것을 보고는 발을 동동 굴렀다.

한참 동안 오랜만에 돌아온 사군이 밖으로 나오기만을 기다리고 있었다.

달려가는 그를 보고는 소리쳐 부르고 싶은 마음이 굴뚝같았지만 그렇다고 다 큰 처녀가 동네에서 큰 소리로 사내를 불러 세울 수는 없는 노릇이었다.

'씨이……'

예향의 표정에는 원망이 가득했다. 하지만 열흘 동안 한 번도 얼굴을 보지 못했는데 오늘 하루를 이대로 보낼 수는 없었다.

'그리라도 가봐야지.'

예향은 고노가 있는 초막을 향해 걸음을 빨리했다.

"시작할까요?"

사군은 웃통을 벗으며 말했다. 그러지 않아도 한동안 운동을 못해 온몸이 근질거리던 참이었다.

휘익!

미처 그의 말이 끝나기도 전에 고노의 발이 허공을 갈랐다.

"못된 노인네!"

사군이 얼른 허리를 굽혀 발을 피하며 소리쳤다. 하지만 더 욕을 할 틈도 없었다. 한 바퀴 몸을 돌린 고노의 발이 허공을 돌아 그의 턱을 다시 노렸기 때문이다. 사군도 당하고만 있지 않았다. 비스듬히 몸을 뒤로 눕힌 그의 왼발이 고노의 가슴을 노렸다.

"청룡등(靑龍騰)!"

고노는 허공을 박차고 올라 사군의 공격을 피하고는 양발을 쫙 펴며 동시에 주먹을 날렸다.

"섬(閃)!"

매서운 일권이 빛살처럼 빠르게 쏘아져 갔다.

"번(飜)!"

사군은 몸을 훌쩍 뒤로 젖혀 한 바퀴 돌아 주먹을 날렸다. 고노의 청룡투 공격에 같은 방법으로 상대하겠다는 강경한 의지를 보인 수법이었다.

"전(轉)!"

고노는 팽이처럼 몸을 빙글 돌리는 것으로 그의 주먹을 비키며 다시 사군에게 일권을 날렸다.

"왁!"

제대로 맞았다. 사군은 중심이 흐트러져 쓰러지는 와중에도 고노의 가슴팍을 향해 날카로운 발길질을 했다.

"컥!"

웬일인가!

고노는 사군의 발길질을 피하지 못하고 나가떨어져 바닥으로 한 바퀴 나뒹굴고서야 겨우 일어났다. 충격 때문인지 어느새 그의 안색도 창백하게 변해 있었다. 그 정도는 늘 예상하고 피했던 고노였다.

먼저 일어난 사군은 황급히 달려가 그를 부축했다.

"고노!"

"후우, 후우!"

고노는 한 손으로 가슴을 쓰다듬으며 연신 숨을 거칠게 몰아쉬었다.

"아니, 바보처럼 그것도 피하지 못해요?"

갑자기 사군이 크게 소리 질렀다.

자신도 모르게 말투도 격하게 변해 있었다. 나이 먹은 그를 다치게 했다는 자책감이었다. 하지만 고노는 아무런 대답도 하지 않았다. 무척 힘이 드는지 그저 숨을 가다듬어 가며 고개만 내저을 뿐이었다.

사군의 눈동자에 눈물이 어렸다.

"씨, 고노도 이젠 늙었어."

사군은 그렇게 말하며 눈물을 훔쳤다. 열흘 만에 마주친 고노는 자신의 허접한 발길질 하나 피하지 못할 만큼 그렇게 늙어 있었다.

"휴우, 나도 이제 구십……."

고노는 힘없는 한마디를 내뱉었다. 사군의 발길을 피해야 한다는 것은 마음뿐, 순간적으로 몸이 따라주지 않았다. 그게 전부였다.

"안으로 들어가자."

그 말과 함께 고노가 몸을 일으키자 사군은 또다시 그의 어깨를 부축하려고 했다.

"저리 안 가!"

버럭 지르는 소리에 놀란 사군은 얼른 뒤로 물러섰다.

"병 주고 약 주냐? 지금 네놈에게 부축을 받았다기는 억울해서 밤새 잠을 이루지 못할 게다."

사군은 아무런 말도 하지 못했다.

저리 성질을 내는 것은 자신에게 한 대 맞은 것이 분해서 그러는 것이 아니라 자신의 노구(老軀)를 실감했기 때문일 터였다.

'그래, 할아버지야. 늙었어!'

휘청거리며 초막을 향해 걸어가는 뒷모습이 안쓰럽기만 했다. 사군은 조용히 뒤를 따랐다. 고노가 침상에 앉자 사군도 초막 바닥에 깔린 마른풀 위에 앉았다.

"오늘은 무림인들에 관한 얘기를 해주마."

"무림인들에 대해 잘 아세요?"

"호호호, 한창 때 아무리 못된 놈들이라도 내 손에 한번 걸리면 그걸로 끝이었지."

고노는 어깨를 으쓱했다. 거침없이 천하를 종횡했던 지난 과거가 생각났기 때문이다.

"사람을 많이 죽였나요?"

"아니라고 말하지는 않겠다. 죽이지 못하면 자신이 죽는 곳이 바로 무림인들이 사는 세계다."

사군은 말하지 않았다. 하지만 내심으로는 그렇지만은 않을 거라 생각하고 있었다. 그런 변화를 모를 고노가 아니다.

"사람이 사는 곳은 어디나 같다. 장사도 마찬가지지. 다른 집이 잘 되면 내 집이 망하지 않겠느냐? 어디나 똑같지. 그래서 서로 싸우는 거지."

"하지만 상인들은 서로를 죽이지는 않잖아요?"

"흐흥, 귀여운 놈. 상인들은 무림인들을 고용해 자신의 재산을 지키기도 하지만 은자를 이용해 마음에 들지 않는 상대를 죽이기도 하지. 비일비재하게 일어나는 일이지만 드러나지 않는 것은 거래 자체가 워낙 은밀하게 이루어지는 까닭이다. 하지만 모두들 짐작은 할 수 있지. 때로는 밝혀지기도 하고."

사군은 등줄기가 서늘해지는 것을 느꼈다.

"정말인가요?"

"떽! 이 나이에 네놈을 겁줘서 뭘 하겠다고 거짓말을 한다는 말이냐? 비단 상인뿐만 아니라 세상 모든 천지만물의 이치다. 음이 있으면 양이 있다는 것쯤은 네놈도 잘 알지 않느냐. 사람들은 어쩔 수 없이 모여 살지만 그 속에서도 생존의 선택은 필연이다. 네 어머니는 무공을 배우지 않으면 더 안전할 것이라고 생각하지만 그건 천만의 말씀이다. 공자님의 가르침이나 황법(皇法)이 너를 지켜주지는 않는다."

"그건 그래요."

사군은 고개를 끄덕였다.

하기는 성안에도 숱한 건달들이 일반 백성들을 괴롭히고 있지만 관아에서도 어쩌지 못하지 않는가. 게다가 유씨 면포점에서도 경비 무사를 십여 명가량 고용해 점포와 집을 지키는 처지였다.

"내게 익힌 것을 꾸준히 익히도록 해라. 언젠가는 그로 인해 네 명이 늘어날 경우가 있을 것이다. 게다가 지금은 곳곳에서 난이 일어나 중원천하가 갈피를 잡지 못하고 있다. 난세일수록 자신을 지키는 것은 바로 스스로일 뿐이라는 점을 명심해라.”

돌연 말을 하던 고노의 안색이 변하더니 침상에서 벌떡 일어나 밖으로 향했다.

고노는 숲의 가장자리 한곳을 노려보았다.

부스럭!

노려보는 눈길을 느꼈음인지 갑자기 풀숲이 흔들거렸다.

“나와!”

고노는 그곳을 향해 버럭 고함을 질렀다.

그가 사는 숲 속의 공터 일대는 마을 사람들에게 금역(禁域)이나 다름없다.

원래 그런 곳은 아니었지만, 이곳에 자리 잡은 그는 혹시라도 마을 사람들이 올라치면 미친 듯이 소리를 지르고 화를 냈다. 순박한 마을 사람들은 그를 미친 노인네로 알고는 감히 접근할 엄두도 내지 못했다.

지금 고노가 소리를 지른 것은 이곳에 사람이 나타났기 때문이다.

‘어머나!’

예향은 간이 떨어지는 줄 알았다.

이곳에 온 것은 처음이 아니었다. 사실 예향도 한때는 무공을 가르쳐 달라며 고노를 찾아왔었고, 한동안 공터 구석에서 기본기를 배우네 어쩌네 하며 시간을 보냈었다. 고노가 예향을 받아들인 것은 그녀가 있으면 사군이 무공을 열심히 배울 것이라는 계산이 있었기 때문이다.

하지만 자질이 없었던 예향은 결국 무공 대신 글을 배웠다.

사군에게 연습을 지시해 두고, 그 틈에 예향에게 글을 가르치는 것도 고노에게 즐거움을 주는 일이었다. 하지만 뽕밭 일이 시작되면 예향도 동원되어야 했기에 자주 빠지게 되었고, 그런 날이면 사군의 연습은 지지부진하기만 했다. 결국 고노는 사군의 마음을 다잡으려고 예향의 공터 출입을 금지시켰었다.

"너, 왜 또 왔어?"

입술을 씰룩이며 하는 고노의 말에 겁먹은 예향은 얼른 사군의 품속으로 파고들었다.

"니가 불렀냐?"

불똥이 옆으로 튀었다. 그러지 않아도 아직까지 남아 있는 가슴팍의 은은한 통증이 그를 신경 쓰이게 하고 있었다.

"예? 아, 예."

사군 역시 마땅한 대답을 찾지 못해 얼굴만 붉혔다.

"쯧쯧, 못된 뭐가 부뚜막에 먼저 올라간다더니, 대가리에 피도 마르지 않은 어린 것들이……."

고노는 혀를 차며 고개를 돌렸다.

한창 물오른 청춘이다. 자신은 이미 져버려 말라 버린 꽃대만 남은 몸이요, 저들은 한창 피어나는 봄꽃이다. 문득 시샘이 이는 것은 무슨 까닭인가. 주책이다.

하지만 고노의 입가에서 흐뭇한 미소가 감돌았다.

'녀석, 벌써…….'

그러고 보니 여자가 뭔지도 모르고 평생을 보냈던 자신이었다.

"오늘은 이만 내려가고 다음에 다시 오도록 해라. 계곡 아래 개울가가 시원하더라."

고노는 그렇게 말하고는 몸을 돌렸다.

자신이 알고 있던 무림 정세에 관해 말해 주려고 했지만, 어쩌면 그
것이 필요없을 것도 같았다. 알아서 잘하겠지.

예향은 아직도 사군의 품속에 얼굴을 묻고 있었다. 남녀가 유별한데
계속 그러고 있을 수도 없어 떨어지려고 했지만, 고노가 하는 말을 들
으니 더욱 얼굴이 붉어져 고개를 들 수가 없었다.

'할아버지니 이해를 하실 거야.'

예향은 그렇게 생각하면서 사군의 가슴에 파묻은 얼굴을 떼지 않았
다. 고노가 초막으로 들어간 후에도 두 사람은 한동안 그렇게 있었다.
이곳이 동네라면, 혹은 두 사람이 몇 년을 같이 커오지 않았더라면 감
히 그러고 있지는 못했을 것이다.

쿵! 쿵! 쿵!

두 사람의 심장 뛰는 소리가 그대로 전해졌다.

"그만… 가자."

잠시 후에 머쓱해진 사군이 품속의 예향을 살며시 밀어내며 말했다.

"노, 놀라서요."

예향은 고개를 들지 못하고 그렇게 핑계를 댔다.

어쩌면 두 사람의 생각이 같을런지 몰랐다. 사군이 앞장서고 예향이
뒤를 따랐다. 이내 냇가가 나타났지만 사군은 모른 체 그냥 건너 계속
걸었다. 이곳에서 놀다 가라는 고노의 말뜻을 이해하지 못한 것은 아
니지만, 그대로 따르는 것은 아무래도 얼굴이 뜨거웠던 까닭이다.

'씨이.'

하지만 예향마저 그럴 수는 없었다. 사군을 찾아 마을에서 이곳까지
걸어오지 않았던가. 얼마 만에 찾아온 기회인데. 게다가 마을로 들어
가서는 둘이 붙어 있을 수도 없지 않은가. 용기를 냈다.

"저, 군 오라버니 혼자 먼저 가요. 난 너무 더워서 몸을 좀 식혀야
할 것 같아요."

예향은 냇가 바위 곁으로 가서 섰다. 말과는 달리 사군이 오기를 기
다리는 행동이었다.

사군이 멈칫 그 자리에 걸음을 멈추었다. '혼자'란 말이 유난히 크
게 들렸다. 그게 아니더라도 예향의 마음을 모르지는 않았다.

"그럼 같이 쉬다 가지 뭐."

두 사람은 그렇게 뻔한 소리를 해가며 냇가에 서로 마주 보고 앉았
다. 사군은 얼른 고개를 돌렸다.

'능구렁이같이……'

예향은 사군을 향해 의뭉스러운 미소를 건넸다. 능청스럽게 다른 곳
을 보는 척하는 군 오라버니지만, 자신의 일거수일투족에 모든 신경을
곤두세우고 있다는 것을 느끼고 있었기 때문이다. 예상대로 사군은 얼
른 고개를 돌려 그 미소를 받았다.

사군은 쉬는 날마다 고노에게 들러 무공을 배웠다.

열흘에 한 번씩 가르침을 받아야 했지만 지난번 월왕회 패거리와 한
번 붙은 이후로 더욱 열심이었다. 혹시라도 월왕회 왕칠이라는 놈이
복수를 하겠다고 덤빌지도 모른다는 생각에 몸으로 느껴지는 긴장 때
문이었다.

"청룡대수인, 아니, 유필각법의 초식은 잘 외우고 있겠지? 이번에는
내가 가르쳐 주는 구결에 따라 진기를 끌어올려 보거라."

사군의 방금 고노가 취한 동작을 기억하고는 비슷한 자세를 잡았다.

"배운 대로 진기를 운용하되 도중에 중부혈(中府穴)을 필히 지나도

록 해라. 진기가 느껴지는 순간 장력을 발산하는 것은 알고 있겠지?"

사군은 지시대로 진기를 운용하며 팔을 앞으로 쭉 뻗었다.

'으헛!'

진기가 중부혈을 지나는 순간 돌연 뜨거운 기운이 소장경(小腸經)을 지나며 무섭게 쏟아져 나왔다. 갑자기 손 전체에 홍광이 그득해졌고 나갈 길을 찾지 못한 진기는 더욱 손을 달구었다. 손은 평소의 대여섯 배 정도의 크기로 불어나 마치 괴물의 손처럼 보였다.

"쳐냇! 손을 폭발시키고 싶은 게냐!"

그것을 본 고노가 다급한 표정으로 소리쳤다. 놀란 사군은 엉겁결에 장력을 땅바닥에 비스듬히 쏟아냈다.

펑!

돌 가루와 흙덩이가 사방으로 튀어 사군은 물론 고노까지 흙으로 뒤집어쓴 꼴이 되었다.

"어이쿠!"

손바닥이 얼얼해진 사군은 손을 쥐고 발을 굴렀다. 반탄력에 충격을 받은 것이다. 어느새 손은 원상태로 돌아와 있었다.

"멍청한 놈! 장력을 쏟아내는 것도 제대로 못해!"

고노는 가슴이 서늘했다. 아차 방심한 순간 불구가 될 뻔했던 것이다.

얼굴은 하얗게 질렸고 등에서는 식은땀까지 흘리고 있었다. 따지고 보면 녀석의 잘못도 아니었다. 그저 운기가 서툴러 저런 볼썽사나운 꼴을 보였던 것이다.

"씨, 누가 그렇게 될 줄 알았나요?"

"펫, 펫! 입 안에까지 튀었잖아!"

"나도 손바닥이 아파 죽겠다구요."

"네놈이 쏟아낸 장력 때문인데 누구를 탓해!"

그래도 사군의 몸에는 이상이 없다는 것을 확인한 때문인지 고노의 얼굴에 다시 화색이 돌았다.

사군은 입을 닫고 옷에 묻은 흙덩이들을 털어내는 것에 열중했다. 하긴 자기가 쏟아낸 장력을 처리하지 못해 그 반탄력에 당한 꼴이니 좀 어벙벙하게 굴기는 했었다.

"일단 그동안 제가 배운 무공들의 이름이나 제대로 가르쳐 주세요."

"흐흐, 그것만도 반 시진은 족히 걸릴 것이다."

고노는 재미있다는 듯 그렇게 말하고는 그를 데리고 초막으로 들어 갔다.

"내가 가르쳐 준 초식들은 모두 외우고 있겠지?"

잊을 리가 없다. 그걸 숱하게 외우고 또 외우게 만들었던 사람이 바로 고노였다.

"우리, 누가 많이 외우나 내기할까?"

"흐흥, 밤낮 나한테 지면서……."

"오늘은 꼭 이기려고 그런다."

"고노는 너무 늙어서 자꾸 까먹기 때문에 안 될걸."

"어젯밤 네놈을 이기려고 잠도 제대로 안 자고 외웠으니 오늘은 해볼 만할 게다."

당시에는 그 말을 믿었다.

어린 사군이 당시 알기로 고노는 외우는 데 소질이 없어 보였다. 그게 다 자신을 위한 배려였다는 것을 안 것이 열세 살 무렵이던가? 까맣게 잊고 있었던 일이다.

사군이 배웠던 것의 이름을 대면 고노는 이름을 바꾸어주었다. 초식에 구결을 외우고 나면 그는 자세히 풀이를 해주고는 초식의 이치를 제대로 알고 있는가를 확인한 연후라야 안심했다. 노파심은 지나칠 정도였다.

"그동안 배운 것을 차례로 펼쳐 보이도록 해라."

엄숙한 표정. 다른 때 같았으면 어울리지 않는다며 웃어줄 만도 한 그런 표정이었지만 이상하게도 그럴 마음이 없었다. 공터에서 자세를 잡은 사군도 자못 신중해졌다.

"먼저 유가무상보를 펼쳐 보아라."

그 말이 끝나기도 전에 사군의 발이 현란한 움직임을 보이면서 저만치 멀어졌다.

"됐다."

고노는 흡족한 표정을 지으며 중지시켰다.

저 정도면 충분하다. 무공이 부족하면 삼십육계 줄행랑이라도 잘 놓아야 하는 법이다. 달아날 신법만큼은 착실히 익혔으니 어디 가서든 쉽게 죽지는 않을 것이다. 제놈이 필요하다고 생각하면 더 열심히 배우고 익힐 것이고, 그게 아니라면 아닌 대로 그만이다. 고노의 입에서 그간 배운 무공들이 차례로 나왔다.

"청룡투!"

사군의 날렵한 몸동작에 흡족해진 고노는 목소리에 힘을 더했다.

"청룡대수인!"

사군의 손이 허공을 박차며 앞으로 뻗었다. 순간적으로 붉은 빛이 떠오르며 부풀어 오르는 듯하더니 무시무시한 홍광이 허공을 갈랐다.

펑!

고노가 다시 일갈했다.

"청룡반야지법!"

파파파팟!

사군의 손에서 날카로운 파공음이 뻗어 나와 바위를 때렸다. 부서진 바위 조각들이 사방으로 튀었다. 고노는 고개를 끄덕였다.

"삼밀가지검법!"

쐐액! 쐐액!

초식을 하나하나 점검하는 얼굴에 흡족한 미소가 번졌다. 마침내 한 바탕의 시연이 끝났다.

"그만 하고 안으로 들어오너라."

고노는 소매를 휘저으며 앞장섰다.

사군도 소매로 땀을 훔쳐 가며 조용히 뒤를 따랐다. 이럴 경우란 중요한 무공초식을 전수한다거나 강호 경험을 말해 주는 경우였다. 오늘따라 터벅터벅 앞서 걸어가는 고노의 어깨가 너무 처져 있는 것 같았다.

'많이 늙었어.'

뒤따르는 사군의 표정에 서글픔과 연민이 곁들여졌다.

고노의 초막에는 탁자나 의자 같은 편의 시설이 없다. 사군은 침상 위에 걸터앉은 고노의 곁으로 바싹 다가가 앉았다. 문득 그의 체취를 맡고 싶었기 때문이다.

"휴, 나도 때가 얼마 남지 않은 것 같구나."

갑자기 고노가 한숨을 내쉬어가며 그렇게 말했다. 메마른 목소리였다. 텁텁한 노인의 살 내음이 사군의 코로 스며들었다.

"에잉, 아직 정정하신데 무슨 말씀을 그렇게 하세요."

가슴이 덜컥 내려앉는 기분이라 사군이 얼른 고개를 돌려 그의 얼굴을 살피며 책망하듯 말했다. 고노는 말을 멈추고 물끄러미 그의 얼굴을 돌아보았다. 눈길이 마주쳤다.

'아!'

고노의 눈에서 총기가 희미해져 가고 있음을 보았다. 햇볕에 번쩍이던 그의 머리통만큼이나 빛을 발했던 안광이었다. 그 눈은 지금 빛을 잃고 있었다.

쿵! 쿵! 쿵! 쿵!

뭔가 불길한 예감에 심장이 뛰었다. 그런 사군의 속마음을 모르지 않을 고노이건만 아무런 반응도 보이지 않았다.

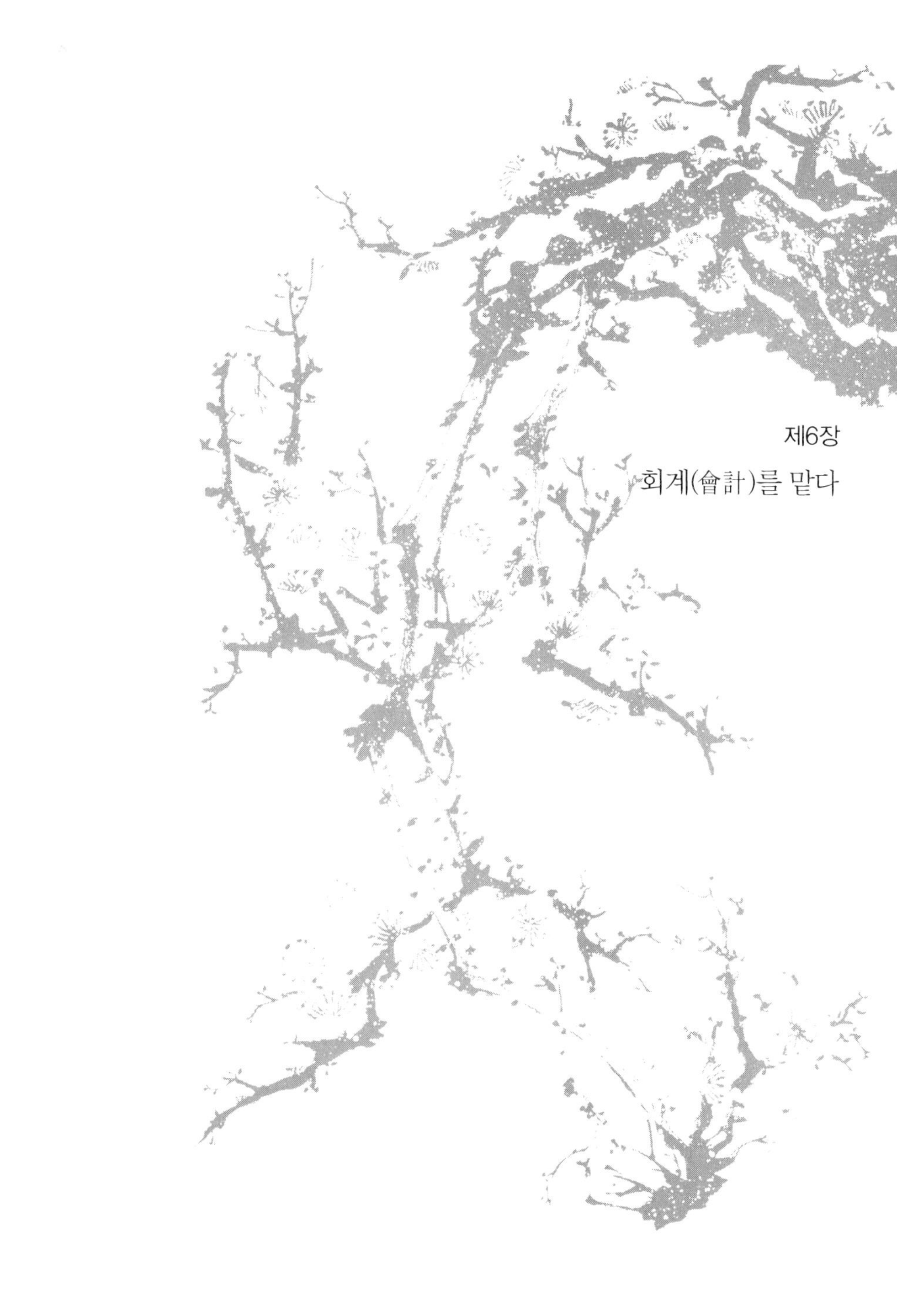

제6장

회계(會計)를 맡다

유씨 면포점에서 일한 지 겨우 두 달가량이 지났건만 사군을 대하는 주인 유씨의 태도는 남달랐다. 사군의 일하는 것이 눈에 쏙 들었던 까닭이다.

"사군!"

"옛! 갑니다!"

"이걸 손님의 마차에 실어드려라."

"예! 알겠습니다!"

"사군!"

"옙!"

사군이 온 이래 점포는 늘 활기가 넘쳤다.

그뿐이 아니었다. 은근히 사군의 용모에 반한 여자들이 처녀와 유부녀를 가리지 않고 몰리는 통에 점포의 매상도 삼 할 이상 올라 있었다.

대담한 여자들은 실수인 척 엉덩이를 슬쩍 만지기까지 했

다. 그럴 때마다 깜짝 놀라는 사군이었지만, 가끔은 상대 여자의 젖가
슴을 와락 움켜쥐고 싶은 충동까지 느낄 때도 종종 있었다. 더 대담한
여자는 좁은 점포 안을 지나다가 부딪친 척하며 자신의 젖가슴으로 슬
쩍 눌러오기까지 했다.

처음에는 정신을 차리지 못할 정도로 당황했다.

하지만 그런 장난을 견딜 수 있었던 것은, 점원은 어떻게 해야 한다
는 것을 알고 있었기 때문이다.

성실하게 일하고 다른 고용원들과 원만하게 지내는 것은 기본이고,
매상이 오를 수 있는 일이라면 어떤 욕이나 희롱도 참아야 하는 것이
바로 점원인 것이다.

오늘도 그랬다.

"아직 여자를 모르는 모양이지?"

넓은 매장 안이 손님으로 붐벼 서로가 정신을 차릴 수 없을 만치 바
쁘게 돌아가자, 기회를 엿보던 한 아주머니가 은근한 미소와 함께 살짝
물어왔다.

사군 정도의 큰 키의 사내가 많지 않기는 했지만, 그렇다고 그리 드
문 것도 아니었다. 그럼에도 여자들이 수시로 은근한 추파를 던지며
장난을 치는 것은 점포 점원이라 만만하다는 점은 물론이요, 아직 때묻
지 않아 수시로 얼굴을 붉히는 것이 재미있기 때문이다.

성안 여러 점포에 유능한 점원들이 많기는 했지만, 대개들 닳고 닳
은 성안의 약삭빠른 젊은이들을 고용했기에 사군 같은 순수함이 오히
려 돋보였다.

하지만 무엇보다도 그녀들의 마음을 사로잡는 것은 웃음이었다. 행
여 장난이라도 칠라치면,

씨익!

하고 돌아보는 사군의 경쾌한 웃음은 처녀들의 방심을 뒤흔들기에 충분한 것은 물론, 유부녀들의 가슴마저도 설레게 만드는 마력이 숨어 있었다.

'물건이야, 물건!'

주인 유장은 사군이 들어옴으로써 점포가 한층 활기를 띤 것은 물론, 하루가 다르게 올라가는 매상에 입을 다물지 못했다.

그라고 여자들이 사군에게 장난을 걸고 희롱하는 것을 모르지는 않았다. 하지만 유장에게 중요한 것은 늘어나는 수입이지, 한낱 점원에 불과한 사군의 입장이 아니었다. 손님이 늘자 은근히 그런 분위를 조성하기까지 했다.

그런 고객들이 오면 유장은 은근히 눈길을 돌리는 것으로 처자들이 사군을 감상할 수 있는 충분한 기회를 제공해 주었고, 눈치 빠른 회계 담당 한씨도 그럴 때에는 죄없는 회계 장부만 뚫어져라고 쳐다보았다.

성안에는 동업종의 점포 중에 독보적인 자리를 차지하고 있는 유씨 면포점을 이겨보려는 도전자들이 많았다.

면포점은 그리 쉬운 업종이 아니다.

면포를 가공하는 과정은 천을 표백하는 표포(漂布), 염색하는 염포(染布), 색과 품질을 검사하는 간포(看布) 등이다. 이런 과정을 마친 면포는 마지막으로 단방(踹坊)에 보내져 주름을 편 후에 판매된다. 대개의 면포점에는 표포, 염포, 간포 등의 공정을 위한 작업장이 있고, 각 공정마다 조장이 있어 그 일을 감독했다.

다른 면포점들은 판매량을 늘리기 위해 저마다 유능한 점원을 고용하려 했고, 심지어는 유씨 면포점 점원은 물론 작업장의 조장들까지 웃

돈을 쥐가며 데려가기도 했지만 그 결과는 신통치 않았다. 아무리 기술자를 빼가도 도저히 유씨 면포점만 가지고 있는 특유의 광택을 낼 수 없었다.

그것은 유씨 면포점 면포는 집안 대대로 내려오는 특유의 염료를 이용해 염색을 하기 때문인데, 그 제조 방법은 철저히 비밀에 붙여져 있었다. 오직 유장만이 그 방법을 알고 있으니 아무리 아랫사람을 빼간들 그 효과가 날 순 없었다.

게다가 사군이 들어온 이후로는 매상이 쑥쑥 올라 다른 점포들은 그저 발만 동동 구를 뿐이었다.

오늘도 사군 덕분에 제법 매상이 올랐다.

"이건 오늘 술시 무렵에 장원으로 날라주어요."

주문한 사람은 무우장(霧雨莊) 안방마님이었다.

"단, 반드시 저 점원이 날라주어야 해요. 다른 사람보다 믿음이 가요."

무우장 마님은 사군을 지목하는 말을 덧붙이는 것도 잊지 않았다. 그리 드문 일도 아니었기에 유장과 한씨는 돌아서는 손님의 뒤에서 서로 얼굴만 마주 보며 쓴웃음을 지었다.

"어디에 들여놓을까요?"

사군은 안채 문 앞 마당까지 짐마차를 끌고 와 있었다. 열 필이나 되는 적지 않은 면포를 어디에 쓸까 궁금하기는 했다.

"안에다 들여다 줘요."

삼십 초반쯤 되었을까. 안방마님이 입구에서 비켜서며 말했다.

마차를 끌고 함께 왔던 곽 노인은 사군이 면포를 입구에 내리자 돌아가 버렸다. 더 이상 힘쓰기 귀찮으니 나머지는 사군이 알아서 하라는 말이었다. 열 필이라고 해야 서너 번 뚝딱 오가면 끝날 일이기는 했지만 곽씨 노인도 눈치가 없지 않았기에 자리를 피해주었던 것이다. 시비들마저 보이지 않았기에 남자 홀로 안채에 있다는 것이 거북했던 사군은 면포를 바쁘게 날랐다. 열 필밖에 되지 않으니 일은 금방 끝났다.

"다 되었습니다, 마님."

"어머! 면포를 그곳에 쌓아놓으니 침실이 좀 답답해 보이네. 저리로 옮기는 것이 좋겠군요."

그 말에 사군은 지체없이 면포들을 옮기기 시작했다. 지시에 따라 입구 옆에 쌓기는 했지만 그가 보기에도 그 자리가 마땅찮아 보였기 때문이다.

"아앗!"

면포 나르는 것을 도울 셈이었는지 한 필을 들고 비틀거리던 안방마님이 비명을 지르며 쓰러졌다. 사군이 등을 돌린 사이에 일어난 일이라 말릴 틈도 없었다.

"어이쿠!"

놀란 사군은 즉시 면포를 치우고는 그녀를 잡아 일으키려다 흠칫했다. 여자의 몸에 함부로 손을 대기가 마땅찮았던 것이다. 하지만 괴로운 듯 손을 허공으로 들어 올리며 힘들어하는 그녀를 보니 더 이상 망설일 수도 없었다. 사군은 마님의 손과 어깨를 잡아 일으켜 세웠다.

갑자기 마님이 그의 품으로 안겨왔다.

"헉!"

깜짝 놀란 사군은 헛바람을 들이켰다. 물컹한 젖가슴의 감촉과 함께 여체의 진한 향기가 콧속으로 스며들었다.

"아……!"

마님의 입에서 나온 탄성이었다.

사군은 어찌할 바를 몰라 한동안 멍하니 있었다. 어느새 보드라운 손이 등을 더듬어오는가 싶더니 두 다리를 움직여 허벅지 사이에 사군의 발 하나를 끼웠다. 머릿결에서 나는 향긋한 냄새는 그의 마음을 온통 취하게 만들었다. 젖가슴이 서서히 움직여 그 감촉을 더했고, 허벅지 사이를 파고든 발이 양물을 압박해 왔다. 반응이 있었다. 돌연 양물이 꿈틀거리며 발딱 고개를 쳐든 것이다.

"으헉!"

깜짝 놀란 사군은 황급히 발을 빼려 했지만 두 다리 사이로 조여 버린 마님의 무릎 때문에 자세가 불편해지며 몸이 기우뚱했다.

"으헛!"

"어맛!"

두 사람은 그대로 옆으로 쓰러졌다. 면포 몇 필이 쌓여 있는 곳이었다. 마치 사람을 놓치면 큰일이라도 난다는 듯 마님은 두 팔로는 사군의 등을 꼭 조인 채였다. 그 와중에도 마님이 밑으로 깔려 다치기라도 하면 큰일이라는 순간적인 생각이 그녀를 위로 올라가게 만들었다. 사군은 마님의 몸 아래 깔린 형국이 되어버렸다.

"귀여워!"

마님은 보드라운 두 손으로 사군의 뺨을 감싸며 조심스레 아래로 내렸다. 손은 멈추지 않고 목덜미를 타고 내려 가슴을 파고들었다.

'아!'

사군은 부르르 몸을 떨었다.

몸은 마치 주술에라도 걸린 듯 꼼짝도 할 수 없었고, 대신 아련한 그 감촉에 눈이 사르르 감겨왔다. 눈을 감는 순간 빨간 연지를 칠해 반짝거리는 마님의 입술이 언뜻 눈을 스쳐 갔다.

긴장이 풀리는 대신 양물이 다시 벌떡 고개를 들었다. 어느새 사군의 앞가슴은 풀어헤쳐져 있었고, 보드라운 여인의 손이 그 가슴을 오르내리는 것이 느껴졌다.

"꿀껙!"

자신도 모르게 마른침이 넘어갔다. 훅훅거리는 뜨거운 숨결이 귓불을 간지럽히자 사군의 목이 저절로 뒤로 젖혀지며 입에서 탄성이 흘러나왔다.

"아!"

목 선을 따라 아래로 내려가는 것은 여인의 감미로운 혓바닥이었다. 마치 꽃뱀의 날름거림처럼 살살거리며 와 닿는 그 감촉에 입이 저절로 벌어졌다.

"흡!"

입이 열리자 기다렸다는 듯 여인의 혀가 그 안으로 빨려 들어왔다. 이러면 안 된다는 것은 마음속의 생각일 뿐, 사군의 혀가 달콤함을 마중해 감싸고돌았다. 가녀린 손길이 사군의 팔을 들어 잔뜩 긴장해 팽팽해진 한 쌍의 수밀도(水蜜桃)로 인도했다.

'마님인데! 이러면 안 되는데!'

하지만 생각뿐으로 이끌린 손은 육봉을 거칠게 휘감았고, 또 다른 손은 치마를 걷어 올리고 허벅지 안을 파고들고 있었다. 야들거리는 살결이 주는 짜릿한 감촉에 숨이 막힐 지경이었다.

밀치고 일어나야 한다는 한 가닥 이성은 손길에 아무런 장애가 되지

못했다. 어느새 속곳 안으로 파고든 손은 봉긋하고 까칠한 미지의 세계를 더듬고 있었다,

"하아!"

사군의 몸 위에 비스듬히 엎드려 있던 마님의 몸은 야릇한 비음과 함께 무너지듯 위로 올라왔다. 순간 양물은 거침없이 비처(秘處) 안으로 빨려 들어갔다. 꽉 찬 듯한, 옷을 입었음에도 양물을 감싸오는 따스한 열기를 가득 느낄 수 있는 속 깊은 동굴이었다.

"아흑!"

교성과 함께 마님은 양물에서 몸을 빼고 다급한 손길로 바지를 벗겨 갔다.

엄청난 충격의 감촉!

저도 모르게 눈을 부릅떴다. 순간 창문 가득한 황혼의 하늘과 그 사이로 언뜻 지나가는 예향의 수줍은 얼굴이 들어왔다.

"으헛!"

불에 덴 듯 화들짝 놀란 사군은 얼른 마님의 몸을 밀쳐 내고 황급히 자리에서 일어나 바지춤을 올렸다.

정신이 없었다.

손은 부들거리며 연신 헛손질을 해대 평소보다 두세 배의 시간이 걸려서야 옷을 제대로 입을 수 있었다.

"죄, 죄송합니다, 마님."

떠듬거리며 말을 한 그는 얼른 방문을 나섰다.

"잠깐!"

짧은 여인의 음성에 사군은 퍼뜩 발길을 멈추었다.

"면포는 제대로 쌓아놓고 가야지."

아차! 사군은 허둥지둥 면포를 날렸다. 보통 때보다 손발은 더 바쁘게 움직였지만 면포까지 삐뚤삐뚤 쌓아졌다.

"푸웃!"

사군은 당황해 어쩔 줄 몰라 했지만 마님은 오히려 웃음을 터뜨렸다. 허우대만 큰 총각이 얼굴이 시뻘게져서 정신을 차리지 못하는 것이 우스웠던 모양이다.

"묘랑이라고 해. 솔직히… 오늘 일은 없었던 것으로 해줘. 내가 잠시 정신이 나갔었나 봐."

"예? 아, 예!"

"난 이 댁 첩실이야. 바깥 분은 이곳에 사시다가 마님과 함께 경사(京師:북경)로 올라가신 지가 벌써 몇 년 되거든. 언제 낙향을 하실지도 몰라. 외롭다 보니 이상한 마음이 생겼었나 봐. 솔직히 총각이 마음에 들었어. 이름이 사군이라고 들었는데, 맞나?"

묘한 음색의 말이었다.

묘랑의 말을 듣는 둥 마는 둥 하며 연신 머리를 조아렸다. 자칫 누명을 썼다가는 남의 여자를 욕보인 죄로 목이 잘릴 수도 있다는 생각이 퍼뜩 머리를 스쳤던 까닭이다.

"사군?"

"예? 예, 옛! 맞습니다, 사군입니다!"

"호호호. 긴장하지 마. 난 그리 나쁜 여자가 아니야. 사람이란… 누구나 외로울 때가 있잖아? 그저 그렇게 이해해 줘. 사실 딴생각을 품고 오늘 일을 꾸민 것은 나야. 일부러 시비들까지 내보냈었지. 하지만 사군 총각을 보니 문득 잘못했다는 생각이 들어. 용서해 줘. 그리고… 오늘 일은 없었던 것으로 해줘."

묘랑의 눈에서 눈물이 비쳤다.

"아닙니다. 모두 제 잘못입니다. 그리고 면포는 다시 똑바로 쌓아두겠습니다."

사군은 그렇게 말하며 면포를 쌓아둔 곳으로 갔다.

"그냥 둬. 그걸 보면서 사군 총각을 생각하고 싶어."

빨간 입술을 조물거려 가며 얼굴을 붉히고 하는 말이었다. 덩달아 사군도 벌겋게 달아오른 얼굴로 어쩔 줄 몰라 했다.

"술이나… 차라도 한잔할 테야?"

"이, 일을 해야 합니다."

"호호호. 점포 문은 벌써 닫았을 시간인데 무슨 소리야. 나와 함께 있는 것이 싫은 게로구나? 그렇다면 가봐. 굳이 군 동생의 마음을 불편하게 하고 싶지도 않아."

얼떨떨했다.

묘랑은 앞으로 다가왔다.

한데, 어서 달아나야 한다는 것은 생각뿐 몸은 주술에라도 걸린 듯 꼼짝하지 않았다.

눈길이 마주쳤다.

가녀린 여인의 손이 허리를 감아왔다. 젖가슴의 따스한 온기가 그대로 전해졌다. 머릿결에서 나는 지독한 여인의 향기에 하초가 불끈거렸다. 보드라운 허벅지가 지그시 하초를 눌러왔다.

"하지만 언제까지라도 기다리고 싶어."

고개를 들고 애잔한 표정이 가득한 눈매로 올려다보며 속삭이듯 전하는 묘랑의 말이었다. 그 눈길을 마주하는 순간 모든 불안이 가시며 마음이 편해졌다. 사군은 묘랑을 가만히 안아주고는 몸을 돌렸다.

'잘 있어요.'

장원 문을 걸어나오던 그는 한참이나 지나서 무우장을 흘낏 돌아보았다. 머리 속에서는 방금 전의 우윳빛 살결이 주었던 야릇한 감촉이 살아나는 듯했다.

어느 날 회계를 보는 한씨(韓氏)가 마차에 치이는 사고를 당해 한동안 나오지 못하게 되었다. 육순이 다되어 가는 그는 주인 유장보다도 나이가 더 많았는데, 한씨는 유장의 아버지 대에서부터 회계를 맡아왔던 점포의 가신이라 할 수 있었다.

"이를 어쩐다……."

사고를 접한 유장은 발을 굴렀다.

그러지 않아도 나이가 많은 한씨였기에 은근히 걱정을 하던 중이었는데 그만 사고를 당한 것이다. 점포에는 한씨 말고도 그를 도와 매출표를 적는 일을 맡아오던 오진상(吳眞像)이라는 도제(徒弟)가 있기는 했다. 하지만 몇 번 일을 시켜본 주인 유장은 그의 실력에 끝내 혀를 차야 했다.

결국 회계는 주인 유장의 몫이 되었다.

작지 않은 점포이기에 그는 낮에 손님을 접대하거나 큰 거래처에 들러 원단 판매 등을 협의하러 다녀야 하는 등 무척이나 바빴다. 그런 그가 저녁 늦게까지 남아서 회계까지 맡는다는 것은 여간 힘들고 번거로운 일이 아니었다.

"허, 이거 큰일 났군."

그날따라 잡다한 매상이 많이 올라 유씨는 그 계산에 골머리를 싸매고 있었다. 주판으로 벌써 여러 차례 계산을 해보았지만, 단 한 번도 제대로 맞아떨어지는 경우가 없었다. 그동안 십수 년을 한씨가 맡아왔었기에, 갑자기 나선 유장은 일이 손에 익지 않아 실수연발이었다.

"에잉, 오늘은 시시껄렁한 것들만 잔뜩 물건을 사 가는 통에 매상은 별 볼일이 없으면서 쓸데없이 계산만 복잡하게 되었구나. 내일 아침 일찍 다시 해봐야지, 이거야 원. 쯧쯧."

그렇게 소리치는 것으로 체면을 세운 유장은 대충 정리한 매출표를 덮어두고는 내당으로 들어가 버렸다. 무척이나 언짢은 표정이었다.

이미 다른 직공들은 모두 집으로 돌아가거나 숙소로 갔고, 점포 안에는 막내인 사군만이 마지막 청소를 위해 대기하고 있었다. 유장이 덮어두고 간 매출표를 펼쳐 쭉 훑어보았다.

'흠, 그리 어려워 보이지 않는데……'

마침 주판도 옆에 있는지라 재빨리 툭툭거리며 계산을 해보았다. 매출표의 합계를 내고 창고와 점포에서 빠져나간 물건을 계산하니 딱 맞아떨어졌다.

"크크크!"

기분이 좋아 웃음을 참지 못했다.

'가만, 이걸 어디 적어두어야 하는데……'

문득 예전에 고노가 숯으로 글을 썼던 생각이 났다.

그는 작업반 아궁이로 가서 숯 조각을 주워와 계산된 합계를 버려진 작은 천 쪼가리에 적어두었다. 다음날 아침 일찍 점포로 나온 주인 유씨는 그것을 발견하고는 크게 놀랐다.

"허어, 누가 이 계산을 했느냐?"

그는 아침 일찍 청소를 하기 위해 점포로 나온 사군을 보고 물었다.

"제, 제가 했는데요."

주인에게 실력을 보이기 위해 보이는 곳에 계산 결과를 써두었지만, 막상 예상했던 일이 벌어지니 은근히 불안해졌다.

"어디서 이런 것을 배웠느냐?"

"책을 조금 읽었습니다."

"허어!"

유장은 할 말을 잃었는지 한동안 입만 딱 벌리고 그를 쳐다보았다.

그저 막연히 성실한 촌 청년 정도로 생각했었는데 글을 안다는 사실이 그를 놀라게 한 것이다. 게다가 회계에 관한 책도 읽었다니… 잠시 지켜보던 유장이 큰 결심이나 한 듯 말을 꺼냈다.

"흠, 유씨가 나올 동안만이라도 당분간 네가 회계를 맡도록 해라. 그 동안은 한 달에 은자 두 냥을 쳐주마. 대신 절대 실수가 없도록 해야 한다."

"에엣?"

한 달에 은자 두 냥! 난생처음 받게 되는 엄청난 금액이다.

"고맙습니다."

머리가 땅에 닿을 정도로 숙여가며 꾸벅 절했다.

그날부터 사군은 바깥 심부름이 면제되었고, 맡는 일은 청소와 회계에 국한되었다. 하루 종일 한씨가 매출표를 작성했던 점포 구석진 자리에 앉아 그 일을 맡아 했는데, 그 여파로 점포 손님들의 활동 중심이 회계대 근처로 옮아가는 진풍경까지 벌어졌다.

그러나 세상일이란 음이 있으면 양이 있는 법.

사군의 비약적인 승급에 대한 오진상의 실망감과 수치심은 남달랐다. 비록 한씨가 나올 때까지의 임시직이기는 했지만, 사군이 하는 일은 적어도 이 바닥에서 일이십 년은 족히 굴러야 맡을 수 있는 일이었다. 그런데 그 일을 이제 들어온 지 얼마 되지도 않은 놈에게 맡기다니…….

그는 자신의 실력이 신입인 사군만도 못하다는 엄연한 사실 또한 받아들이지 못했다.

'무슨 야료가 있어!'

그가 보기에 놈의 배경에 뭔가 있어 보였다. 그러고 보니 처음 들어왔을 때부터 사군을 대하는 유장의 태도가 남달랐음을 기억했다.

'더러운 세상이야!'

말은 하지 않았지만 오진상은 일이 끝나면 곧장 술집으로 가서 술로 속을 달래고 만취가 되어야 집으로 들어가는 일을 반복했다. 그러다 보니 다음날 미처 술을 깨지 못해 실수를 하는 경우도 잦아져 주인 유장의 타박까지 받게 되었다.

그럴수록 사군에 대한 원한은 깊어만 갔다.

오늘은 일이 일찍 끝나 점포 사람들은 모처럼 모여 술판을 벌였다.

자주 있는 일은 아니지만 과중한 격무에 시달리던 일꾼들은 가끔 이런 자리를 가지는 것으로 마음을 풀었다. 이런 경우 작업장과 점포 일꾼들은 자리를 함께 하는 것이 통례였다.

사군도 술자리에 끼어들었다.

일꾼들 중에는 여자들도 적지 않았지만 그들도 남정네들이 건네는 술잔을 마다 않고 거침없이 받아 마셨다. 처음 마시는 술이라 그런지 이내 취기가 돌았다.

막말과 음탕한 언사가 오가는 일꾼들의 술자리 분위기에 익숙하지 않은 사군은 슬쩍 빠져나와 작업장 뒤로 향했다. 양생술이나 한번 하고 일찍 자려는 것이다. 늘 가던 작업장 뒤편의 구석진 자리로 가서 가부좌를 틀고 앉으려는데 문이 열리는 소리가 나며 누군가 작업장 안으로 들어가는 기척이 느껴졌다.

'도둑인가?'

깜짝 놀라 벽에 귀를 대고 안에서 일어나는 동정을 살폈다. 안으로 들어간 사람은 하나가 아니라 둘이었다.

면포를 가공하는 작업장은 그 크기가 상당하기에 보통 사람들이라면 밖에서는 안에서 하는 말을 전혀 알아들을 수 없었다. 하지만 일단 사군이 신경을 쓰자 안에서 나직이 귓속말을 주고받는 두 사람의 대화였지만 하나도 빼지 않고 다 들을 수 있었다.

잠시 부스럭대는 소리가 나더니 콧소리가 섞인 야릇한 여인의 목소리가 들려왔다.

"아잉! 춘씨, 너무 서둘지 마. 다들 이제 막 취하기 시작했으니 시간이 넉넉한데 오늘따라 왜 이리 서둘러."

"흐흐흐, 나도 그러고 싶은데 이놈의 용두(龍頭)가 고개를 버쩍 치켜 세우고 도통 내 말을 들으려고 하지 않으니 어쩌겠는가."

양미간이 좁혀졌다.

목소리를 들어보니 색포(色布)조의 조장 춘씨하고 작업장의 어떤 여인이 남들이 술을 마시는 틈을 타 몰래 정염을 불태우려는 것이 틀림없었다. 대화의 내용으로 보아 한두 번 하는 짓도 아닌 것으로 보였다. 조장들과 일꾼 몇몇을 제외하고는 아직 얼굴을 다 익히지 못했기에 목소리만으로는 여자가 누군지 도통 알 수가 없었다.

'더러운 것들.'

퉤 하고 침을 뱉어주고 싶었지만 겨우 참았다.

연놈들이 무슨 짓을 하든 공연히 눈 밖에 나서 좋을 일은 없을 것 같았기 때문이다. 하루도 걸러본 적이 없는 양생술이라 그냥 들어가기도 그랬다. 사군은 그들이 하는 짓거리를 무시하고 다시 정신을 집중했다.

"후우."

얕게 숨을 들이마시고 서서히 단전으로 기운을 모아갔다. 그저 자신의 할 일만 끝내고 이곳을 떠나려는 생각이었다. 그런데 뜨거운 열류가 느껴지는 순간 돌연 여인의 교성이 귀로 파고들어 그의 마음을 뒤흔들었다.

"아흑!"

남녀가 교접하는 소리는 생전 처음 듣기에 그로서는 엄청난 충격이었다. 덕분에 단전으로 모이던 기운은 눈 녹듯 사라져 버렸다.

'에잇, 망할 연놈들……'

마음을 다잡고 다시 시도를 하려는 순간 또다시 교성이 이어졌다.

"하아! 하아!"

그 소리는 끝날 줄 모르고 한동안 계속되었다.

한순간 하체 어딘가가 뻐근해 오는 것을 느꼈다. 이내 몸에서 더운 열기가 느껴지기 시작했다. 문득 자신을 바보라고 부르며 달려나가던 그날의 예향이 떠올랐다. 뭉클한 젖가슴의 감촉이 손끝에서 살아났다.

'이런 제기랄.'

이미 양생술에 대한 생각은 어디로 달아난 지 오래고 작업장 안의 상황에만 귀가 쏠렸다. 교성과 함께 살과 살이 맞부딪치는 소리가 계속되자 사군도 참기 힘들 정도였다.

이미 취기가 쉽게 오르는 막술까지 몇 잔 걸친 터라 한번 타오르기 시작한 몸은 주체할 수 없을 정도로 달아올랐다.

'어이구.'

자신도 모르게 숨이 막히고 숨결이 거칠어지는 것이 도무지 어떻게 다스려야 할지 몰라 미칠 것만 같았다. 그때 그의 눈에 또 다른 여자 하나가 이쪽으로 걸어오는 것이 보였다. 술에 많이 취했는지 몸을 제대로 가누지 못하고 비틀거리며 그가 있는 구석 쪽으로 다가오고 있었다.

'엇!'

얼른 한쪽 벽에 몸을 바싹 붙이고 섰다. 다행히 청의를 입고 있었고, 밝은 곳에서 있던 사람이 어둠에 의지해 벽에 몸을 붙이고 선 그를 분간하기란 쉽지 않았다.

다가오는 사람은 성안에 사는 막씨 아주머니였다.

'헙!'

마음속으로 숨을 크게 들이켜야 했다.

사군의 대여섯 발자국 앞까지 다가온 그녀는 돌연 그 자리에 주저앉아 치마를 걷어붙이고 속옷을 내리더니 그대로 오줌을 갈겼기 때문이다. 작업장 반대 편 쪽에 뒷간이 있기는 했지만 아무래도 거리가 너무 멀어 취중에 여기서 일을 보고 가려는 것이 틀림없었다.

쏴아, 쏴!

술을 많이 마셨는지 제법 양도 많았는데, 밤이라 시원한 오줌 줄기가 땅을 때리는 소리가 무척이나 크게 들렸지만 정작 본인은 전혀 의식하지 못하고 있는 듯했다. 볼일을 마친 그녀는 잠시 작업장 벽에 기대어 정신을 수습하려고 했다.

한참을 그러고 있더니 술기운에 더위를 느끼는지 돌연 앞가슴을 열

어줓혔다. 취중임에도 혹시 저쪽에서 누가 볼까 걱정이 되었는지 사군
이 서 있는 쪽으로 몸을 반쯤 돌린 상태였다.

'헉!'

헛바람을 들이켰다.

뽀얀 젖가슴을 그의 눈앞에 내밀고 있는 모양새였다. 풍만한 젖가슴
이 그대로 드러나, 그걸 보는 순간 숨이 멎는 듯했다. 불과 몇 걸음 앞
에서 벌어지는 일이었다. 함부로 고개를 돌릴 처지도 못 되는지라 그
저 눈을 감는 도리밖에 없겠지만 사군은 그러지 못했다. 오히려 두 눈
을 부릅뜨고 그녀의 가슴을 관찰하고 있었다.

어둠에서도 뽀얗게 보이는 젖가슴이었다.

마음속 양심은 당연히 눈을 감아야 한다고 말했지만 묘하게도 그게
마음대로 되지 않았다.

"아흐!"

순간 작업장 안에서 절정으로 치닫는 여자의 교성이 들렸다.

안에서 미약하게 들리는 교성은 사군의 귀를 마치 천둥처럼 후려치
고 있었다.

한창 끓어오를 나이에 술까지 거나하게 마셨으니, 눈앞에 보이는 엄
청난 광경을 외면하기란 결코 쉽지 않았다. 자신도 모르게 손이 부들
거렸다. 자제는커녕 와락 달려들어 그녀의 젖가슴을 움켜쥐고 싶은 마
음뿐이었다.

'후우!'

정말 쉽지 않았다.

돌연 하체가 뻐근해지는 것이, 정말 참기 어려웠다. 그런데 막씨 아
주머니는 여전히 더위를 참지 못하겠는지 앞섶을 흔들어가며 젖가슴에

부채질까지 해댔다.

'헉!'

숨이 턱 막혔다.

무척이나 길게 느껴지는 시간이었다. 더운 열기가 퍼져 나가며 몸이 스멀거리더니 하체에서 맹렬한 반응이 찾아왔다.

"후우."

흥분한 사군의 입에서 저도 모르게 한숨 소리가 내뱉어졌다.

순간 막씨 아주머니가 흠칫 놀라는 것처럼 보인 것은 사군의 혼자만의 생각인지 몰랐다. 자신도 모르게 나온 얕은 한숨 소리였지만 당황하니 몸이 급속도로 식으며 긴장이 찾아왔다. 하지만 막씨 아주머니는 아무 일도 없었다는 듯이 옷깃을 여미더니 비틀거리며 왔던 길로 걸음을 옮겼다.

"휴우!"

사군은 그제야 가슴을 쓸어내리며 안도했다. 작업장 안에서도 일을 마쳤는지 부스럭거리며 옷을 입는 소리가 들려왔다.

"나가지. 남의 눈에 띄어서 좋을 것이 없잖아?"

볼 일을 다 본 조장 춘씨의 목소리였다.

"술을 많이 가져왔으니 아직은 괜찮을 텐데……."

아직도 아쉬움이 많이 남았는지 여자가 미련이 남아 있는 투로 말했다.

"안 돼. 누구 눈에라도 띄면 그때 가서 어쩌려고?"

춘씨의 말에 여인은 대답하지 않았다. 잠시 후 작업장 문이 빼곡이 열리는 소리가 나더니 여자가 모습을 드러냈다. 잠깐 좌우를 살피던 그녀는 이내 어둠 속으로 사라졌다.

'저 여자였군.'

사군은 그제야 여자의 얼굴을 알아보았다. 춘씨가 조장인 색포조의 공원이었는데, 자주 마주칠 일이 없기에 아직 여자의 이름은 몰랐다. 한참 뜸을 들이던 춘씨도 반 각쯤 지나자 다시 주위를 살피더니 작업장 문을 잠그고 그 뒤를 따랐다.

"에잇 추잡한 것들. 퉤!"

땅에 침을 뱉는 것으로 욕을 대신하고는 자리를 떠 막사로 돌아갔다. 하지만 두 사람이 내뱉던 음란한 말들과 교성 등이 머리 속을 떠나지 않았다. 막씨 아주머니의 젖가슴과 오줌 소리도 여전히 눈앞에서 아른거렸다. 다시 예향이 떠올랐다. 빙당호로 같은 달고 시큼한 입술, 정열이 가득 담긴 뜨거운 입술을 가진 여자.

"에이!"

사군은 머리를 뒤흔들었다.

그가 떠난 직후 건물 저편에서 언뜻 사람 형체가 보이는가 싶더니 이내 어둠 속으로 사라졌다.

그 일이 있은 후로 막씨 아주머니가 웃음 지으며 인사를 건네도 감히 고개를 들지 못했다.

그 사실을 모르는 아주머니는 점포의 막내인 사군이 마냥 예뻐 죽겠다는 듯 대해주었다. 정말 미안하기도 하고 민망한 노릇이었지만, 아주머니는 과하다 싶을 정도로 그에게 친절을 보였다.

그럴 때마다 자신의 면전에 앉아 오줌을 누던 모습과 탐스러운 가슴을 활짝 드러내고 바람을 불어넣던 그 모습이 겹쳐 그저 쥐구멍이라도 들어가고 싶을 따름이었다.

어느덧 막씨 아주머니는 사군을 동생이라 불렀다.

점포 내에 특별한 직위에 있지 않은 사람들끼리는 그런 사적인 칭호로 위아래를 구별해 부르는 것은 흔한 일이었기에, 사실 그녀가 사군을 동생이라고 하는 것은 특별한 의미를 갖거나 남다른 행동이라 할 수 없었다.

"동생, 언제 우리 집 근처에 올 기회가 있으면 한번 들러. 이 누님 요리 솜씨도 구경할 겸."

어느 날 일을 마치고 홀로 점포 청소를 하던 사군에게 다가온 막씨 아주머니는 은근히 그렇게 말했다. 늦은 시간에 들른 것을 보니 작업조의 일이 다른 날보다 늦게 끝난 모양이었다.

"성안에 사신다면서요?"

항상 관심을 가져주는 그녀에 대해 그냥 있기도 미안했는지라 지나가는 말투로 물었다.

"응, 광상교를 지난 다음 오른쪽 옆길로 돌면 조금만 집들이 십여 호 늘어서 있어. 세 번째가 우리 집이야. 근처에 올 기회가 있으면 지나는 길에 한번 들러."

막씨 아주머니가 반색을 했다.

"예, 예!"

적극적인 반응에 깜짝 놀란 사군은 얼굴을 붉히며 황급히 대답했다. 그나마 주변에 사람이 없었던 것이 다행이었다.

제7장

잠화고낭무(蠶花姑娘舞)

오늘도 고노는 사군에게 그동안 배운 것을 펼치게 하는 것으로 수련을 시작했다. 다른 날이라면 그의 성취에 대해 어떤 표현이라도 있을 법하건만 오늘은 이상하리만치 무거운 표정이었다.

"오늘 유시(酉時 : 저녁 6시 전후)경에 이리로 올 수 있겠느냐?"

무슨 일인가 하여 쳐다보았지만 고노의 표정에서는 아무것도 읽을 수 없었다. 다른 사람 같은 기분도 들었다.

"그렇게 할게요."

이렇게 일찍 수련을 끝내는 것이 찜찜하기는 했지만 예향을 만나고 싶은 생각이 간절해 깊이 생각하지는 않았다.

"세상을 사는 것에도 어떤 도(道)가 있는지 모르겠다. 만약 그것에도 도가 있다면 아마 적을 만들지 말라는 것이라 할 수도 있겠지."

돌아서는 사군의 등을 향해 고노가 지나가는 말처럼 던졌다. 뭔 말인가. 사군이 다시 돌아서자 그는 쉬고 싶다는 듯 초막으로 들어가 버렸다. 더 이상 귀찮게 굴지 말고 그만 가보라는 뜻이다.

잠시 그 자리에 멈춰 섰던 사군은 공터를 떠났다.

초라한 그 뒷모습을 생각하니 갑자기 눈물이 났다. 어렸을 때는 업히기도 했던 널찍한 등이었건만 오늘 본 것은 형편없이 쪼그라든 노인의 그것이었다. 고개를 흔들어 불안감을 털어내려고 했다.

'에이 씨.'

공연히 화가 났다.

눈앞이 흐릿해지는 것을 느끼며 그는 무작정 달리기 시작했다. 뜀박질이라도 하지 않으면 마음이 너무 답답해 참지 못할 것 같았다. 문득 조씨 노인의 장례 날 상여를 뒤따르며 들었던 만가가 떠올랐다.

만승천자 진시황도 불사약은 못 구했네.
서러워라, 서러워라, 일장춘몽 서러워라.
북망산천 멀다더니, 내 집 앞이 북망일세.

숨도 한 번 쉬지 않았다는 생각이 들 정도로 힘차게 달리고 나니 어느 결에 동네였다. 그리 길지 않은 잠깐의 뜀박질이었지만 한결 기분이 나아진 것 같았다.

"군 오라버니."

예향이었다. 길모퉁이에서 모습을 나타내는 것으로 보아 기다리고 있었던 것이 틀림없었다. 손으로 땀을 씻어 내리던 사군은 그녀를 보고는 빙그레 웃어주었다.

“어디를 가셨기에 아는 체도 않고 그리도 급하게 다녀왔어요?”

이미 가는 방향을 보고 고노에게 다녀왔음을 모르지도 않을 그녀였지만 그냥 물어본 것이다. 사군을 대하는 예향의 태도는 날이 갈수록 조심스러워지고 있었다.

사군이 어색한 미소를 지었다.

언제부터 예향이 자신에게 이렇듯 존댓말을 했는가. 꽤 된 것 같기도 했다. 입술을 주었던 그날 이후 어려워하는 기색이 역력했다. 게다가 한동안 보지 못한 오늘은 말투마저 다소곳했다. 처녀가 되었다는 표시인가.

“우리… 마두낭(馬頭娘) 축제에 가지 않을래요?”

예향이 눈치를 살피는 듯 쳐다보며 조심스레 물었다.

마두낭은 바로 누에의 별칭이다.

누에의 머리가 말과 같이 생겼다 하여 이를 빗대어 마두낭이라 부르는 것으로 잠신(蠶神:누에 신)을 이르는 말이기도 했다.

소흥부에서 도하촌과 일대 몇몇 마을 사람들의 중요한 수입원 중 하나를 꼽으라면 당연히 양잠을 말할 수 있다. 다른 곳의 대부분의 사람들이 물질을 하거나 채소나 농사를 짓는 데 비해 이곳 사람들은 누에를 쳤다. 그래서 사람들은 양잠(養蠶)은 일 년 동안 입을 거리를, 밭농사는 일 년 동안의 먹을 거리를 준다고 말하곤 했다.

마두낭 축제.

누에를 치는 인근 세 마을의 모든 청춘남녀들이 모여 벌이는 축제다. 한 해의 누에치기가 잘되기를 비는 뜻에서 벌이는 것으로, 초저녁부터 청춘남녀들이 모여 춤과 노래로 질펀하게 흥을 돋우어 노는 시간이다.

처녀들은 머리에 각종 물감으로 물들인 예쁜 잠화(蠶花)를 꽂고 나온다. 잠화란 꽃이 아니라 누에고치의 풍작을 뜻하는 말이다.

큰 누에 한 근이 후에 누에고치 여섯 근이 되면 육분잠화(六分蠶花)라 하고, 열 근이 나오면 십분잠화(十分蠶花)로 부른다. 대개 사분잠화나 오분잠화는 날씨나 노력에 따라 나올 수도 있지만 십분잠화는 좀체 나오기 어려운 희망 속의 잠화다.

이날 처녀들이 머리에 꽂고 나오는 꽃은 누에를 네 쪽으로 쪼개 펴서 층층이 쌓아 만든 잠화다. 그렇게 부르는 것은 잠화란 말 자체가 풍작을 기원하는 마음이 담긴 길상어(吉祥語:좋은 뜻으로 쓰는 말)로 쓰이기 때문이다. 멋을 내려는 처녀들은 머리에 꽂은 잠화 주변에 예쁜 들꽃을 꽂아 장식하기도 한다.

평소에는 남녀 간에 내외가 엄격하지만 이때가 되면 마음에 맞는 청춘남녀들이 서로의 생각을 과감하게 밝힐 수 있다. 남녀 간의 뜻이 맞으면 그때부터 두 사람은 공공연한 짝으로 인식되어 마을에서 다른 청춘남녀와는 달리 대접을 받는다.

이곳에 사는 사람들 중에 그걸 모르는 사람은 없다.

예향은 그런 마두낭 축제에 같이 가자고 했다. 사실 사군이라고 그런 큰 축제일을 모르고 지나는 것은 아니었다. 다만 남녀 간의 일에는 숫기가 없어 말도 꺼내지 못하고 은근히 예향의 눈치만 보고 있었다. 사군에게 은근히 자신의 마음을 내비쳐 보인 것이나 다름없기에 예향이 말을 더듬은 것은 어쩌면 당연한 일이라 할 수 있었다.

여간해서 사군 앞에서는 말을 아끼지 않았던 예향이기에 이렇듯 나오니 오히려 더 어색해졌다.

"으… 응, 벌써 그, 그때가 되었나?"

자신도 모르게 말을 더듬었다. 반응을 지켜보던 예향은 무슨 생각을 했는지 바닥으로 눈을 내리깔며 얼굴을 붉혔다.

'피이, 먼저 말을 꺼내면 어디가 덧나나!'

사군의 내심을 모를 리 없는 예향이었기에 그게 불만스러웠다. 하지만 혹시라도 또 무슨 약속을 핑계대며 가지 않겠다고 할까 봐 불안하기도 했다.

이곳의 양잠은 해마다 봄, 여름, 초가을, 가을, 늦가을 등 다섯 차례 이루어진다.

그 중에 마두낭 축제가 열리는 기간은 낮이 긴 여름이다. 그만큼 청춘남녀들이 더 많은 시간을 가지라는 배려다. 신시(申時:오후 4시 전후) 무렵부터 시작되는 축제는 술시(戌時:오후 8시 전후) 무렵이 되어야 끝이 난다.

사군이 잠시 머리를 굴렸다.

고노와 약속이 되어 있기는 하지만 유시가 되기 전에 한 시진 정도는 여유가 있었다.

"그럼 가지 뭐."

사실 머리 속에는 고노에 대한 걱정이 가득했기에 다른 일을 깊이 생각할 여유도 없어 대답은 쉬웠다. 그동안 한 번도 참가하지 않았기에 이번에는 끼어보고 싶은 마음도 있었다. 하지만 예향의 생각과는 달리, 그는 그저 축제에 참가해 잠시 같이 있어주겠다는 생각일 뿐이었다.

반쯤 고개를 숙이고 답을 기다리던 예향의 얼굴에 환한 미소가 번졌다. 무척이나 조심스럽게 꺼낸 말이었다.

'오늘 밤에는 고백을 할 테야.'

예향은 굳게 다짐했다.

"있다가 신시가 시작될 무렵에 다리 앞에서 기다릴게요."

끝내 고개를 들지 못했다.

이렇듯 사군과 함께 축제에 참석하려는 마음을 먹은 것은 행여 임자 없는 사내로 비쳐져 다른 여자들이 눈독을 들일까 은근히 겁났기 때문이다. 그런 경우가 생겨서는 정말 곤란했다. 아직 사군의 속마음을 확인하지 못했으니 모든 것이 불안하기만 한 예향이었다.

"응, 알았어."

사군은 그렇게 대답하고는 돌아섰다. 제대로 못했던 집 안의 잡다한 일들을 해놓으려는 것이다.

예향은 비로소 고개를 들었다.

멀어져 가는 사군의 뒷모습을 보는 예향의 볼이 발그스름해졌다.

오늘을 위해 아껴두었던 비단옷은 이미 다림질까지 마친 상태였다. 며칠 전부터 아름다운 꽃물을 들인 잠화를 만들어두었고, 그동안 들판을 오가며 오늘 머리에 꽂고 갈 야생화들을 고르느라 허비한 시간도 적지 않았다.

잠화에 꽃물을 들이고 들꽃들을 고르며 내내 생각했던 사내가 바로 사군이었다. 사군이 보는 앞에서 축제에 참가해 춤을 추고 있는 자신의 모습은 상상만 해도 가슴이 벅차왔다.

어느덧 해가 중천을 지난 지도 한참이 되었다.

아직 해가 긴 여름이다.

이글거리는 열기를 쏟아내던 태양이 비스듬히 방향을 틀기는 했지만, 아직까지 그 위용을 떨치며 인적마저 드물게 하는 폭염 속의 시간이다.

둥, 둥둥, 둥, 둥!

멀리서 북소리가 들려왔다.

'아이, 어떡해……'

다리 입구에 서 있는 예향은 애가 탔다. 북소리로 보아 이제 마두낭 축제가 시작된 모양인데 아직 사군이 나타나지 않고 있었기 때문이다.

오늘의 예향은 특별했다.

얼굴에는 어머니가 특별히 사주신 백분(白粉)을 가볍게 발랐고, 입술에도 빨간 연지를 발랐다. 한 번도 선보이지 않았던 화사한 옷차림에 더해 머리 위에는 오색으로 물들인 잠화와 그 주변에 빨강, 노랑, 연분홍의 들꽃들을 예쁘게 꽂았다. 이마에는 들꽃으로 이어 만든 꽃띠를 둘렀고 귀에는 한 쌍의 귀고리를 달았다. 춤판에서 사용할 노란 소고와 북채에도 각양의 장식 천을 달아 멋을 더했다.

머리에 꽂힌 잠화와 들꽃들이 은근한 여름 바람에 하늘거려 예향의 풋풋한 화사함에 더욱 빛을 발하게 했다.

'씨, 정말 너무해.'

금방이라도 울음이 터질 것만 같은 안타까운 모습이었다. 애타게 기다리는 사군의 모습은 동네 어디에도 보이지 않았다.

오늘 마두낭 축제가 열리는 곳은 마을 뒤쪽에 뽕나무가 늘어서 있는 상림(桑林)이다.

백여 그루의 뽕나무는 도하촌을 비롯한 인근 두 개 마을의 생명줄이나 다름없는 중요한 수입원이기도 하다. 이렇게 사람들이 한꺼번에 모여야 하는 날이면 앞에 수백 명을 너끈히 수용할 정도의 널찍한 공터가 있는 상림은 언제나 좋은 모임터가 되어준다.

둥둥둥둥둥!

틀림없이 사내들이 모여서 추는 잠영무(蠶迎舞) 판에서 나는 북소리
였다. 총각들이 추는 잠영무는 마두낭 축제의 시작을 알리는 춤이기도
했다.

‘아이…….’

급박하게 들려오는 북소리의 진동수만큼이나 예향의 속마음도 다급
해졌다. 눈은 멀리 마을을 향했고 조바심을 참지 못한 손이 저도 모르
게 치맛단을 움켜쥐었다. 바쁜 농사일에도 짬을 낸 어머니가 예쁘게
다려주신 분홍치마였다.

저도 모르게 손에 힘이 들어가 쫙 펴두었던 치맛단이 구겨지고 있었
지만, 그마저도 모를 정도로 속마음은 그저 급하기만 했다.

‘아!’

돌연 눈이 크게 떠졌다.

눈망울에는 반가움이 가득 담겼고, 금방이라도 울음이 터질 것만 같
던 입가에는 어느새 주체할 수 없는 미소가 번졌다.

사군이다!

멀리서 헐떡거리며 동네를 벗어나 다리로 향해 달려오는 젊은 사내,
틀림없다.

“군 오라버니!”

그 순간마저도 참지 못한 예향은 크게 소리쳐 사군을 불렀다. 방금
전까지 애태우던 그 마음은 어디 가고 그녀의 목소리에는 반가움과 정
감만 잔뜩 실려 있었다.

“헉, 헉!”

한달음에 예향이 있는 곳에 도착한 사군은 가쁘게 숨을 몰아쉬었다.
그 정도로 힘들었던 것은 아니었지만 이럴 때는 숨이라도 헉헉거려야

했다.

"왜 이리 늦었어요?"

책망을 했지만 말투에 정이 묻어나 마치 투정이라도 부리는 아이와도 같은 어조였다.

"응, 피곤해서 잠깐 잠이 들었다가 그만 늦었지 뭐야."

집에 간다는 설렘에 새벽부터 일어나 잠을 설쳤었다.

성문이 열리자마자 달려왔으니 오늘 잠이 부족했던 것은 사실이었다. 모처럼 점포 생활에서의 긴장에서 벗어났다는 해방감에 그동안의 피로를 덜어내느라 몸이 물먹은 솜처럼 풀어졌는지도 몰랐다.

"일이 힘들어요?"

예향은 안타까운 표정으로 그렇게 물었다.

성안에서의 생활이 무척이나 고되었을 것이라는 데에 생각이 미쳤기 때문이다.

"그렇지는 않은데 쉴 틈은 거의 없어. 의외로 사소한 잔일들이 많거든."

사군은 씨익 웃어주며 말했다.

예향은 얼굴을 붉혔다. 전부터 군 오라버니는 그랬다. 무어라 말을 하다가도 이것저것 설명하기 난처할 때는 그저 한 번 씨익 하고 웃어주는 것으로 끝이었다.

예향이 가장 사랑하는 웃음.

사군이 한번 그렇게 웃어주면 예향도 더 이상 묻지 않는다. 차라리 그 웃음을 보고 같이 웃어주는 편이 더 좋기 때문이다. 사군이 어머니에게 회초리로 맞은 며칠 후 용기를 내어 집 안에 들어가 가졌던 것도 바로 그런 웃음을 주는 그 입술이었다. 예향의 가슴을 한껏 설레게 하는……

“어서 가자. 늦을라.”

사군은 축제가 열리는 뽕나무 숲을 보며 말했다.

“피, 이미 늦었는걸.”

가볍게 투정했지만 더 이상 원망을 하는 표정은 아니었다.

둥둥둥둥둥!

우거진 뽕나무 숲에 가려 보이지는 않지만 그 안에서는 북소리와 사람들의 환호 소리가 시끌벅적하게 여운처럼 퍼져 들려왔다.

사군이 앞장서자 예향이 한 걸음 뒤에서 따랐다. 앞서 가는 그는 보지 못하지만 머리에 꽂은 잠화와 들꽃들을 연신 매만져 가며 뒤따르고 있었다.

상림.

무성하게 우거진 뽕나무에 둘러싸인 숲 속의 공터에는 청춘남녀들로 가득했다. 그들은 공터의 중앙에서 북채를 돌려가며 갖은 묘기를 선보이는 이십여 명의 총각들을 향해 박수를 쳐가며 환호하고 있었다.

둥둥둥둥둥!

북을 치는 총각들은 그런 와중에도 수시로 처녀들이 모여 선 쪽을 보며 그동안 마음에 품었던 처녀를 향해 구애의 눈길을 흘렸다. 처녀들 또한 다르지 않아 그들 역시 마음에 드는 총각의 몸동작을 쫓아 연신 눈짓을 보내 화답했다.

이런 행사 중에는 총각 하나를 두고 두셋의 처녀들이, 혹은 처녀 하나를 두고 총각 서넛이 경합을 벌이는 일은 그리 드문 일이 아니다. 상대에게 자유로이 고백할 수 있기도 하지만, 잘난 처녀, 잘난 총각을 차지하려면 치열한 경쟁을 거쳐야 한다.

오색 천을 매단 북채가 얽힐 듯 돌아가는 허공에서는 처녀총각들이 보내는 뜨거운 숱한 눈길들이 이리저리 얽히고설키었다.

오늘의 행사 또한 여느 해와 마찬가지로, 관아에서 사람이 나와 약간의 술을 가져다 주는 것으로 이들의 행사를 축하해 주었다.

말이 축하지, 많은 사람들이 모이는 행사이기에 혹시라도 있을 모반의 기미를 사전에 탐지하기 위해 보통은 포쾌 십여 명이 자리를 함께했다. 여러 사람이 모이는 곳에 포쾌들을 파견하는 것은 황제의 명에 따르는 당연한 절차였다.

보통의 경우 그들은 축제의 흥을 잠시 즐기며 관아에서 체면상 마을 사람들에게 내린 몇 동이의 술을 실컷 축내다가, 적당한 시간에 사라지는 것이 관례였다.

올해가 예년과 특별히 다른 점이 있다면, 하릴없는 지부의 아들 녀석이 또래의 친구를 대동하고 참석했다는 점이었다. 망나니 기질이 있다는 소문이 돌기는 했지만, 이제껏 관아에서 축제 마당에 끼어든 적이 없었기에 마을 젊은이들은 크게 신경 쓰지 않았다.

둥둥둥둥둥!

멋지게 북채를 휘돌려 마지막 동작을 선보이고는 급박하게 북을 쳐대는 것으로 총각들의 잠영무가 끝났다.

썰물처럼 한쪽으로 물러난 총각들이 있던 자리로 이번에는 잠화고낭무(蠶花姑娘舞)를 추려는 무희(舞姬)들 수십 명이 열을 지어 들어섰다. 모두 인근 마을의 처녀들이었다.

이곳에서 잠화고낭이란 누에치는 처녀를 일컫는다.

인근의 여러 마을에서 오늘을 위해 몰래 춤을 연습해 왔던 처녀들이 오늘 이 자리를 빌어 그동안 갈고닦은 춤 솜씨를 뽐내는 것이 잠화고낭무인 것이다.

도하촌을 대표하는 아가씨들 중에 예향도 끼어 있었다. 예향은 살짝 눈을 돌려 사군의 존재를 확인했다. 사군은 그녀에게 환한 미소를 지어주었다.

가볍게 고개를 숙여 관객들을 향해 인사한 처녀들이 한 손에 든 소고(小鼓)를 하늘 높이 들어 올렸다. 춤의 시작을 알리는 전통적인 동작이었다.

"와아!"

주변을 둘러싼 사람들은 일제히 손을 흔들며 환호성을 질러 흥을 돋우었다.

예향은 사뭇 긴장했다. 이제 자신이 보여줄 춤을 많은 사람이 보고 있다는 사실 외에, 혹시 다른 처녀들이 사군에게 눈독 들이지 않을까 하는 조바심 때문이었다.

그런 걱정이 한낱 기우인 것만은 아니다.

축제가 끝난 며칠 후면 원래는 내 남자였는데 어느 년이 가로챘다는 둥 하며, 며칠째 식음을 전폐했다는 어느 처녀의 얘기는 이 고장에서 그리 드물지 않다.

눈길은 자연 사군을 향했다.

훤칠한 키에 깨끗한 피부와 번듯한 이목구비, 예향이 보기에도 여러 총각들 중에서도 단연 눈에 띄는 군계일학 그 자체였다. 저런 멋진 군 오라버니에게 다른 처녀들이 눈독을 들이지 않는다면 도리어 이상할 것이다.

사군은 예향을 향해 환한 미소를 지어주었다.

'잘해야 돼.'

눈길을 받은 예향은 또다시 얼굴을 붉혔지만, 그렇다고 사군을 향한 눈길을 거두지는 않았다. 행여 다른 계집애들이 그에게 눈길을 줄까 걱정이 되었던 까닭이다. 줏대없는 군 오라버니이니, 행여 다른 처녀들에게 허튼 움직임을 보여 오해를 불러일으킬까 그것도 걱정이었다.

삘릴리―

피리 소리에 맞추어 각양의 수실을 매단 처녀들의 소고가 하늘을 빙그르르 돌아 내려와 다른 손에 잡은 북채와 부딪쳤다.

타닥, 타닥, 타악, 탁!

저마다 화사하게 맵시를 뽐낸 처녀들의 치마들이 뱅그르르 말려 돌아가며 춤이 시작되었다. 길게 늘인 오색의 허리띠가 이리저리 말려 올라가며 위로 아래로 북을 따라 움직여 서서히 춤판의 흥을 돋우어갔다.

총각들 중에 사군이 눈에 띈다면 잠화고낭무를 추는 처녀들 중에서는 그래도 예향이 주목을 받을 만했다. 동그란 얼굴에 까무잡잡한 피부 색, 맑고 큰 눈을 가진 그녀를 향해 연신 눈길을 보내는 총각들이 한둘이 아니었지만, 예향은 수시로 사군에게 정이 담뿍 담긴 눈길을 보내는 것으로 그 눈길에 답을 대신했다.

"허어, 처녀들이 춘다는 누에춤이 무슨 말인가 했더니 과연 자네 말대로 와보기를 정말 잘했군!"

공터 한쪽에 좌대(座臺)를 만들어놓고 이들의 춤을 구경하던 조춘(趙瑃)은 연신 감탄사를 터뜨렸다.

소흥부 지부의 아들인 그는 청루를 드나드는 것에 싫증을 느끼던 차에 누군가 마두낭 축제나 구경해 보라고 권유를 해와 친구와 함께 이 자리에 와 있었다.

삼십여 명의 관병들이 사방을 호위하고 있는 그의 곁에는 중원표국(中

原鏢局) 국주(局主)의 외아들인 석호인(石皓寅)이 앉아 있었다.

조춘은 내심 은근한 흥분이 일어나는 것을 느꼈다.

오늘 조춘이 보는 처녀들은 오가며 밭고랑에서 마주쳤던 흙이 잔뜩 묻은 더러운 옷을 입은 그런 여자가 아니었고, 물이 질질 넘쳐 나는 물동이를 이고 땀을 빠질거리며 지나가는 여자도 아니었다.

성안에서 지분 냄새를 팍팍 풍겨가며 요염한 자태로 사내를 유혹하는 그런 여자가 아니라, 그동안 단 한 번도 보지 못했던 탱탱한 건강미에 정열이 넘쳐 나는 자연의 처녀들이었다.

타닥, 타닥, 탁! 탁!

춤은 시간이 흐를수록 자극적으로 바뀌었다.

처녀들이 입술을 내밀어 오물거리는 시늉을 했다. 누에가 뽕잎을 먹는 장면이다. 앵두 같은 입술이 오물거릴 때마다 예향의 두 볼에서 작은 보조개가 모습을 드러냈다 사라졌다를 반복했다.

사군의 눈은 그런 예향의 얼굴에서 떠나지 못했고, 예향도 그 눈길을 즐겼다.

다른 사람들도 마찬가지였다. 처녀들의 오물거리는 입술은 청년들의 타는 마음에 기름을 끼얹었다. 모두들 빨간 그 입술들을 보며 저마다 상상의 나래를 펼치고 있었다.

'예뻐!'

사군은 속으로 감탄을 금치 못했다.

지금 그는 예향에게 푹 빠져 있었다. 아까 만나 같이 오면서 슬쩍 곁눈질로 그런 모습을 보기는 했지만 지금 춤판에서 춤을 추고 있는 그 정도의 느낌은 갖지 못했었다. 숨이 막혔다.

'후우!'

몰래 숨을 내쉬지 않을 수 없었다.

오물거리는 예향의 빨간 입술을 보자 예전에 침상에서 자신을 덮어왔던 그 입술이 떠올라 야릇한 흥분이 일었다. 바로 저 입술이었다.

시큼하면서도 달콤한…….

춤이 다시 바뀌었다.

이마에 송골거리며 맺힌 땀방울은 풋사과에 맺힌 이슬을 연상케 했다. 아름다운 색물을 들인 신발들이 처녀들의 움직임에 따라 이리저리 바닥을 미끄러져 돌아갔고, 어깨를 겨우 덮을 듯한 각색의 장식 천도 바람에 펄렁거렸다.

"꿀꺽!"

여기저기에서 애써 소리를 죽인 듯한 총각들의 침 삼키는 소리는 끊이지 않았다. 모두의 눈은 휘황한 춤사위에 빠져 떨어질 줄 몰랐는데, 그들 중에는 입가에 침까지 흘리는 칠칠맞은 녀석도 있었다.

조춘과 석호인도 예외가 아니었다.

"허어, 정말 아랫도리가 불끈거리는구만. 대단해!"

체면을 차리려는지 조춘이 소곤거리듯 말했다.

"흐흐흐, 내가 뭐라고 했나. 나도 누에춤 얘기는 우연히 들었는데 정말 대단하다고 하더니 오늘 정말 제대로 세안(洗眼)을 하는 기분일세."

"성안의 닳고 닳은 것들과는 완전히 질이 다르군."

"침상에서는 대단할 것 같아!"

석호인이 한층 낮은 목소리로 말했다.

하지만 그렇게 말하는 석호인의 안색은 그리 밝지 않았다. 사실 그에게는 말 못할 고민이 있었다.

남달리 여자를 밝혔던 그는 우연히 왜국 여자와 잠자리를 함께했는데 그만 괴질에 걸려 버렸고, 백방으로 약을 써서 겨우 병세를 잡기는 했지만, 그 여파인지 양물이 힘을 잃었다. 게다가 의원으로부터 자손이 없을지도 모른다는 엄청난 말까지 들은 처지니 눈앞에서 아무리 예쁜 계집이 오간들 기분이 좋을 턱이 없었다.

입에 담기에도 망신스런 일이라 누구에게 말도 못하고 그저 속으로만 끙끙 앓는 형편이었다.

"저런 애들 앞에선 웬만한 양물은 반 각도 버티기도 힘들 게야."

그런 석호인의 심사를 모르는 조춘이 한층 은근한 어조로 말했다. 두 사람의 대화는 한층 짙어지고 있었다.

삘릴리이―

타닥, 타닥, 타악, 탁!

보는 이들의 표정들에서도 차츰 뜨거운 열정이 넘쳐 났다.

조춘의 관심은 온통 처녀들의 가슴과 엉덩이의 율동에 집중되었다. 그가 즐기는 것은 춤이 아니라 처녀들의 풋풋한 몸매와 탄력을 그대로 드러내는 율동이었다.

'흠, 저 계집이 그런대로 쓸 만하군.'

조춘의 눈이 예향의 몸매를 따라 이리저리 움직였다.

그가 아까 눈여겨보아 두었던 계집이기도 했다. 조춘은 예향의 탱탱한 젖가슴 율동은 물론이요, 한 손에 안길 것 같은 허리에, 알맞게 살이 찐 풍만한 엉덩이는 자신도 모르게 나신(裸身)을 상상하게 만들어 그의 남성을 강하게 자극해 오고 있었다.

"자네, 저 계집에게 마음이 있는가?"

그 눈치를 챈 석호인은 조춘의 귀에 입을 바싹 들이대고 은근한 목소리로 물었다.

"호호호, 자네가 보기에는 어떤가?"

"괜찮은 계집이지. 적어도 한두 달 데리고 놀기에는 충분한 계집일세."

저런 계집을 들인다면 풋풋한 그 육체에 적어도 한 달가량은 푹 녹아버릴 것 같은 생각이 든 석호인이 그렇게 대답했다.

"나도 그런 생각일세."

마음이 굴뚝같은 조춘이었지만 마땅한 방법이 생각나지 않았다. 아무리 지부의 아들이라 한들 자칫 함부로 행동했다가는 두고두고 평판이 나빠질 우려가 있었다. 촌 계집 하나를 안기 위해 치르는 대가치고는 출혈이 너무 컸다.

"내가 친구를 위해 손을 써볼까?"

그 말에 조춘의 고개가 절로 석호인이 있는 방향으로 틀어져 다음 말을 기다렸다.

"세상에 돈이면 안 되는 일이 없지. 조만간 내가 손을 써봄세. 그게 안 된다 해도 다른 방법들이야 얼마든지 있지. 하찮은 계집 때문에 친한 친구의 가슴이 타 들어가 죽게 만든다면 세상 사람들은 나를 욕할 걸세."

"그래만 준다면야……."

두 사람은 의미심장한 눈빛을 교환했다.

타닥, 타닥, 타악, 탁!

사군은 춤판에서 눈을 떼지 못했다.

현란하게 눈앞에서 오가는 빨간 입술들, 팽팽한 젖가슴과 엉덩이의 묘한 곡선들, 그런 것들은 며칠 전 바로 눈앞에서 속곳을 까 내리고 볼일을 보던, 앞섶을 젖혀가며 풍만한 젖가슴에 찬바람을 불어넣던 막씨 아주머니의 모습과 교차되며 그를 자극하고 있었다.

'으음!'

몸속 어떤 곳에서 야릇한 흥분이 이는 것을 도무지 주체할 수 없었다. 춤을 추는 예향도 사군에게서 눈을 떼지 않고 있었기에 그 변화를 놓치지 않고 있었다.

'홍!'

내심 콧방귀를 뀌었다.

신경을 돋우는 것은 사군의 그런 시선이 자신만을 향하고 있지 않다는 데 있었다. 방향을 정하지 못한 사군의 눈길은 예향을 무척이나 화나게 하고 있었다.

'홍! 왜 내 눈길을 자꾸 피하는 거야.'

그렇게 생각이 든 그녀는 혹시 자신 몰래 군 오라버니에게 눈길을 보내는 다른 계집들이 없나 하고 흘낏거리기까지 했다.

'아니!'

다른 마을 처녀 몇몇이 사군을 향해 눈길을 주고 있었다.

도하촌에서야 미모로 감히 자신에게 견줄 상대가 없다고 자부하던 그녀였지만, 지금 사군을 흘낏거리는 이웃 마을 처녀들을 보니 만만찮은 상대임을 인정하지 않을 수 없었다. 사실 사군의 훤칠한 키에 촌사람답지 않은 흰 피부는 처녀들의 눈길을 끌기에 충분했다.

'이것들이!'

그런 눈짓들을 확인한 예향의 눈에서 불꽃이 튀었다.

군 오라버니가 돌연 다른 계집과 눈을 맞출 가능성은 없다고 믿지만, 그런 모습을 봐야 한다는 사실 자체가 마음을 불편하게 만들었다.

'벌써부터 한눈을 팔다니!'

예향은 몸이 확 달아올랐다.

지금 춤판을 달구는 그것과는 또 다른 열기였다.

은근한 질투심과 경쟁심은 그녀로 하여금 더욱 현란하고 요염한 춤 사위를 내보이게 만들었다. 실하게 여문 젖가슴은 춤사위를 핑계 삼아 더욱 출렁거렸고, 가는 허리는 바람결을 탄 듯 하늘거렸다. 예향의 격렬한 몸짓은 머리에 꽂았던 노랑, 연분홍의 들꽃들마저 차례로 떨어지게 했다.

'저게!'

'아니!'

다른 처녀들마저도 예향의 돌연한 변화에 자극을 받았는지 더욱 몸을 비틀어가며 정열적인 춤을 추었다.

묘한 상상을 불러일으키는 처녀들의 요염한 엉덩이 율동은 보는 사람들로 하여금 아찔한 흥분을 일으키게 했다.

"허어, 제법 물건이야, 물건!"

그것을 본 조춘은 연신 감탄사를 흘렸다.

타닥, 타닥, 타악, 탁!

처녀들은 고개를 앞으로 빼고 어깨를 앞뒤로 움직여 가며 빨간 입술 사이로 흰 이를 드러냈다. 마치 무엇을 물어버리는 듯한 행동이었다.

잠묘(蠶猫).

양잠 농가에서는 쥐가 누에를 먹지 못하도록 집집마다 고양이를 키운다. 쥐를 겁먹게 해야 할 새하얀 치아이건만 구경하는 사내들의 애꿎은 마음에다 불만 질렀다. 사내들의 사타구니에 힘이 들어가는 것 또한 어쩔 수 없다.

사군을 향해 살포시 뜬 예향의 눈에서는 진득한 색정(色情)이 묻어

났고, 앵두같이 빨간 입술에는 무언가를 호소하는 애타는 안타까움이
잔득 담겨 있었다.

'음!'

사군은 얼굴을 붉혔다.

바로 그 날의 그 입술이었다. 하지만 오늘 예향의 빨간 입술에서는
더욱더 뜨거운 열기가 넘쳤다. 자신을 향한 색정이 가득한 입술이었
다.

'아!'

그 눈길은 사군의 마음을 온통 헤집어 버렸다.

마음속에서 또 다른 손이 눈길을 따라 움직였다. 열기를 타고 옮아
간 그 손은 어느덧 예향의 부드러운 목덜미를 살며시 감아쥐고 앞으로
당겼다.

타오를 듯한 뜨거운 입술이 다가왔다.

찌르르한 자극으로 몸을 뒤덮어 버리는 뜨거운 입술이었다.

정염!

사군의 입술이 예향의 입술을 덮었다. 부드럽게 돌아든 손은 잘록한
허리를 감싸 안았다. 몸이 살며시 당겨지며 가슴을 밀착해 왔다.

뭉클한 젖가슴!

억센 두 손은 여체를 바짝 끌어안았다. 참을 수 없었다. 한 손은 아
래로 내려가 풍만한 엉덩이를 더듬었고, 다른 한 손은 수밀도를 찾아
위로 올라왔다. 눈빛은 한없이 풀어져 상상 속을 헤맸다.

예향도 그 눈을 보았다. 뜨거운 열기가 가득 담긴 뭔가 애타게 찾아
헤매는 그 눈길!

'하아!'

전율이 스쳐 갔다.

그저 파들파들 떨었다.

사군의 손이 온몸을 더듬어오고 있었다.

허리로, 엉덩이로, 가슴으로, 마치 단 한 곳도 놓치지 않으려는 듯 몸 곳곳을 기웃거리며 끊임없이 보듬고 있었다. 예향은 마냥 몸을 내맡겼다.

군 오라버니는 그럴 자격을 가진 유일한 사내였다.

'아아!'

두 눈길은 서로를 휘감았다.

예향의 촉촉이 젖은 입술은 춤의 율동을 타고 앞으로 뒤로 움직여 사군의 입술을 탐했고, 뜨겁게 달궈진 몸은 사군의 허리를 감았다. 마주친 두 사람의 눈빛이 교미하는 암수의 뱀처럼 친친 감겨 뜨거운 정염을 불태웠다.

마침내 그 불길은 은밀한 곳까지 옮아갔다.

'흐응!'

마침내 어느 한순간 예향의 눈동자가 아스라이 풀어졌고, 한껏 데워진 육체는 꺼지지 않을 불길처럼 타올랐다. 자신의 비처를 지그시 누르고 있는 사군의 우람한 남성이 느껴졌다. 은밀한 곳을 연신 탐하는 뜨거운 불기둥의 헐떡임이 그대로 전해졌다.

'아흐!'

전율이었다.

타는 듯한 눈길에 벌거벗은 예향의 몸은 온갖 교태를 부려가며 사군의 남성을 조여갔다.

"후우!"

조춘은 더 이상 참지 못했다.

숱한 여자를 경험한 그이기에 예향의 몸짓이 무엇을 말하는지를 절절이 느끼고 있었다. 하초가 불끈거렸다. 도저히 참을 수 없는 욕정이 일었다. 그 많은 여자를 겪었으면서도 단 한 번도 느껴보지 못했던 감정이었다.

"꿀꺽!"

팔걸이 위에 놓인 조춘의 손이 움찔거렸고, 턱은 절로 위로 들렸다. 마치 자신을 향하는 듯한 예향의 손동작에 은밀한 부드러움을 동반한 짜릿한 간지러움을 느꼈기 때문이다.

춤판의 열기는 어느 해보다 뜨거웠다.

공번접(空飜蝶).

나비가 허공에서 춤을 추며 노니는 모습을 흉내 낸 잠화고낭무의 절정이다. 나비는 공들여 키운 누에가 마지막 경지에 이르는 것을 축하해 주기 위해 보낸 하늘의 사절(使節)이다.

노란 가죽으로 싸여진 소고는 나비가 되었고 북채에 매달린 오색의 천들은 바람의 물결이 되어 하늘의 축복을 흩뿌려 주었다.

"꿀꺽!"

"음!"

총각들은 물론 사군도 군침을 삼켰다.

그의 눈길은 예향에게 고정되어 있었다.

예향의 몸이 뒤로 젖혀지는 순간 풍만한 젖가슴 곡선이 그대로 드러나며 잠시나마 숨을 돌리던 육체를 다시 일깨웠다. 두 사람은 이글거리는 정염의 불길 속에 타오르는 원초의 본능을 이기지 못하고 비틀거렸다.

"아하!"

처녀들은 힘든 동작을 펼치면서도 손에 든 소고를 일정한 박자에 맞추어 치며 잠시도 쉬지 않았다. 착 달라붙은 윗옷 속 젖가슴은 허공을 너울너울 날아다니는 손길에 따라 이리저리 출렁거렸다. 사내들은 입을 헤벌리고 눈을 고정시켰다.

피리 소리가 잦아들었다.

이제 무희들의 손에 쥐어진 소고도 더 이상 울지 않았다.

수백의 사람들이 모인 공터이건만, 들리는 것은 북채의 천 조각들이 바람을 가르는 소리와 열기에 젖은 탁한 숨소리뿐이었다.

탁탁탁탁탁!

돌연 숲의 적막을 가르는 소고 소리!

나비들은 허공으로 날아올라 자취를 감추었다.

용잠토사(龍蠶吐絲).

용잠(龍蠶:누에를 용에 빗댄 말)들이 고개를 뒤로 젖혀 힘차게 허공으로 실을 뿜어 올리는 순간이다. 고개를 뒤로 젖힌 처녀들의 얼굴에 맺힌 송골송골한 땀방울들이 주르르 목 선을 타고 굴러내렸다.

"하아, 하아."

처녀들은 하늘을 향해 크게 숨을 내쉬었다.

용잠이 고개를 들어 하늘로 실을 토하는 것이다. 엇갈려 허공으로 들어 올리는 북채의 꼬리에 매달린 오색의 천 조각들이 하늘거리며 바람을 탔다.

"하아, 하아, 하아."

무정한 철심(鐵心)이라도 녹여 버릴 뜨거운 숨결이었다.

사군은 아직도 손길을 거두지 않고 있었다. 그 손은 예향의 몸 곳곳을 빼지 않고 탐닉했고, 그럴 때마다 여체는 요염하게 비틀며 거칠게 달궈진 숨결을 토해내는 것으로 화답했다.

"하아, 하아."

마침내 잠화고낭무의 열기는 절정을 맞았다.

사내들은 미쳐 버렸다. 눈은 벌겋게 충혈되었고, 연신 숨을 헐떡였다. 미친 사내들을 더 더욱 돌아버리게 하는 그 동작은 몇 번이고 계속 반복되었다.

숙였다가 젖혀지고, 숙였다가 젖혀지고……

용잠이 고개를 들어 실을 토할 때마다 처녀들의 사슴 같은 긴 목이 그대로 드러나고, 원초의 욕망을 부르는 목젖의 가는 떨림은 사내들을 진저리치게 했다.

"하아! 하아!"

처녀들의 실을 토하는 뜨거운 숨결은 사내들의 오금을 저리게 했다. 지켜보던 조춘은 벌겋게 충혈된 눈으로 부르르 몸을 떨었다.

마침내 스물네 번째 실이 토해졌다.

이십사분잠화(二十四分蠶花).

누에 한 마리가 스물네 근의 고치를 만들어냈다.

'대풍(大豊)이다!'

'올해도 대풍이다!'

마을 사람들 모두 마음속으로 그렇게 외쳤다. 뽕나무와 누에에 의지해 살아가는 사람들은 올해도 원하던 것을 얻었다.

"후우."

공터에는 길고 긴 한숨이 합창처럼 토해졌다. 사군은 아직도 예향에게서 눈길을 떼지 못했다.

"꿀꺽."

부끄러움도 잊은 침이 목줄기를 타고 넘어갔다.

하얀 목덜미를 드러내고 하늘을 향해 머리를 들고 허리를 꼿꼿이 편 예향이었다. 팽팽하게 당겨진 옷 위로 건드리면 금방이라도 터져 버릴 것만 같은 젖가슴 곡선이 그대로 드러났다. 온몸을 짜릿하게 만드는 흥분. 와락 달려들어 옷을 갈가리 찢어 젖혀 젖가슴을 와락 움켜쥐고 싶은 충동이 일었다.

"후우!"

사군은 안타까운 긴 한숨으로 그런 아쉬움을 갈무리했다.

예향에게서 눈을 떼지 못하고 있는 사람은 사군뿐이 아니었다.

"음!"

조춘은 침을 삼키는 대신 가벼운 신음성을 터뜨렸다. 참을 수 없는 욕정이 그를 찾았다.

삐릴리리.

잠화고낭무의 종착점을 알리는 피리 소리가 울렸고,

탁! 탁! 탁!

마침내 마지막 세 번의 소고가 울리는 것으로 그 끝을 맺었다.

펑! 펑! 펑! 펑! 펑!

총각들은 어느새 긴 장대에 매단 폭죽을 일제히 터뜨렸다.

타타타타타타타!

오색의 폭죽은 요란한 소리를 내며 타올라갔다.

"와아!"

"와!"

모여 선 사람들 모두 환호를 터뜨리며 열광했다.

열을 지어 선 처녀들은 고개를 숙여 인사하고는 자리를 떴다. 무척 힘이 들었는지 붉게 상기된 뺨과 목 언저리로 연신 땀방울이 흘러내렸다.

"군 오라버니!"

예향은 미처 이마에 흐르는 땀을 닦을 사이도 없이 사군을 부르며 달려갔다. 아직도 춤을 추었던 홍분이 채 가시지 않은 그런 얼굴이었다.

"험!"

사람들이 지켜보는 것을 의식한 사군은 무안해져 가볍게 헛기침을 했다.

"저 어땠어요?"

"으… 응, 잘 추던데."

"피, 그게 다예요?"

예향이 입을 삐죽 내밀었다.

주변을 지나던 몇몇 처녀들이 그런 예향을 향해 부러운 눈길을 보냈다. 은근히 예향을 점찍었던 몇몇 총각들도 김이 새기는 마찬가지였다. 그 눈길을 느끼는 예향의 속내는 뿌듯하기만 했다.

"그럼 뭐라고 말해야 해? 예향이 춤을 제대로 추지 못했다고 말하라는 거야?"

짐짓 눈가에 미소를 띠며 그렇게 말했다.

말을 하면서도 아직 춤판의 열기가 가시지 않았기에 사군의 가슴속에도 방금 전 홍분은 그대로 남아 있었다. 주변에 아무도 없었더라면 이대로 덥석 안아버렸을 것이다.

"흥!"

약이 오른 예향은 얼굴을 붉히며 허리춤에 손을 얹고 그를 노려보았다. 코웃음까지 치는 것이 마치 '나랑 한판 할 테야?' 하는 표정. 손이 꿈찔했다.

'귀여워!'

힘들었던 춤을 추고 난 직후라 빨갛게 익은 얼굴에 어울리지 않는 매서움을 가장한 동그랗고 맑은 두 눈, 마치 화가 난 어린아이처럼 허리춤에 춤을 얹고 그를 올려다보는, 그런 예향을 보는 솔직한 감정이었다.

참기 어려웠다.

사군의 손이 또다시 움찔했다.

이글거리는 눈길에 마음이 담겼음인가, 짐짓 매섭게 노려보던 예향은 눈을 살포시 내리깔았다. 머리 위에서는 잠화 옆에 외롭게 한 송이만 남아 있던 빨간 들꽃이 파르르 몸을 떨었다.

'으음!'

사군은 알지 못할 긴장감에 몸을 떨었다.

빨간 입술!

마음속에는 방금 전 예향의 젖가슴 윤곽이 잔상처럼 남아 있었다. 목이 말랐다. 뭔지 정체를 알 수 없는 그런 야릇한 기분이 그의 마음을 들뜨게 했다.

그런 두 사람의 행동을 낱낱이 지켜보는 두 쌍의 눈이 있었다.

조춘과 석호인이었다.

"저놈과 가까운 모양이군."

조춘이 낮게 깐 목소리로 말했다.

"그게 대순가? 그저 막돼먹은 촌놈일 뿐이지. 내가 다 알아서 해줌세."

석호인은 자신에 찬 어조로 말했다.

그런 자신감에는 바로 자신이 이곳 상림 소유주의 아들이라는 자부심과 한낱 소작인으로만 여기는 경멸감이 담겨 있었다. 두 사람은 서로 고개를 돌려 마주 보며 기묘한 의미가 담긴 눈길을 교환했다. 그들은 사군을 그저 별 볼일 없는 촌놈으로 취급하고 있는 것이다.

축제는 아직 끝나지 않았다.

아니, 지금부터가 오늘만을 기다려 온 청춘남녀들의 진정한 축제라고 할 수 있다.

"뭐라고요?"

고노에게 가야 한다는 사군의 말을 들은 예향은 발끈했다. 이럴 수는 없다.

"오늘은 안 돼요!"

예향은 참지 못했다.

오늘을 얼마나 기다려 왔는데 가버리겠다니… 오늘의 뜨거웠던 모든 감정에 일시에 찬물을 끼얹어 버린 듯한 느낌이었다.

그러는 것에는 이유가 있다.

춤판은 끝났지만 청춘남녀들의 본격적인 여흥은 이제부터가 시작이다. 처녀들의 잠화고낭무를 마지막으로 끝난 춤판의 다음 차례는 술판이기 때문이다. 그냥 그런 허접한 뒤풀이 술판이 절대 아니다.

잠화주(蠶花酒).

잠화고낭무의 뒤풀이에 나오는 술이다.

오늘 잠화주라 일컬어지는 누런 빛깔을 띠는 등황색(橙黃色)의 소흥주(紹興酒)는 찹쌀로 빚은 술로, 그 맛이 달짝지근하기에 여자들도 쉽게 마실 수 있다. 하지만 맛에 반해 조금이라도 정도를 지나치면 그대

로 취해 버리는 것을 피할 수 없다. 술은 모든 인간의 잘못을 용서하기
도 하고, 때로는 모든 금기(禁忌)마저도 부숴 버린다.

잠화고낭무를 통해 혹은 미리부터 눈이 맞아 짝을 이룬 청춘남녀들
은 오늘의 술판을 놓치지 않고 달콤한 잠화주에 의지해 서로의 사랑을
확인한다.

때로는 술이 지나쳐 그만 지켜야 할 선을 넘는 실수를 범해 아이가
생기는 경우도 있다.

큰 사고다. 하지만 이날 생기는 아이는 사고라고 말하지 않고 마두
낭의 축복으로 여긴다. 일단 두 남녀의 마음이 맞은 이상 문제될 것이
없다. 그럴 경우 양가의 부모들은 서둘러 성혼을 시키는 것으로 마두
낭의 축복에 감사하며 따를 뿐이다.

'씨이!'

예향은 억울했다.

기필코 사군에게 사랑을 고백하려 단단히 결심하고 나선 길이었다.
사실을 말하자면 오늘 그녀는 두 사람의 관계를 알거나 짐작하는 누구
의 예상보다 더한, 그 어떤 상황조차도 각오를 하고 나왔었다.

마두낭의 축복이 있을지도 모르는 그런 상황까지.

그런데…….

"고노가 몸이 많이 좋지 않아."

"내일 가면 되잖아요."

"하루도 안심할 수 없을 정도야."

예향은 그만 울상이 되었다.

하루가 염려스러운 처지라면 죽음을 앞두었을 정도로 위태롭다라는
말이 아닌가. 하필이면 그 노인네는 많고 많은 날들을 놔두고 지금에

야 골골거린단 말인가. 오늘이 자신에게 얼마나 중요한 날인데…….

진작 죽어버리던지 아니면 몇백 년을 더 살던지.

그저 안타깝기만 한 예향의 머리 속에는 별의별 흉악한 생각까지 다 떠올랐다. 하지만 곧 죽을지도 모른다는 사군의 말이 사실이라면 더 이상 붙잡고 있을 명분도 없었다. 같이 가보고 싶기도 했지만, 지난번 된통 혼난 적이 있어 입이 떨어지지 않았다.

예향은 살며시 사군의 소매를 잡아끌어 한적한 숲 가장자리로 데려갔다.

“저…….”

벌써 잠화주에 취한 것도 아니고…….

말은 꺼냈지만 뒤를 잇기가 쉽지 않았다. 잠화주 한 잔이 아쉬웠다. 예향은 얼굴을 붉히며 고개를 숙였다. 곱게 빗은 까만 머릿결 사이에 외롭게 남은 빨간 들꽃이 또다시 경기를 일으켰다.

“왜?”

예향이 하고자 하는 말을 몰라서 묻는 것이 아니다. 아마 사랑한다는 말을 하려는 것이리라.

사군 역시 그 말을 들을 기회를 원했다. 아니, 자신도 해줄 말이 있었다. 뭔가 말을 해야겠기에 입을 연 것인데, 엉겁결에 나온 말이 고작 ‘왜’ 라니…….

‘제기랄!’

스스로가 생각해도 너무 한심한 말이었다. 차라리 닥치고 입을 싸매고 있던지. ‘왜’ 라는 물음은 마음을 다잡고 힘들게 끌어내려던 예향의 입마저도 막아버렸다.

예향의 머리는 복잡했다.

그동안 숱하게 품고 간직해 가슴속에서 잔뜩 엉킨 말들을 고치를 풀어내듯 해야 하는데, 한마디 제대로 된 실마리를 잡아야 술술 나올 그 타래의 끝은 대체 어디에 있는지… 도무지 잡히지가 않았다.

“마을로 데려다 줘요.”

말을 한 예향도 깜짝 놀랐다.

많고 많은 할 말 중에 하필이면 그런 말이 튀어나올 게 무언가. 그 말을 하려고 이렇게 힘들게 군 오라버니와 마주한 것은 절대 아닌데…….

“으, 응? 알았어.”

얼떨결에 고개를 끄덕였다.

두 사람은 나란히 마을을 향해 걸었다. 서로가 원하지 않은 대화를 나눈 후였기에 발걸음조차도 무거웠다. 가슴속에는 뭔가가 꽉 막힌 듯 응어리져 있어 그저 답답하기만 했다. 하지만 말이 꼭 필요한가.

때로는 침묵이 더 값어치를 할 때가 있는 법이다.

마을로 통하는 한적한 길에 이르자 사군은 슬며시 손을 내밀어 예향의 손을 잡았다.

‘어머!’

움찔하며 놀라는 그녀였지만 피하지는 않았다. 내심 애타게 기다렸던 손이었기 때문이다.

‘군 오라버니!’

가슴이 벅찼다. 얼마나 고대했던 손길인가. 손을 맞잡는 순간 예향의 열기와 떨림은 그대로 사군에게 전해졌다. 춤판에서 못다 나눈 사랑의 열기가 들길에서 살아나고 있었다.

두 사람은 그렇게 손을 맞잡고 한참을 걸었다.

'너무 삭막한가?'

문득 그런 생각이 들었다.

"손이 따뜻하구나."

"으, 응? 네."

잠깐 놀랐는지 잡힌 손이 미약하게 도리를 쳤다. 사군은 그런 작은 손을 더욱 꼬옥 쥐어주었다. 예향의 얼굴이 발갛게 물들며 한층 고개가 숙여졌다. 머리 위의 빨간 들꽃이 다시 파들거렸다. 모르는 길도 아닌데 오늘의 오솔길은 너무 짧았다.

마침내 넓은 길이 나오자 사군은 예향의 손을 놓았다.

빈손이 너무 허전했다.

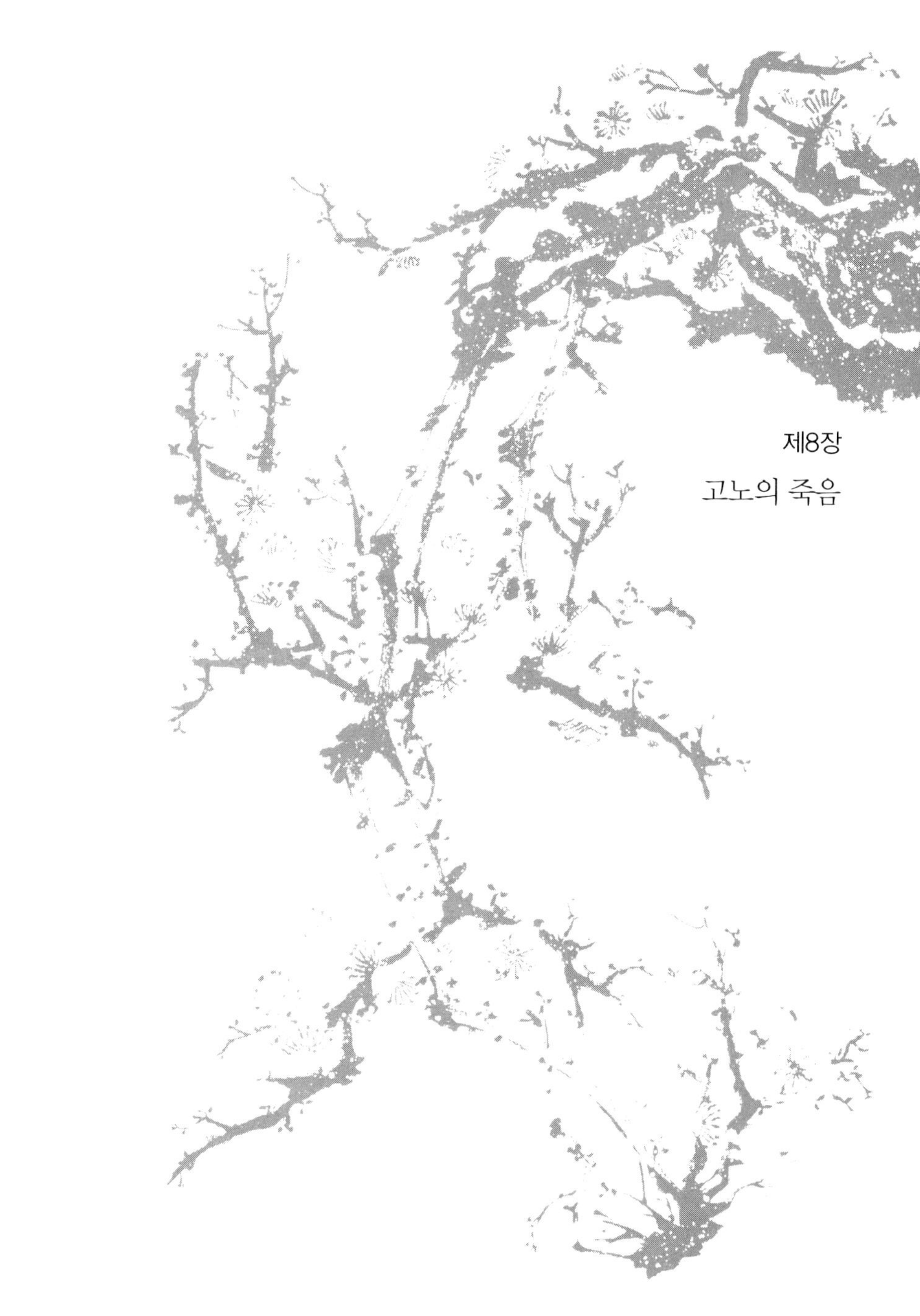

제8장

고노의 죽음

예향을 바래다 주고 오느라 고노와 약속한 시간보다는 조금 늦었다.

"난 군 오라버니가 좋아."

주변에 아무도 없었건만 행여 누가 들을세라 속삭이듯 그 말을 남기고 후닥닥 마을로 달려가는 예향의 뒷모습이 여전히 그의 머리 속에 남아 있었다.

고노는 바위 위에 앉아서 사군을 기다리고 있었다.

저녁이 다되었음에도 아직 태양의 열기가 예사롭지 않았지만 고집스럽다 할 만큼 그 자리를 지키고 있었다.

"조금 늦은 것 같구나."

건조한 목소리였다.

사군의 안색이 변했다. 요즘은 고노의 조그만 말투의 변화에도 몸이 민감하게 반응했다. 많이 지친 표정이다. 어쩌면 지금은 살아 있다는 것조차 힘든 일인지도 몰랐다.

"마두낭 축제가 있었어요. 그래도 약속을 지키기 위해 중간에 와버린 거라구요."

사군이 변명하듯 말했다.

"다른 날이라면 몰라도 오늘만큼은 무공에 대해 듣는 것이 몇 배나 더 중요하다."

"할아버지는 꼭 무공하고 연관을 짓더라."

언젠가 한 번만이라도 꼭 그렇게 불러보고 싶었다. 어쩌면 이번이 마지막 기회일지도 몰랐다.

'할아버지!'

눈썹이 꿈틀했다. 듣고 싶었던 말이다. 하지만 고노의 반응은 그게 전부다.

"그럼 이 녀석아, 내 말이 틀렸다는 게냐? 만약 네가 상대를 제압할 능력이 없다면 그때마다 네 목숨을 하늘이나 다른 놈들의 손에 내맡겨야 한다."

사군은 쓴웃음만 지었다.

말은 건성으로 들었고, 마음속으로는 고노를 '할아버지'로 불러 버린 것에 대한 후련함을 즐기고 있었다. 이런 때라면 무슨 말을 들어도 기분이 좋을 것 같았다.

"아직 내력을 끌어내는 것이 좀 불안하기는 하다만 어느 정도 익숙해진다면 무림에서 누구라도 함부로 네놈 모가지 위의 물건에 욕심을 내지는 못할 것이다."

또 웃었다. 고노의 말을 듣기보다는 말을 할 때마다 입가에서 씰룩거리는 주름살을 보았고, 그래서 웃었다. 서글퍼지는 마음에 울지 못해 웃었다.

"오늘 하루에 두 번이나 저를 부른 이유가 도대체 뭐예요? 할아버지 때문에 예향이하고 놀지도 못하고 왔어요. 그 애가 제게 얼마나 화를 냈는지 아세요?"

따지듯 말했다. 다시 할아버지라는 호칭을 슬쩍 끼워서.

고노는 미소를 지어주는 것으로 대답을 대신하고는 그저 초막을 향해 걸었다.

"따라오거라."

사군도 더 이상 토를 달지 못하고 뒤를 따랐다.

"앉거라."

고노가 마른풀이 깔린 바닥을 가리키며 말했다.

사군이 정좌를 하고 앉았다. 바닥에 앉을 때면 자연스럽게 취하게 되는 자세였다.

"무공을 펼칠 때 내력을 같이 주입해 힘을 모아 떨쳐 내는 것을 발경(發勁)이라 한다. 이는 곧 몸속에 모아진 축기(蓄氣)를 한꺼번에 쏟아 내 그 힘을 몇 배 혹은 몇십 배 강하게 하는 것으로, 내공을 많이 쌓은 사람을 고수라 일컫는 까닭도 거기에 있다."

이해가 될 것도 같아 사군은 고개를 끄덕였다.

"경(勁)은 그 떨침의 방법에 따라 명경(明勁), 암경(暗勁), 그리고 화경(化勁)의 삼 단계로 나뉜다. 명경이란 기의 움직임을 상대가 알 수 있을 정도로 하는 것이고, 암경은 때로는 알 수 있게 혹은 알 수 없게 되는 상태로 기를 운용하는 것을 말한다. 마지막으로 화경은 그 움직임을 상대가 전혀 알아챌 수 없게 되는 단계이다.”

고노는 잠시 말을 멈추어 사군이 이해하고 있나 살펴본 후에 다시 말을 이었다.

“그래서 명경은 유형유상(有形有像)이며, 암경은 사유사무(似有似無)이고, 화경은 무형무상(無形無像)이라 한다. 너의 성취는 형상과 움직임이 보여주는 유형유상, 즉 명경의 단계이다. 고수라고 해서 명경을 펼치지 않는 것은 아니지만…….”

말은 갈수록 힘이 떨어져 갔다. 무척 중요한 말을 하고 있는 것 같기는 한데 그 말이 귀에 잘 들어오지 않았다.

‘할아버지! 그만 하세요!’

하지만 그 말을 입 밖으로 내뱉지 못했다. 노파심에 불과할 그 말일지언정 밖으로 내뱉지 못하고 가슴에 쌓으면 고노의 마음이 편치 못할 것임을 알기 때문이다.

“알다시피 네 무공의 뿌리는 좌도밀종의 무공으로, 천지의 조화를 근본으로 삼는다. 무엇이든 넘치고 모자람이 없어야 한다는 말이다. 절대 잊지 마라.”

‘할아버지!’

고노의 말은 온통 사군의 무공에 관한 걱정뿐이었다. 한 번도 그를 무공 사범으로 생각해 본 적이 없었건만. 바보처럼…….

“운기를 시작하거라.”

얼마가 지났을까. 상념 속에서 들려오는 말이었다.

“예?”

“네놈이 날마다 거르지 않고 한다는 가전비법인지 양생술인지 하는 것을 시작하라는 말이다.”

“아, 예.”

말투가 전에 없이 신경질적이라 사군은 입을 닫고 숨을 골랐다. 힘들거나 몸이 피곤하면 신경이 날카로워진다고 하던가.

자세를 바로 했다.

“후우.”

가볍게 숨을 들이마신 그는 눈을 지그시 감고 서서히 몸속의 모든 기운을 단전으로 끌어들였다. 따스한 열류가 혈맥을 타고 물처럼 흘러 내려 가 단전에서 뭉쳐졌다. 서서히 순서에 따라 그 기운을 돌리려는 순간이었다.

‘헛!’

갑자기 뜨거운 기운이 명문혈을 타고 들어오더니 그 기운은 단숨에 단전으로 파고들었다.

“놀라지 말고 정신을 똑바로 차려야 한다. 그렇지 않으면 두 사람 모두 주화입마를 당할 수도 있다.”

고노의 목소리였다.

외부로부터 들어온 뜨거운 기운의 정체는 고노의 것이 틀림없었다. 잠시 당황했던 사군은 이내 안정을 찾고 혈맥의 흐름을 따라 다시 그 기운을 이끌었다. 처음에는 서서히 들어오던 그 기운은 갈수록 그 열기와 힘을 더해가며 사군을 놀라게 했다.

정신을 집중해 가며 마음을 다잡았다. 거대한 파도처럼 밀어대며 차례로 전신 혈맥을 도는 그 기운은 앞을 막아서는 그 어떤 것도 용납하지 않았다.

콰콰콰콰쾅!

‘헉!’

사군은 어느 한순간 몸속에서 무서운 충격이 일어나는 것을 느끼며 아득함 속에 정신을 놓았다.

머리 속이 이토록 개운한 적이 없었다.

몸이 이처럼 가볍게 느껴진 적도 없었다.

'무슨 일이 일어났지?'

문득 고노의 지시에 따라 운기한 것에 생각이 미쳤다.

'맞아, 초막이었지. 그런데 지금은 어디지?'

캄캄했다.

마른풀 위에 누워 있는 사군의 속눈썹이 꿈틀했다.

"일어났느냐?"

미처 눈을 뜨기도 전에 익숙한 목소리가 귓전을 울렸다.

'할아버지?'

눈을 뜨니 어둠 속에서도 바로 옆 침상에 걸터앉아 있는 고노가 보였다.

'그런데… 왜 목소리가 그렇지?'

방금 전에 들었던 그 목소리를 기억했다. 다 죽어가는 중환자의 입에서 힘없이 갈라져 나오는 목소리 같은… 벌떡 몸을 일으켰다.

"할아버지!"

무슨 일이 일어났는가? 내가 정신을 놓고 있었던 그 순간에 무슨 일이 벌어졌기에 고노는 그토록 죽어가는 목소리로 말을 하는가.

"허허허."

바람이 빠진 그런 허허로운 웃음이었다.

"무슨 짓을 한 거예요?"

몸속의 충만한 기운이 고노의 것일지도 모른다는 생각에 더럭 겁이 났다.

"난 아마도 오늘 밤을 넘기지 못할 것 같구나."

"뭐라고요?"

고노는 지금 죽을 것이라고 했다.

"나한테 정기를 몽땅 넘겨준 거지요? 그래서 목소리에 힘도 없고 곧 죽을 거라고 말하는 거지요?"

입에서 침이 튀었다.

고노는 손을 들어 이마와 얼굴에 튄 침을 닦았다.

"아니란다. 어차피 오늘을 넘기지 못할 몸이란다."

"사람이 그런 걸 어떻게 알아요? 그런 거짓말은 하지도 말아요! 날 어린애로 아세요?"

"흐흐흐, 나중에 너도 늙어죽을 때가 되면 아마 자연히 알게 될 게다."

조금만 거리를 두었다면 알아듣기 힘든 희미한 목소리.

"배신자."

몸이 떨렸다.

사군은 말을 잃었다.

"이놈아, 시간이 없어!"

"배신자!"

"유언도 듣지 않을 셈이냐?"

"안 들어요! 안 들어요! 말하지도 말아요! 허엉!"

눈물이 펑펑 쏟아졌다. 주체할 수도, 감당할 수도 없는 현실에 그는 초막 밖으로 뛰쳐나왔다.

"이놈아!"

고노가 놀라며 불러 세웠지만 소용없다.

"허, 녀석!"

힘없는 말소리에서 안타까움이 묻어났다.

녀석에게 자신의 내력을 모두 전수한 것이 제대로 되었는지 확인해 보아야 하는데… 아직도 할 말이 몇 가지 남아 있는데… 그저 멍하게 침상 기둥에 기대고 있을 뿐이었다.

꿈결인지 혹은 죽음의 길을 걷고 있는지도 확실히 몰랐다.

머리 속에 그동안 겪었던 숱한 일들이 주마등처럼 스쳐 갔다. 한때는 무척이나 자랑스러워했던 자신의 무공을 이을 후계를 찾지 못해 애태우기도 했었다. 하지만 세월이 흐른 어느 한순간 다시 돌아보니 모든 것이 구름이요 바람이라, 그 일도 그저 덧없게만 느껴져 덮어둔 지 오래였다.

지금 그의 곁에는 사군이 있었다. 귀여운 녀석.

조용히 죽음으로 향해야 했다.

어느 순간 인생의 발자취를 돌아보는 눈에 단 하나 걸리는 것이 있다면, 어느 날 자신도 모르는 사이 돌연 시체로 돌아왔다던 나이 어린 동생, 미처 돌보지 못했던 동생이었다.

동생이라 하여 한 씨나 한 배에서 나와 피를 나눈 것도 아닌, 그저 그런 강호의 인연에 따라 맺어진 의동생일 뿐이었다. 사군에게 집착한 것은 그 업(業)을 씻으려 했음이었다.

잠깐 들르는 이승을 이렇듯 힘들게 살아왔음 또한 자신의 업이었다. 그렇기에 죽음을 앞둔 지금 자신의 평정을 이토록 어지럽히는 녀석 또한 그 동생의 마지막 일점혈육이었다.

사람이 맺은 것이 인연(因緣)이라면 하늘이 맺어준 것은 천연(天緣)이리라.

녀석과는 그런 천연일 터였다.

주변의 모든 인연들이 세월의 모진 바람을 이기지 못하고 차례로 스러졌지만 가슴속에 오로지 남은 사람이라고는 그 동생의 유일한 핏줄, 바로 사군 녀석이었다.

내가 네 백부니라 하고 제대로 밝히지 못했던 것은 가뜩이나 꾀로 뭉쳐진 녀석이기에 그걸 빌미로 예전보다 더한 게으름을 보일까 하는 우려도 있었지만, 그보다는 어차피 곧 죽어갈 마당에 한 줌 먼지에 불과할 인연의 잔재를 다시 남겨 녀석을 귀찮게 하고 싶은 마음이 없었던 까닭이었다.

이제 녀석에게 남은 모든 것을 주었다.

이렇게라도 하고 나니 그동안 가슴속 깊이 맺혀 있던 응어리가 다소나마 걷히며 후련해졌다.

어느새 초막 안팎으로 캄캄한 어둠이 깃들었다.

사군은 그 어둠 속에서 고노의 지정석이었던 바위 위에 홀로 앉아 있었다.

"허엉, 형!"

아무리 목을 놓아 울어도 피할 수 없는 현실이었다. 고노는 죽어가고 있었다.

사군은 한동안 그렇게 눈물을 쏟았다.

이토록 울어본 적이 있었던가. 그저 쏟아지기만 하는 눈물이었다. 눈물이 멎은 후에도 한동안 그렇게 바위 위에 앉아 있었다.

숲 사이를 뚫고 시원한 여름 바람이 불어왔다.

휘잉! 사라라락!

숲을 지나오는 바람은 크든 작든 항상 시끄러웠다. 그 소란함이 좋아 사군이 자주 즐겼던 바람이었다. 마음이 차츰 안정을 찾아갔다.

고개를 들었다.

삭월(朔月).

한 달간의 짧지 않은 여행을 끝내고 잠시 숨을 고른 후에 다시 모습을 드러낸 초승달이었다. 아이들의 헌 이를 뽑으면 새 이가 나듯 달은 다시 뜨고 있지만, 고노의 내일은 오지 않을 것이다.

문득 조씨 노인의 장례 날 들었던 만가 소리가 귓전을 맴돌았다.

만승천자 진시황도 불사약은 못 구했네.
서러워라, 서러워라, 일장춘몽 서러워라.
북망산천 멀다더니, 내 집 앞이 북망일세.
허이야 허이야, 어허어어 허이야.

'맞아, 할아버지의 북망산은 이 산이야.'

고노? 할아버지?

그러고 보니 한 번도 이름을 묻지 않았다.

같이 보낸 세월이 족히 십삼 년은 되었을 터였지만, 단 한 번도 그런 생각을 하지 않았다는 것이 이상했다.

하기는 그저 남이 부르자는 것이 이름이다. 그것이 무엇이 되든 고노는 그저 고노일 뿐이다. 아마도 새로운 이름을 알게 되면 더 낯선 사람으로 느껴질지도 몰랐다.

‘그래, 가족이지.’

한식구끼리 서로 이름을 묻는다는 것처럼 우스운 일은 없을 터다. 그 가족 중 한 명이 죽어가고 있기에 이토록 슬펐다. 하기는 인간인 이상 어차피 언젠가는 가야 할 길. 고노도, 이모도, 나도……

한결 마음이 차분해졌다.

바위에서 일어선 사군은 초옥을 향해 천천히 걸음을 옮겼다. 철없이 굴다가 고노의 임종을 외면할 수는 없었다.

‘헛!’

거적을 들치고 안으로 들어서는 순간 크게 놀랐다. 고노는 침상 한 구석 벽 쪽에 몸을 기대고 있었는데 달빛에 비친 파리한 얼굴이 마치 죽은 사람의 그것같이 보였기 때문이다.

“고노!”

사군은 황급히 그에게 다가갔다. 다행히 아직 늦은 것 같지는 않았다.

고노가 고개를 들었다.

“왔느냐? 네 녀석이 아주 가버려 오지 않을까 봐 바싹 겁을 먹었다. 유언도 남기지 못하는 줄 알았다, 이 나쁜 녀석아. 흐흐흐.”

갈라진 목소리에 칙칙한 어둠이 실렸다.

“그냥 가버리려다가 뭔 소리를 하고 가시려나 궁금해서 들러봤어요.”

목소리에 명랑함을 가장했다. 그렇게라도 하지 않으면 견딜 수 없었기 때문이다.

‘녀석.’

미소로 대답을 대신했다.

마치 이웃집에 잠깐 들른 사람의 말투다. 다른 날 같았으면 녀석에게 뭐라고 한마디 시원하게 퍼부어주었을 테지만, 오늘은 단 한 줌의 기력도 아껴야 하니 참아야 한다.

"그동안 내가 알고 있는 모든 무공을 가르쳤다. 무기를 들었을 때 내력을 실어 초식을 전개하는 것은 그리 어렵지 않다. 단전에 힘을 주고 힘을 끌어올려 그저 마음을 실어 보내면 된다."

"운기를 하지 않고도 내력을 끌어올릴 수 있나요?"

관심이 있는 척 이렇게 물어주지 않으면 아마 저승길조차도 편히 가지 못할 노인네다. 이미 몇 번이나 했던 얘기를 또 하고 있다.

"그렇다. 네놈이 쉬지 않고 수련해 온 양생술 덕분에 아마도 몸속에 쌓인 축기(蓄氣)가 예사롭지 않을 것이다. 이대로 강호에 나선다고 해도 신진(新進)들 사이에서는 결코 뒤지지 않을 공력이다. 내 공력을 네게 상당히 불어넣어 주기는 했지만 네놈의 것과 융합이 되는 데에는 상당한 시간이 필요할 것이다. 하지만 꾸준히 노력한다면 그만큼 빨리 네놈 것이 되겠지. 그때가 되면 강호에서 공력으로 너를 당할 자는 아마 그리 많지 않을 게다. 네가 익힌 양생술은 사실 꽤 괜찮은 것이니 절대 게을리 하지 말고."

목소리가 그르렁거렸다.

문득 고노가 지금 죽음을 앞둔 사람이라는 것이 떠올랐다. 사군은 고개를 저었다. 고노는 지금 마지막 그 순간까지 잔소리만 하다가 가려고 했다.

'그까짓 무공이 무슨 대수라고… 누가 달라고 했나?'

모든 것이 허망하게만 느껴지는 지금이었다. 지금에도 무공을 말하다니… 안타깝기만 하다. 그럼에도 사군이 참고 있는 것은 그래야 편하게 가실 분임을 아는 까닭이었다.

"제게 공력을 주지 않으셨다면 더 오래 사실 수 있잖아요?"

"그것과는 상관없는 일이다. 그리고 우화등선(羽化登仙)할 것도 아닌데 죽은 놈이 공력은 가져가서 무엇에 쓴다는 말이냐? 그리고 선반 위 목함 속에 있는 쓸 만한 것들은 모두 챙겨가도록 해라."

거짓말이다.

공력을 전하지 않았다면 적어도 한 달 이상은 더 살 수 있을 것이다. 하지만 그 한 달을 더 사는 기쁨이 이렇게 녀석에게 공력을 전한 기쁨보다 훨씬 작을 것임을 알기에 행한 일이다.

고노는 말을 이었다.

"초막 뒤에 장작과 마른 가지들을 쌓아놓았다. 땡중 노릇을 하며 살아온 것은 아니었지만, 그래도 한때 불법(佛法)을 들은 적이 있으니 다비식(茶毘式) 비슷하게나마 해주었으면 좋겠다. 뼈는 그냥 이 공터 뒷산에 뿌려주거라. 귀찮은 장례 절차는 딱 질색이니 명심하고……."

'알았어요.'

눈앞에 산 사람을 앞에 두고 어떻게 잘 태워 드리겠으니 걱정 마시라고 말할 수 있다는 말인가. 눈물이 답을 대신했다.

두 사람 사이에 흐르는 잠시의 안타까운 침묵이 사군을 더욱 견디기 힘들게 했다. 고노도 같을 것이다.

휘잉!

바람이 불어와 초막의 지붕을 스치고 지나갔다. 동해의 소금기를 잔뜩 먹은 바닷바람이다. 비가 올지도 모르겠다.

그러면 안 되는데… 다비식인지 뭔지를 거행할 수가 없는데. 유명한 고승들이 와서 극락왕생을 빌어줄 것은 아니지만, 그래도 장작에 불이라도 잘 붙어야 할 것이 아닌가.

"그만 돌아가도록 해라. 어머니가 기다리시겠구나. 내일 와서 내가 말한 대로 하거라."

그러고 보니 어머니에게 알리지도 않고 왔다. 하기는 예향과 함께 마두낭 축제에 간 걸 알고 계실 테니 크게 걱정할 일도 아니었다. 어쨌든 임종도 지키지 말고 가라는 말은 정말 괘씸하게 들렸다.

평소 같으면 몇 번은 따졌을 말이었지만 지금 그게 무슨 소용이 있을까.

"그냥 여기 있을게요."

"가라."

"있겠대두요!"

목소리가 커졌다.

"가라. 그냥 혼자 생각하다가 그렇게 잠이 들어 꿈을 꾸듯 가고 싶구나. 내일 아침에 오거라."

진심이 배어나는 말이었다.

사군은 고노의 두 손을 잡았다. 예전에 손등에 상처가 있었던 것 같았는데 꺼칠해진 피부 탓인지 잘 분간도 되지 않았다. 가슴이 찡했다. 사군은 조용히 고노를 끌어안았다. 반질거리는 머리가 턱에 와 닿았다. 가슴에 안긴 고노에게서 가는 숨결이 느껴졌지만 더 이상 움직임은 없었다.

녀석.

은근히 정이 많아 큰일이다.

먼저 간 애비 녀석도 그렇게 정을 뿌리고 다니더니… 억지로 쫓아보기는 했지만 사실은 이렇게 네 품속에서 조용히 눈을 감고 싶구나.

흐흐, 그 코흘리개가 어느새 커서 이런 널찍한 품을 가진 청년이 되다니… 엊그제 같은데 정말 세월이 많이 흘렀어.

죽어서 흉한 꼴을 보이기 전에 집에 보내야 하는데. 아직 겁이 많은 놈이니 이렇게 어두운 밤에 송장하고 같이 있으면 많이 놀랄 게야.

하지만 십수 년을 혼자였는데 죽는 순간마저도 혼자라면 너무 서러운데… 그렇다고 네놈에게 추한 모습을 보이고 싶지는 않구나. 그동안 계속 있었는데 마지막에 조금 더 같이 있다고 뭐 달라질 게 있겠어.

다 욕심이지.

앞으로 귀찮을 일일랑은 조금이라도 덜어줘야겠지. 그래야 적어도 내가 죽은 후 어느 술집 구석에서 그날 품속에서 죽어가던 이 늙은이의 불쌍한 모습을 떠올리며 술이나 퍼마시고 있지는 않을 테지. 그런 추한 꼴은 정말 못 봐줄 것 같구나.

제발 그러지는 마라.

고노는 차츰 혼몽 속으로 빠져들었다.

속눈썹 사이로 눈물이 묻어났지만 알지 못했다.

부양현 파락호 놈들을 손본 것은 잘한 일이었지. 내가 나서서 그렇게 하지 않았더라면 놈들이 계속 두고 보지만은 않았을 게야. 조용히 날을 잡아 한 놈을 아주 보냈었지. 두목 놈도 손을 좀 보았고…….

도하촌에 얼쩡거리던 동네 건달 놈들도 내 손에 여럿 다리몽둥이가 부러져 나갔지. 살살 손을 봐도 되는 시원찮은 촌 건달 녀석들이었는데 좀 심하기는 했지. 세 놈이었던가? 그래 놓고도 성이 차지 않아 죄다 무릎을 꿇리고, 다시는 그 집에 눈길도 보내지 않겠다는 다짐을 받고서야 풀어주었지. 한 놈은 끝내 다리 병신이 되었다던데…….

지금 생각해 보니 좀 미안하군.

휴, 얼른 가야지.

먼저 간 형이 있으니 저승에 가서도 자리를 잡느라 애를 쓰지 않아도 될 게야. 맞아. 동생 놈도 먼저 가 있지. 에구, 그놈은 좀 골칫거린데. 그동안 큰형님이 꽤나 힘들었을 거야. 내가 빨리 가서 놈을 휘어잡아야 하는데.

그나저나 사군이 녀석에게 다 가르쳐 주기는 한 거겠지? 아마 그럴 거야. 녀석, 외워두기는 했으니 언젠가 필요하다고 느끼면 제대로 익힐 날이 있겠지.

서관, 자네에게 군아의 행방을 말해 주지 않은 것이 미안하기는 하지만 어린 녀석에게 무거운 짐을 지울 수는 없지 않은가. 미안하이. 나중에 자네가 저승에 오면 그때 용서를 빌도록 하지. 그래도 잘 가르쳐 달라는 약속은 지켰으니 너무 원망은 말게.

그나저나 이곳에 청룡무상심법(靑龍無常心法)을 남겨둔 일이 잘한 건지 정말 모르겠구나. 나쁜 자들의 손에 들어가지 않았으면 좋겠는데…….

아, 왜 이리 머리가 흐릿하지.

아차!

편지!

그 편지를 목함에 그대로 두었는데…….

이 녀석을 기다리는 것에 신경을 쓰다가… 태워 버렸어야 하는데…….

하지만 그조차도 하늘의 뜻이라면…….

어느 순간부터인가 품에 안긴 고노의 몸이 묵직하게 느껴졌다. 그러고 보니 그의 몸에서는 차츰 온기가 빠져나가고 있었다.

“아!”

서늘한 냉기가 등줄기를 타고 내렸다. 소리없는 눈물이 주르르 두 뺨을 타고 흘러 떨어졌다.

툭, 툭, 툭.

눈물 소리가 왜 이리도 큰가 하고 살짝 고개를 숙여 보니 떨어지는 곳은 고노의 머리 위였다. 금방이라도 ‘이놈! 어디다 눈물을 떨구는 거야?’ 하며 고개를 치켜들고 나무랄 것만 같은데 안 그랬다. 사람이 죽을 때가 되면 심성이 고와진다더니 그래서 호통이 없는지도 모르겠다.

‘고노 할아버지, 그만 일어나요.’

사군은 품에 안긴 그의 몸을 살며시 떼어냈다.

줄줄이 주름에 깊게 골이 패인 이마도 그대로였다. 속눈썹 주변에는 물기가 젖어 있는 것을 보니, 할아버지도 이별을 슬퍼했던 모양이다. 하지만 편안한 죽음이라는 것을 강변이라도 하듯 입가에는 옅은 미소가 여운처럼 남아 있었다.

“할아버지!”

굵은 눈물방울은 이내 줄기를 이루어 흘러내렸다.

타탁, 탁, 탁, 탁!

바싹 마른 잔가지들이 요란한 소리를 내며 타 들어가기 시작했다. 잔가지들은 이내 그 불길을 굵은 가지로 옮겼고 잠시 후 마른 장작에 불이 붙어 이내 거대한 화염덩어리로 변했다.

화르르르르.

불길은 거세게 타올랐다.

가끔은 허공으로 불씨들을 토해내던 불길은 이내 고노의 모습을 삼

컸다. 매캐한 냄새를 담은 연기가 숲 사이를 뚫고 밤하늘로 퍼져 갔다.

'할아버지!'

방금 전까지도 서로 말을 나누었건만 지금 그가 누운 자리에서는 허망한 불길만이 타올랐다.

타탁, 탁, 탁!

또 불똥이 튀었다.

얼굴에 튄 불똥이 따끔따끔한 것을 보니 어쩌면 자신에 대한 할아버지의 마지막 투정인지도 몰랐다. 사군은 그 불똥을 피하지 않았다.

화르르르르.

고노의 영혼이 불길을 타고 바람을 타고 하늘로 오르고 있었다.

'할아버지, 잘 가요.'

"나무관세음보살, 나무관세음보살."

사군의 어머니는 멀리 보이는 그 불길을 향해 연신 손을 비벼가며 고개 숙여 절을 계속했다.

화르르르!

불은 그녀 바로 앞에서도 타고 있었다.

은자나 동전이 산 사람의 돈이라면 죽은 사람이 쓰는 돈은 지전(紙錢)이기에, 베로 꼬아 엮은 긴 끈 사이사이에 지전을 찔러넣어 태우는 중이었다. 고노의 저승길에 노잣돈이라도 있어야겠기에 급히 사 온 것이었다.

'미안해요.'

해줄 수 있는 것은 그게 전부였다.

"나무관세음보살, 나무관세음보살. 부처님, 그분을 부디 극락으로 인도해 주십시오."

사군의 어머니는 연신 손을 비벼가며 그렇게 중얼거렸다.

고노는 자신의 죽음을 알고 있었다.

난데없는 그의 방문을 받은 것은 사군이 마두낭 축제에 간 직후였다. 그토록 오랜 세월을 알고 지내왔으면서도 서로의 내왕이 손에 꼽을 정도였기에, 자신과의 관계를 따지자면 차라리 아침마다 집 앞을 지나가는 두부 장수만도 못한 인연이었을지도 몰랐다.

그래서 자신을 쳐다보며 영원한 이별을 알리는 고노의 얼굴이 그토록 어설프게 보였는지도 몰랐다. 하지만 십수 년을 아들을 돌봐준 노인네였다. 사군이 아무 탈 없이 씩씩하게 큰 것에 그의 공이 적다 할 수 없었다.

"혹시 사군이 오더라도 알리지 말고 그냥 보내시오. 아주머니가 내 거처로 올 필요도 없소. 그리고 사군의 무공에 대해서는 내가 죽더라도 꼭 배려해 주시기를 부탁드리고 싶소이다."

고노에게서 그런 말을 들은 것은 처음이었다.

'내가 죽더라도!'

벽이 허물어지는… 기둥이 무너지는 느낌이 동시에 그녀를 찾아왔었다. 고노가 떠난 후에 아무것도 손에 잡히지 않아 무척이나 허둥댔었다. 함께 살지는 않았지만 항상 보이지 않는 큰 언덕이 되어주었던 사람. 그러고 보니 고노는 마음속으로 의지했던 사람이었다.

'살아 있을 때 따뜻한 고깃국이라도 한 그릇 해서 사군을 통해 갖다 드렸어야 하는 건데……'

입으로는 연신 나무관세음보살을 외면서도 생각은 복잡하게 오갔다. 고노의 죽음으로 그녀가 마치 아비를 잃은 딸자식이나 지아비를 잃은 여인이 느끼는 충격을 느끼다니…….

역시 고노는 보이지 않은 기둥이었다.

화르르.

드디어 마지막 지전이 타올랐다.

그동안 오가던 마을 사람 몇몇이 그런 그녀를 보기는 했지만 망자를 위한 지전을 태우는 그녀를 보고는 아무 소리 않고 조용히 자리를 비켜주었다.

“나무관세음보살, 나무관세음보살…….”

고노의 극락행을 진심으로 기원했다.

망자의 저승길을 위한 마지막 지전도 이미 타버린 지도 한참이 지났지만 마음속 기원을 보내는 손길은 멈추지 않았다. 언덕 위에서 아직 불길이 타오르고 있는 것을 보았기 때문이다. 그 불이 고노의 시신을 화장하기 위한 것임은 알고 있었다.

사군이 고노의 뒤처리를 해드리고 있는 중일 것이다.

‘대견한 녀석!’

이제는 자신보다 훌쩍 커버린 아들. 어느 날부터인가 아들의 얼굴을 보려면 매번 얼굴을 번쩍 치켜들어야 한다는 것을 알았을 때 무척이나 우스웠었다. 녀석은 그렇게 불쑥불쑥 자랐던 것이다.

“나무관세음보살, 나무관세음보살.”

다시 얼마가 지났을까. 마침내 그녀의 손길이 멈추었다. 어느새 멀리 고노의 자취가 남아 있을 그 언덕 위에도 서서히 불길이 잦아들고 있는 즈음이었다.

하지만 아직 살아 있는 뜨겁게 타오르는 불길이 있었다.

　젊은이들이 남아 뒤풀이를 즐기고 있는 상림 앞 공터였다. 청춘남녀들이 모닥불이라도 피우고 어울리는 모양이었다.

　사군의 어머니는 조용히 고개를 저었다.

　죽음은 항상 삶과 함께 있었다. 기쁨과 슬픔도 그랬다. 하지만 오늘 자신을 찾은 것은 슬픔과 허전함이었다.

　사군은 마을로 내려와 쇠절구를 구해 다시 공터로 갔다.

　고노의 뼈를 추려 가루를 내기 위함이었다. 무척 무서울 것 같았는데 이상하게 그런 마음이 조금도 들지 않았다. 조심스레 뼈를 추려낸 사군은 쇠절구에 넣고 찧기 시작했다.

　탁! 탁! 탁! 탁!

　작은 무쇠 절구 안에서 고노가 부서지고, 그의 마음도 부서졌다.

　뼈는 생각보다 쉽게 부서졌다. 날마다 산나물만 먹어대서 뼈가 이렇듯 힘없이 가루로 되어버리는지도 몰랐다.

　"으음, 음!"

　목소리를 골랐다. 또다시 눈물이 났다. 언젠가 들었던 만가를 혼자 나직이 읊조렸다.

만승천자 진시황도 불사약은 못 구했네.
서러워라, 서러워라, 일장춘몽 서러워라.
북망산천 멀다더니 내 집 앞이 북망일세.

　"고노 할아버지도 불사약을 못 구했어."

　탁! 탁! 탁! 탁!

　"할아버지 북망산은 바로 이 산이야. 알지?"

탁! 탁! 탁!

"내가 가보고 싶은 곳이 어딘 줄 알아? 사군암이야. 기억나? 할아버지가 청룡반야지법으로 바위에 새겼던 그 글씨 말이야."

어느새 사군의 말투는 다시 예전 학산 아래 공터에 있던 시절로 돌아갔다.

아주 어린, 이제는 기억마저도 어렴풋한 그때 그 시절로…….

어느덧 쇠절구 안의 고노는 가루가 되었다. 사군은 뼛가루를 함지박에 쓸어담은 후에 초막 옆을 돌아 숲에 뿌렸다. 슬픔을 아는 듯 오늘은 그 흔한 바닷바람마저 불어오지 않았다.

사군은 다시 초막 안으로 들어갔다.

선반 위에 놓인 목함이 눈에 들어왔다. 필요한 것이 있으면 갖다 쓰라던 그 목함이었다. 하지만 사군은 더 이상 손을 대지 않았다. 지금은 싫었다. 불쑥 열었다가는 할아버지의 냄새가 날아가 버릴 것만 같았기 때문이다.

초막의 문을 닫고 밖으로 나온 사군은 고노의 뼈를 뿌린 곳을 향해 구배지례(九拜之禮)를 올렸다.

'할아버지, 고노, 사부. 나 이제 간다. 언제 다시 올지 모르겠어. 자주 오면 너무 슬퍼질 것 같아. 알지?'

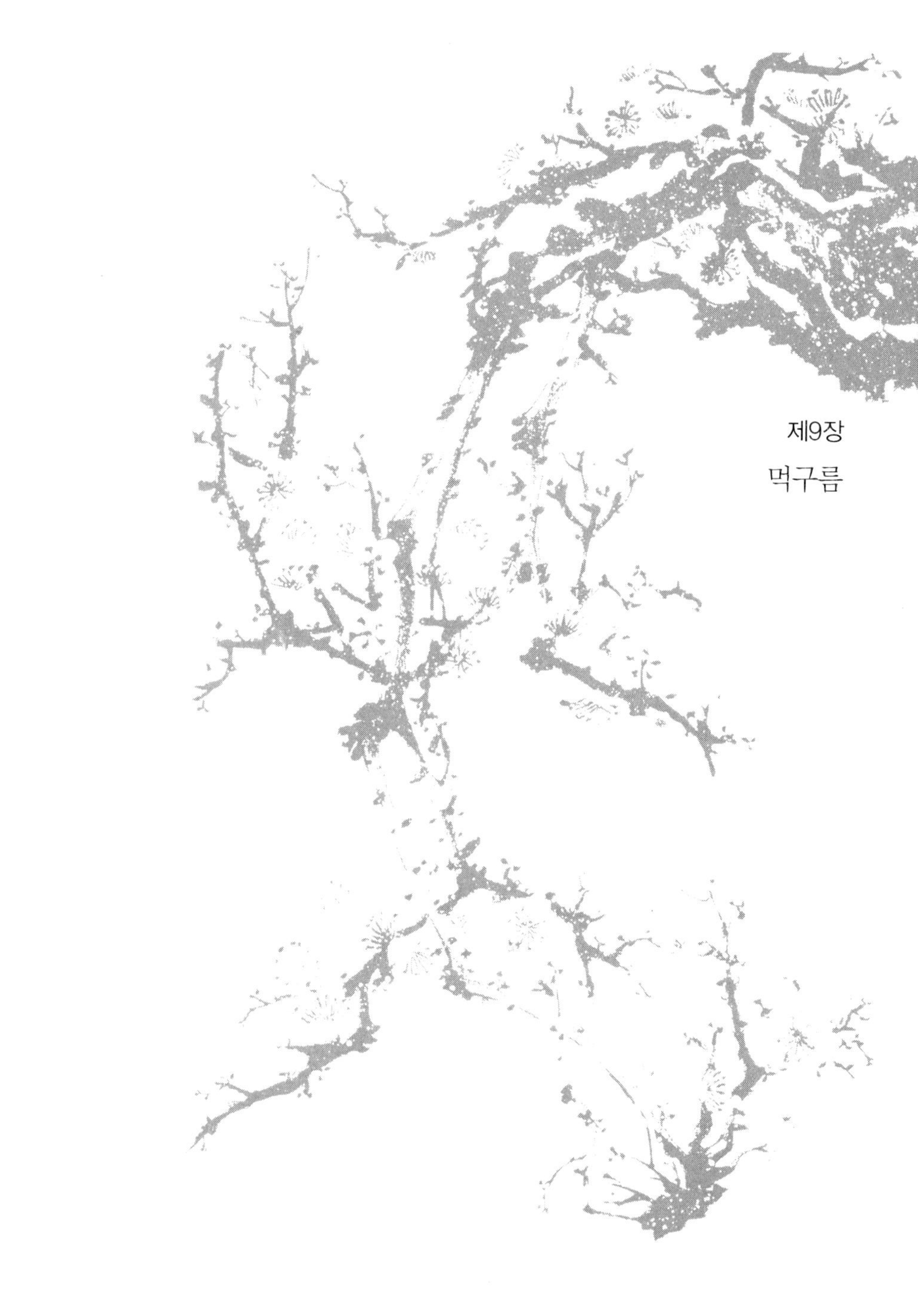

제9장

먹구름

제갈헌(諸葛獻).

그는 약재상이다.

중원 천하에 약재상이 많기는 하지만 그중에서도 으뜸으로 치는 사람은 제갈세가 출신의 약재상들이다.

명망이 높은 제갈세가라 하여 수천 식솔을 거저 먹일 특별한 재간이 있는 것은 아니다. 세가 살림을 책임지는 것은 바로 천하로 흩어진 제갈가 상인들이다. 세가의 엄청난 살림은 바로 그들이 열심히 땀을 흘려 벌어들이는 은자에 의지해 유지되는 것이다.

그중에서도 가장 큰 수입을 올리는 이들은 바로 중원 각처를 발로 뛰며 모은 귀한 약재들을 취급하는 약재상들이다.

제갈세가 출신들은 주로 약재상(藥材商)으로 활동한다.

약초에 관한 한 타의 추종을 불허하는 해박한 지식으로 무장된 제갈가 출신의 약재상들은 중원의 그 누구라도 인정해

주는 최고들이다.

　이름이 같은 약재라도 산지에 따라 그 효능이 다르기에 당귀는 섬서 민주(岷州)의 것, 대황(大黃)은 청해 서녕(西寧)의 것을, 그리고 산삼과 녹용은 지금은 청국이라 불리는 멀리 동북의 여진(女眞)의 것만을 고집한다. 그런 고집이 제갈세가 약재상들이 명성을 떨치게 만들었다.

　'시간이 많지 않군.'

　소주 제일의 약당(藥堂)인 남인당(南仁堂)을 나서는 제갈현의 발걸음은 바쁘기만 했다. 오늘 내로 전서구를 날리려면 어서 집으로 돌아가야 하는 것이다.

　그는 오늘 중요한 정보를 얻었다.

　소주제일상(蘇州第一商) 엄생(嚴生)의 거처인 풍정원(楓靜園)의 고위급 인사가 먼 길을 떠난다는 것으로, 남인당 소속의 의녀가 그 사람 아내의 병을 수발하러 갔다가 들은 말이라고 했다. 겉으로는 오고 가는 한담으로 치부하는 척하고 흘려듣는 그였지만 내심은 달랐다. 들어보니 동행하는 무인들이 하나같이 상당한 고수들이라고 했다. 뭔가 일이 벌어지고 있다는 말이었다.

　제갈세가의 정보 수집 방법은 평범하면서도 특이했다.

　세가 약재상들의 또 다른 임무는 중원 각처에서 벌어지는 수많은 사건들에 관해 세가로 빠짐없이 보고하는 일이다. 그들 개개인은 세가의 정보망을 형성하는 거대한 지망(蜘網)의 날줄이기도 하기 때문이다.

　강호의 정보통을 꼽으라면 개방이나 하오문을 들겠지만, 제갈세가 수뇌부들은 그 말에 절대 동의하지 않는다.

　아무리 구중심처에서 벌어지는 일이라도 의원들에게 흘려지는 정보는 적지 않다. 약재를 필요로 하는 사람들 중에는 하오문 잡배도 있고,

거지들도 있다. 아프면 의원을 찾는 것은 귀천(貴賤)을 떠나 누구에게나 같다. 사람이 만나면 입을 열게 마련. 의원과 환자 사이라도 필요한 말만 하는 것은 아니다. 그러기에 제갈세가에서 얻을 수 있는 정보는 그 끝을 모른다.

세가에서는 그들이 올린 모든 정보를 분석해 무림 각지에서 일어나는 사건에 대한 정확한 판단을 내린다.

아직 날이 저물려면 멀었건만 제갈헌의 걸음은 바쁘기만 했다.

처소로 돌아온 제갈헌은 급히 편지를 휘갈겨 썼다. 내용은 제삼자가 내용을 읽어보더라도 도무지 무슨 내용인지 알 수 없을 정도로 세가 내에서도 약재상들만이 사용하는 특별한 행업비어(行業秘語:상인들의 암어)였다.

제갈헌은 같은 내용의 편지 세 장을 전서구를 통해 차례로 날렸다. 정보가 중요하다고 판단된 경우 전서구가 도중에 맹금류에게 포획당하거나 제삼자의 손에 들어가는 것을 예상해, 약간의 시차를 두어 각각 세 장을 보내는 것은 규정에 속했다.

'후우!'

제갈헌의 집에서 멀리 떨어지지 않는 곳에 몸을 숨기고 있던 한 청삼인은 그것을 보고 안도의 한숨을 내쉬었다. 그의 임무는 제갈헌이 전서구를 날리는 것을 확인하는 일이었다. 회심의 미소를 짓던 청삼인은 이내 발걸음을 돌렸다.

제갈충(諸葛忠).

항주부 일대에 약재를 공급하는 제갈세가 약재상 중 한 명이다.

창가에서 전서구가 무사히 날아가는 것을 확인한 제갈충은 즉시 자리를 떴다. 벽력문(霹靂門) 사람 둘이 소주를 향해 여행하던 중 가벼운 안질에 걸렸다는 내용이었다.

제갈언(諸葛堰).

그가 오늘 본가로 보낸 전서구의 내용에는 중원 제일의 지도(地圖) 전문가인 만리행자(萬里行者)가 소주를 향해 가고 있다는 말이었다. 그는 우연히 들른 진강(鎭江)의 약당에서 다량의 금창약과 신경 안정에 효과가 있는 삼용환(三茸丸)을 구입해 갔다는 내용이었다.

제갈환(諸葛桓).

남창부(南昌府)의 약재상인 그도 전서구를 날렸다.

중원 최고의 기관진식(機關陣式) 전문가들이라 일컬어지는 신기문(神奇門) 사람들 몇 명이 소주로 향했다는 내용이었다.

난계현(蘭溪縣) 제갈촌(諸葛村).

섭선을 펴든 촉한의 승상 제갈공명(諸葛孔明)의 위엄있는 초상화가 걸려 있는 벽면 아래 흰 수염의 노인이 벽을 등지고 앉아 있고, 그와 탁자를 마주하고 청년과 면사녀가 어깨를 나란히 하고 자리를 같이해 있었다.

가주의 집무실을 지키고 있는 흰 수염의 노인은 세가의 당대 가주 제갈홍이고, 그 앞에 있는 두 젊은이는 그의 아들 제갈강(諸葛剛)과 딸 제갈옥(諸葛玉)이었다.

수천 년 뿌리를 이어온 제갈세가가 강호인들의 입에서 더 이상 떠오르지 않게 된 지는 벌써 몇백 년 전의 일이었다. 사소한 행보 하나하나에도 세인들의 이목을 집중시켰던 세가가 돌연 음지 속으로 사라진 것은 중원에 원(元)나라가 세워지면서부터였다.

"앞으로 우리 제갈가 사람들은 절대 강호에 나서서는 안 된다."

몽골족의 원나라 건국을 지켜보던 그 당시 가주가 가법(家法)으로 남긴 유언이었다.

그 말이 이민족에게 제갈가의 힘을 빌려주지 말라는 의미로 남겨진 것임을 모르는 사람은 없었다. 하지만 원이 북방으로 쫓겨가고 명이 들어선 이후로도 역대 가주들은 그 유언을 충실히 지켜왔다. 강호를 등지고 사는 평안함에 길들여졌기 때문이었다.

당대 가주 제갈홍 역시 천수(天壽)를 다하려 하는 지금까지 그래 왔다. 하지만 이제 그는 더 이상 그 가법을 따르지 않기로 했다. 중원 천하가 다시금 이민족의 말발굽에 밟히는 것을 좌시할 수 없다는 생각 때문이었다.

그렇기에 제갈홍은 수백 년을 지켜왔던 그 가법을 깨야 했다.

천하는 요동 치고 있었다.

하남에서 일어난 농민의 아들 이자성(李子成)은 백만이 넘는 세력으로 관군을 압도해 황도가 있는 동(東)으로 끝없이 압박해 왔다. 장헌충(張獻忠)이 이끄는 반군들 또한 이자성에 못지않은 세력을 이끌고 호광(湖廣)과 사천(四川) 일대를 휩쓸고 있었다.

동북의 요동에서는 산해관(山海關) 동쪽의 보루 금주(錦州)가 청병의 손에 떨어졌고 수만의 병력이 포로로 잡혔다. 이제 명군은 산해관 하나만을 두고 청병과 대치하는 상황이 된 것이다. 산동의 제남과 천진

등 수십 개의 성들이 전란에 휩싸여 수십만이 청군의 포로로 잡혀간 지 채 몇 년도 지나지 않은 상황이었다.

제갈홍(諸葛鴻)은 마침내 세가의 강호 출도를 결심했다.

천하는 천명을 받은 자의 몫이라는 것이 제갈가 사람들의 공통적인 생각이었지만, '중원 천하를 또다시 오랑캐의 손에 넘길 수는 없다'는 당대 가주인 그의 뜻에 따라, 이제 제갈세가는 길고 긴 은둔에서 벗어나고 있었다.

그의 시선은 탁자 위에 놓여진 한 장의 종이로 향하고 있었다.

특급대외비(特級對外秘).

장보도(藏寶圖)에 관함. 신뢰도 구 할.

소지자:소주부 풍생원(楓精園) 엄생(嚴生).

팔월 십오일 전후로 장보도의 보물을 찾기 위한 이동이 예상. 보표는 소수 정예로 예상함.

이동 경로:미확인.

기관진식, 폭파, 지도 등 각 분야의 전문가들이 풍정원으로 집결 중임.

며칠 전 무영각(無影閣) 각주가 중원 각처에서 모인 정보를 면밀히 분석해 가주에게 올린 한 장의 보고서였다.

다시 두 사람을 향해 눈길을 돌린 제갈홍은 입을 열었다.

"강아, 이번 일은 매우 중대하다 할 수 있다. 네게 특별히 천자항(天字行) 백팔지살(百八地煞) 중 삼십을 주겠다. 그들과 함께 이번 임무를 수행하도록 해라. 장보도를 지키는 보표(保鏢)들의 수는 많지 않다고는 하지만 하나같이 일류고수들로 이루어진 듯하니 그 정도는 필요할 것 같구나."

그 말에 제갈강은 물론 제갈옥도 흠칫했다.

모두 삼백스물네 명으로 이루어진 백팔지살은 천자항(天字行), 지자항(地字行), 인자항(人字行) 세 개의 항(行)으로 나누어져 있다. 천자항이라면, 백팔지살들 중에서 최후까지 세가를 지키는 임무를 맡은 마지막 보루와 같은 존재들이다. 그런 그들을 삼십이나 동원하게 하다니!

"명심하겠습니다."

"이번 임무는 강남무림인들을 결집해야 하는 막중한 일과 연관되어 있으니 절대 실수가 있어서는 안 된다."

점잖게 흰 수염을 쓰다듬으며 하는 말투였지만 자못 진중하기조차 했다.

예향은 날마다 꿈을 꾼다.

오늘도 그녀는 뽕밭에서 자신만의 꿈을 꾼다.

진주 분과 연지를 찍어발라 예쁘게 단장한 다음 붉은색 혼인복을 곱게 차려입고 온갖 꽃들로 치장한 대나무 의자에 올라앉아 네 명의 건장한 사내에게 들려져 자손등롱(子孫燈籠)을 앞세운 화교선(花轎船:꽃가마 배)에 올라 사군의 집으로 향하는 새색시.

너무… 행복하다!

하늘에서는 혼인을 축하하는 동네 사람들이 뿌려주는 꽃비가 내리고, 악대들의 나팔 소리와 축포를 한 몸에 받으며 사람들 사이를 지난다.

사군의 어머니에게 인사를 드리고 한 동네 이웃들에게도 인사를 하고……

그런데 신방은 어떻게 하지? 군 오라버니네 집에는 방이 하나뿐이잖아. 성안으로 간 오라버니가 어서 돈을 모아 방이 두 개쯤은 있는 큰 집으로 이사 갈 만큼 벌어야 하는데… 그럼 화교선을 탈 날은 언제쯤이 되지?

어머니에게 넌지시 말씀을 드렸으니 아버님도 아실 터인데… 하지만 아무런 말씀도 않으시고 그저 얼굴에 미소만 띠고 있는 것으로 보아 두 분께서도 군 오라버니에 대해서 흡족해하시는 것이 틀림없는데. 하긴 군 오라버니를 싫어할 사람은 아무도 없지.

첫날밤은 어떻게 하지?

군 오라버니는 그런 걸 알까?

알아야 하는데… 얼마 전에 혼인한 마을 언니에게 넌지시 물어보기라도 해야 하나, 아니면 어머니에게라도 살짝 여쭈어볼까?

혼자만의 생각이건만 예향은 남몰래 얼굴을 붉혔다.

두 손은 연신 뽕잎을 따 바구니에 담느라 정신없이 바빴지만 머릿속은 온통 사군 생각으로 가득했다. 이미 수년을 해온 일이었기에 예향의 손놀림에는 조금의 거침도 없었다. 도하촌에서 누에를 치는 사람이라면 누구나 하는 일로, 양잠을 하지 않는 집은 군 오라버니네가 유일했다.

누에를 키우는 일은 여간 성가신 일이 아니다.

막 부화되었을 때의 크기는 작은 개미만하다. 그래서 그때는 개미누에라고 부르는데, 검은 털이 숭숭 나 있기에 털누에라고 부르기도 한다. 이런 누에들을 채반에 옮겨 연한 뽕잎을 따서 가늘고 곱게 썰어 채반에 뿌려준다. 사오 일쯤 지나면 애기잠을 자는 데 한 돌이 걸린다. 누에게 한 돌은 하루다.

애기잠에서 깬 누에는 삼사 일 동안 열심히 뽕잎을 먹고 나서 다시 잠을 잔다. 이렇게 두 잠, 석 잠 계속해 마지막 잘 때까지 급속히 자라 나중에 다섯 번째인 막잠까지 자고 나면 누에는 어른 손가락 크기만큼 커진다. 개미누에 때보다 대략 일만 배 정도 늘어나는 것이다.

이때까지 대략 스무날 정도 걸린다. 그러면 뽕잎 먹기를 그만두고 고치를 짓기 시작하는데 약 사흘에 걸쳐 고치를 만든다. 식욕이 여간 왕성한 것이 아니기에 싱싱하고 좋은 뽕잎을 공급해 주어야 하는 사람들의 손길이 바쁜 것은 당연하다.

예향도 오늘 뽕잎을 따고 있다.

뽕나무 한 그루에 매달려 군 오라버니에 대한 이런저런 생각을 하는 것은 힘든 일을 즐겁게 하는 예향만의 방법이기도 하다.

예향은 꿈을 계속 이어갔다.

그때였다. 퍼뜩 그녀의 꿈을 깨우는 큰 목소리가 들렸다.

"물렀거라!"

"도련님이시다!"

우렁찬 목소리가 들렸고, 이어 동리 아낙들과 처녀 등 여자들만 있는 뽕밭 안으로 한 무리의 사내들이 들어섰다.

"도련님, 안녕하신지요."

그를 알아본 아낙들은 황급히 고개를 숙여 인사했고 가까이서 일하고 있던 처녀들도 모두 고개를 숙였다.

나타난 사람은 중원표국 국주의 아들인 석호인이었다.

뽕밭의 주인인 표국주 석경령의 독자로, 지난번 마두낭 축제 때 지부(知府)의 아들 조춘과 함께 참석하기도 했었다.

"뽕잎은 잘 골라서 따고 있겠지?"

석호인이 거드름을 피워가며 짐짓 말했다.

그의 뒤에는 호위 무사로 보이는 사내들이 넷이 위압적인 자세로 서서 사방을 둘러보고 있었다. 그가 뽕잎에 대해 무얼 알겠냐만, 그래도 인사라고 한마디 던지는 것이 어디서 몇 마디 주워듣고 말하는 것이 분명했다.

하지만 인사를 하면서도 마을 아낙들의 얼굴에는 은근한 노기가 어려 있었다.

"예, 나으리. 모두들 열심히 하고 있습니다."

어느 틈에 도하촌 촌장이 무씨가 와서는 허리 숙여 인사하며 말했다. 석호인이 마을에 나타났다는 것을 누군가 말해 주었던 모양이다. 대답을 하는 무씨 노인의 표정 역시 그의 출현을 그리 탐탁해하는 것 같지는 않았다.

누에를 키우는 양잠농가에는 지켜야 할 금기도 많고 주의할 일도 많다. 아낙들이나 촌장의 얼굴이 편치 않은 것은 석호인이 그 금기를 어겼기 때문이다.

일단 누에농사가 시작되면 함부로 남의 집을 방문해서도 안 된다. 달거리를 하는 여자들은 물론 임산부나 상(喪)중인 사람들도 마을 안에서의 출입이 금지된다. 아이들은 크게 떠들 수도 없고 사내들은 아무리 더워도 웃통을 벗어서는 안 된다.

마을 사람조차 그런 판이니 외인은 말할 것도 없다.

마을 입구에는 잡귀를 쫓아내고 귀신을 물리친다는 복숭아가지가 이리저리 어지럽게 걸리고, 집집마다 문 앞에 잠금(蠶禁) 혹은 잠월지례(蠶月之禮)라는 붉은 종이를 써 붙어둔다. 빚쟁이나 세금을 독촉하러 오는 관리들도 일 년에 다섯 번 있는 누에농사 시기만큼은 함부로 마을에 들어와서는 안 되는 것이다.

아무리 석호인이 뽕밭 주인의 아들이기는 하지만 외인임에는 틀림없다. 그런 그가 불쑥 밭에 들어와서 주절거리고 있으니, 마을 사람들이나 촌장 무씨가 떨떠름한 표정을 짓는 것은 조금도 이상한 일이 아니다.

누에농사가 뭔지 제대로 모르는 석호인이 그런 금기를 알 까닭이 없었다.

사실 그도 그런 얘기를 수하들에게 전해 듣기는 했지만 채 말이 다 끝나기도 전에 집어치우라며 무시했었다. 그는 자신이 금기를 범했다는 것을 대충 짐작은 하고 있었지만, 그렇다고 촌장의 얼굴에서 나타나는 불쾌한 반응을 허락하고 감내할 만큼 마음이 넓지는 않았다.

'이 영감탱이가 고마운 줄 모르고……'

만약 석경령의 마음이 변해 다른 마을 사람들에게 뽕잎을 딸 수 있는 권한을 준다면 도하촌 사람들의 누에농사는 그것으로 끝이다. 그런 이유로 사람들은 밭주인을 하늘처럼 받들어 모시고 있는 것이다.

그렇다고 뽕밭 주인이 뽕잎을 따는 권리를 거저 준 것은 아니다. 마을 사람들은 뽕잎을 따는 대신 누에에서 나온 실을 모두 석경령이 수매하게 해주어야 한다. 하지만 그것만 해도 무척이나 고마운 일이다.

도하촌 사람들은 일 년에 몇 차례 있는 누에농사 덕분에 다른 마을 사람들처럼 봄철에 굶는 사람도 없었고, 혼례 때 입을 비단옷 한 벌씩은 장만할 수 있었다.

무씨 노인도 그런 사정을 모르는 것은 아니었다.

그는 석호인의 안색이 변하는 것을 보고는 이내 자신의 실책을 깨달았다. 그는 얼른 표정을 바꾸어 비굴하게 웃어가며 다시 한 번 고개를 숙이는 것으로 사죄를 대신했다.

'흠, 이제야 내가 누구란 것을 알아보는군.'

석호인의 얼굴이 펴졌다.

"어쩐 일이신지요?"

무씨 노인이 조심스런 얼굴로 그를 쳐다보며 물었다.

이번 여름은 유난히도 길었다. 가만히 있어도 온몸에서 때와 장소를 가리지 않고 땀이 주르르 흘러내리는 계절이기에 연로한 촌장 무씨 노인은 일을 나설 엄두도 내지 못하고 집에서 쉬고 있었다.

갑작스런 석호인의 출현 소식에 헐레벌떡 뛰어온 길이라 기분은 물론 몸 상태도 썩 좋지가 않았다.

하지만 석호인을 보니 왠지 불안했다.

이런 무더운 날씨라면 또래의 한량들과 어울려 물 좋고 경치 좋은 어느 계곡 구석에 처박혀 탁족(濯足)이나 하며 한가한 세월을 보내고 있을 놈이었다. 하릴없이 뽕밭에 나타나 기웃거릴 놈이 아니기에 그렇게 물었던 것이다.

"험, 이번에 우리 어머님께서 편찮으셔서 옆에서 시중들 시비 하나가 필요하구나."

"마님의 병 수발을 들 시비라면 성안에서도 충분히 구할 수 있을 터인데……."

"그것들은 일도 제대로 못하는 것이 닳고 닳아 자칫 어머님의 심기를 어지럽힐까 걱정이 된다. 그리고 어차피 한두 달이면 충분히 쾌차하실 터인데 굳이 은자를 낭비해 가며 그럴 필요가 있겠느냐?"

"하오나 이곳 처녀들은 귀한 댁의 법도를 전혀 모르는 촌 무지렁이들이옵니다. 공연히 마님의 병 수발을 들라 했다가 자칫 큰 실수라도 할까 두렵습니다."

촌장 무씨는 깜짝 놀라 그렇게 둘리대었다.

녀석의 말은 동네 처녀 하나를 데려가겠다는 것이 아닌가? 말을 하는 무씨 노인의 안색이 시커멓게 변한 것은 물론이고, 근처에서 그들이 나누는 대화를 듣고 있던 여러 아낙들의 얼굴도 밝지 않았다. 혹시라도 자기 자식을 데려갈까 걱정이 되었기 때문이다.

큰 장원에서 촌 처녀가 필요한 경우란 많지 않다. 그리고 그렇게 불려간 여자들이 무슨 일을 당하게 되는지는 말하기조차 거북살스러웠다.

"그저 방 청소나 하고 약그릇이나 나르는 일이니 크게 어려울 것도 없다. 그건 그렇고, 내가 지난번에 봐둔 처녀가 있는데……."

석호인은 그렇게 말하는 것으로 무씨 노인의 반응을 무시하고는 뽕나무 사이로 일하는 여자들의 얼굴을 일일이 살폈다. 잠시 두리번거리던 그는 이내 예향을 발견했다.

'후후후, 저기 있었군.'

그는 뽕밭 안으로 말을 몰아 예향에게 다가갔고, 호위 무사들도 얼른 그의 뒤를 따랐다. 신성한 뽕밭 안으로까지 말을 몰아 들어오는 그를 보고 사람들은 모두 기겁을 했지만 감히 제지하거나 입을 여는 사람조차 없었다.

무씨 노인도 황급히 석호인의 뒤를 따랐다.

예향도 그가 오는 것을 보기는 했지만 설마 자기와 관련이 있으리라고는 꿈에도 생각지 못했기에 이내 무관심해져 무심히 뽕잎을 따는 일에만 열중하고 있었다.

석호인은 예향을 향해 다가갔다.

나무가 점점 무성해져 말을 타고 들어가기가 힘들자 석호인이 무씨 노인을 보고 말했다.

"저 처녀다. 일도 잘하고 싹싹하게 생겼으니 어머님께서도 편하게 생각하실 것 같아 일부러 이곳까지 온 것이다. 어서 이곳으로 불러와라."

무씨 노인은 그가 지목한 여자가 예향인 것을 알고는 눈살을 찌푸렸다. 마을에서 그녀가 사군과 가까운 사이라는 것을 모르는 사람은 없었다. 적당히 준비만 되면 올해라도 혼인식을 올릴 사이라고 인정하는 처지였다.

"무얼 망설이는 게냐!"

무씨 노인이 머뭇거리자 석호인이 호통을 쳤다.

"예, 예!"

이렇게 나오면 어쩔 수 없었다. 무씨 노인은 예향에게로 걸어갔다.

한창 일에 열중하고 있던 예향은 무씨 노인이 다가오는 것을 보고는 깜짝 놀랐다. 사군 생각에 여념이 없던 그녀는 아직 자세한 내막을 모르고 있었다.

"예향아, 마님이 편찮으시다는구나. 도련님께서는 네가 당분간 그리로 가서 마님의 병 수발을 들었으면 좋겠다고 하시는구나."

무씨 노인이 난처한 어조로 말했다.

"예? 그게 무슨 말씀이지요?"

"일단 가서 얘기를 해보자꾸나. 도련님께서 저기서 너를 기다리신다."

무씨 노인도 중간에서 말을 전하기가 난처했던지 그렇게 말을 잘랐다.

“네 이름이 무어냐?”

예향이 다가가자 석호인이 말 위에서 물었다.

“예, 예향이라고 합니다.”

엄청난 신분의 차이 때문인지, 아니면 험악한 무사들을 대동하고 위압적으로 내려다보는 석호인의 위세 탓인지 예향의 목소리는 절로 떨려 나왔다.

“예향? 으핫핫! 이름도 무척이나 예쁘구나. 깊은 향기, 밝은 향기를 풍기는 여인이라…….”

석호인의 눈이 예향의 전신을 훑었다.

비록 고개를 반쯤 숙여 눈을 내리깔고 있기는 했지만, 예향은 자신의 몸을 훑는 징그러운 눈길을 느낄 수 있었다. 전신에 벌레가 스멀거리는 듯한 기분이 들었다. 무슨 봉변을 당하는 것이 아닌가 하여 덜컥 겁도 났다. 그저 동네 사람들이 이렇게 많이 있는데 무슨 일이야 있겠나 하고 스스로를 위안하는 것이 고작이었다.

“어머님께서 편찮으시니 당분간 네가 수고를 좀 해주어야겠다. 먹고 입는 것은 물론이고 약간의 사례도 할 것이니 고맙게 생각해야 할 것이야. 의원의 말로는 한두 달 정도면 충분히 쾌차하실 것이라고 하니 네 부모와 그리 오래 떨어져 있을 것도 아니다.”

“마님의 병 수발을 드는 일이라고 하시는구나.”

석호인의 말에 무씨 노인이 덧붙였다.

그 말을 듣는 예향은 얼굴이 새파랗게 질렸다.

난데없이 마님의 병 수발이라니. 게다가 적어도 여기서는 자신의 편이 되어주리라 생각했던 촌장이었다.

“어머니!”

돌연 그녀는 몸을 돌려 달아나며 찢어지는 듯한 목소리로 크게 소리
쳤다.

휙휙!

순간 말을 타고 있던 무사들이 날렵한 동작으로 몸을 날려 그녀의
앞길을 막아섰다.

"예향아!"

누군가 기별을 해주었는지, 저만치에서 예향의 어머니 엄씨가 딸의
이름을 부르며 이리로 달려오고 있었다. 오면서 대충 내용을 들었는지,
엄씨는 마치 혼이 나간 사람처럼 쓰러질 듯 비틀거리며 정신없이 달려
왔다.

"어머니!"

어머니의 목소리를 듣자 예향은 더욱 크게 소리쳐 부르며 발을 굴렀
다. 하지만 험악한 무사들에 둘러싸여 꼼짝도 할 수 없었다.

"아이고, 예향아! 이게 무슨 일이란 말이냐!"

엄씨가 그렇게 소리치며 딸에게 다가가려 하자 이번에도 무사들이
앞을 막아섰다.

"닥쳐랏! 누가 죽으러 가느냐! 마님의 병간호를 해달라고 부탁하는
데 그게 그리도 싫다는 말이냐? 대체 너희가 누구 덕분에 밥술이나 제
대로 처먹고 있는지 알고 있기는 하느냐! 이제 보니 은혜조차 도통 알
지 못하는 천박한 것들이 아니더냐!"

마상의 석호인은 짐짓 호통을 쳤다.

푸르릉!

그의 고함 소리에 놀랐는지 말이 투레질을 하자 무사 하나가 다가와
얼른 고삐를 잡아챘다.

어느새 주변에는 뽕잎을 따던 마을 여자들이 모여들어 그들을 둘러싸고 있었다. 모두들 얼굴에 안됐다는 표정이 깃들었지만, 내심으로는 그가 지목한 처녀가 자기 딸이나 혹은 자신이 아닌 것에 안도하는 눈치였다.

엄씨는 어찌할 바를 몰라 했다.

상대가 석호인이니 감히 나서서 한마디 하는 사람조차도 없었다. 모두들 그가 누구라는 것을 잘 아는 까닭이었다.

꼬르륵!

예향의 어머니 엄씨는 끝내 기절하고 말았다.

하나뿐인 무남독녀 예향은 부부의 희망이요, 꿈이었다. 그 희망이 부수어지고 꿈이 산산조각나는 순간이었다.

"어이구, 예향 어머니! 이게 무슨 날벼락이오. 어서 정신을 차리시오!"

마을 사람들이 달려들어 엄씨의 팔다리를 주무르는 등 법석을 떨었다. 하지만 그들 역시 힘없는 민초(民草)라 곁에서 말로만 위로하고 안타까워하는 것이 고작이었다.

제10장

장강신투(長江神偸)

천태산(天台山).

절동의 소흥부와 대주부, 영파부 세 부(府)가 이루는 삼각 지형의 중앙에 위치한, 절강 전체의 큰 맥 중 하나를 이루는 산으로 천태종(天台宗)의 발상지이기도 하다.

다그닥! 다그닥!

천태산 서쪽 끝자락의 가파른 산세를 감아도는 관도 위를 뽀얀 먼지를 일으켜 가며 전속으로 달려가는 말 한 필이 있었다. 말 위에는 흑의를 입은 한 청년이 올라타고 있었는데, 갈 길이 무척이나 바쁜 듯 연신 채찍을 휘둘러 속도를 더했다.

"이랴!"

관도에서 말을 달려 길을 재촉하는 것을 보는 것은 그리 드문 광경은 아니었지만, 청년의 얼굴은 창백하게 질려 있었고, 옷 색깔 때문에 쉽게 드러나지는 않지만 곳곳이 피로 얼룩져 있었다.

다그닥! 다그닥!

달리는 말도 그 위의 사람도 먼 길을 달려온 듯 모두 상당히 지쳐 보였다.

"저 손님 같은데……."

흑의인이 말을 달려가는 관도 앞쪽의 숲 가장자리에서 그를 지켜보는 한 떼의 사내들이 있었다. 그들은 이곳 천태산 언저리에서 녹림호걸을 자처하는 도적들이었다.

"흐흐흐, 슬슬 준비해라!"

말에서 눈을 떼지 않고 있던 두목 염각이 말했다.

그의 일당은 십여 명도 채 되지 않는 빈약한 세력이었다. 그러다 보니 영업이 잘되는 물 좋은 곳은 다른 세력들에게 모두 양보하고 겨우 이곳 천태산 끝자락에 자리를 잡고 만만한 길손들의 호주머니를 털어서 먹고 살아야 했다. 게다가 관병이 무서워 낮에는 감히 나서지도 못하고 초저녁이나 이른 아침에만 겨우 영업을 하고 있었다.

그런데 오늘은 대담하게도 한낮에 나와 있었다.

주간 영업을 피하는 이유는 자칫 소문이 나면 관아에서 토벌이 나올 터인데, 그들에게는 이곳 말고 달리는 갈 곳도 없었기 때문이다. 유유상종이라는 말이 있듯이 문제가 생기면 다른 산채에 몸을 의탁할 수도 있겠지만, 워낙 저질인 염각 일당은 이 일대 녹림도들에게도 지은 죄가 적지 않아 그것마저도 불가능했다.

'늙은이 말이 맞는 걸 보니!'

염각의 얼굴에는 잔뜩 기대가 어려 있었다.

오늘 말을 타고 지나는 손님은 그야말로 범털이었다. 적어도 그 늙은이에게 들은 바로는 그랬다. 어제저녁 모처럼 그들에게 잡힌 손님은 늙은이였다. 털어보니 은자가 몇 냥이나 나와 웬 떡이냐 했는데 늙은이의 입에서 나온 정보는 더 놀라웠다.

"그저 목숨만 살려주십시오. 그냥 뒤도 곧 죽을 목숨입니다. 대신 제가 좋은 정보를 하나 드리겠습니다. 내일 낮에 말 탄 젊은이 하나가 지나갈 것입니다. 정확한 시간은 모르겠지만 대략 정오 무렵이 되지 않나 싶습니다. 어쨌든 하루 종일 기다려 보시면 틀림없을 겁니다. 제가 듣기로 소산현 부호집 아들인데 항상 천 냥짜리 전표 몇 장은 가지고 다닌다고 하더군요. 제법 무공이 있으니 먼저 활을 쏴서 잡아야 합니다. 정면에서 쏘면 위험하니 숨어 있다가 막 지나칠 무렵에 등에다 쏘면 제놈이 아무리 무공이 뛰어난들 어쩌겠습니까?"

들고 보니 그럴듯했다.
정보가 사실인가를 확인하기 위해 늙은이에게 이것저것 물어보니 믿을 만했다.
늙은이는 주루에서 놈과 함께 식사와 술도 함께했다는 것이 아닌가. 같이 있었다는 주루도 자신이 아는 곳이었고, 그 집에서 잘하는 음식도 잘 알고 있었다.
물론 그것이 늙은이의 말이 사실이라는 직접 증거가 되지 못한다는 것은 알고 있었지만, 요 모양 요 꼴의 녹림도로서 뭘 더 바라겠는가! 아니면 말고.
'음, 신빙성이 있어.'
염각은 손님을 기다리기로 했다.

한 건만 제대로 걸리면 평생 이 짓을 하지 않고 살 수도 있었다. 그게 염각 일당이 이 짓에서 손을 떼지 못하는 이유이기도 했다. 아니면 어떤가. 어차피 특별히 할 일도 없는데.

‘흠, 바삐 지나갈 것이라고 하더니…….’

그가 보기에 늙은이가 말했던 범털은 바로 저 손님이 틀림없었다.

“손님 오신다!”

염각의 말에 활에 시위를 먹인 수하 둘이 관도 옆의 큰 나무 뒤에 바싹 붙었다. 그래도 일행 중에 활 다루는 재주가 가장 나은 놈들이었다.

다그닥! 다그닥!

말을 탄 청년은 바람같이 숲가를 지나 달렸다.

‘핑’ 하는 소리와 함께 숲 속에서 화살 한 대가 날아가 말 엉덩이에 꽂혔다.

히히힝!

막 산모퉁이를 돌아 질주하던 말은 그 충격으로 크게 놀라며 길모퉁이로 퉁겨져 나갔다.

“으헛!”

청년이 놀라 말 고삐를 놓으며 몸을 날리려고 하는 순간, 안장에 늘어뜨린 발걸이에서 발이 미처 빠져나오지 못하고 살짝 걸렸다.

“으헛!”

청년은 크게 당황했다. 한쪽 발이 걸려 중심을 잃은 상태에서 버둥거리는데, ‘핑!’ 하는 소리와 함께 숲 속에서 또 하나의 화살이 날아와 그의 등에 꽂혔다.

“으악!”

화살이 사내의 왼쪽 어깨에 꽂히며 화살대가 크게 휘청거렸다. 청년은 말과 함께 쓰러지며 관도 밖으로 굴러 떨어졌다.

"으핫핫핫!"

커다란 웃음소리와 함께 대여섯 명의 귀두도를 든 사내들이 숲 속에서 튀어나왔다. 염각 일행이었다.

"여봐라! 저놈을 이리 끌고 오너라!"

염각이 청년이 쓰러진 곳으로 위엄있게 걸으며 짐짓 지시를 내리자 두 명의 산적들이 청년을 향해 나는 듯이 달려갔다. 청년은 말에서 일 장 정도 떨어진 곳에 내팽개쳐져 있었는데 오른쪽 어깨 부위에 활이 박혀 있었다.

"감히 산도적 놈들이!"

산적 둘이 가까이 다가서는 순간 피를 흘리며 누워 있던 청년은 벌떡 일어나 대갈일성을 지르며 매섭게 검을 휘둘렀다.

"으악!"

"커억!"

단말마의 비명 소리와 함께 두 명의 산적은 그대로 황천행이 되었다. 한구석에 처박혀 헐떡이고 있던 청년이건만 어느새 손에는 피 묻은 장검이 들려 있었다.

"저놈이!"

깜짝 놀란 두목이 귀두도를 휘두르며 그를 향해 달려들었고 다른 수하 세 명도 같이 합세했다.

눈치가 있는 산도적이라면 한칼에 두 명의 수하가 나뒹구는 상황을 감 잡고 재빨리 달아나야 했다. 하지만 천 냥짜리 전표를 수북이 가지고 다닌다는 정보까지 입수했고, 상대가 부상을 입은 터라 미련을 버리지 못하고 달려들었던 것이다.

"으악!"

"커억!"

기세 좋게 달려들었던 염각과 수하 하나는 몸이 팽그르르 돌아갈 정도로 강한 일격을 감당해야 했다. 그들의 장렬한 최후를 목격한 다른 산적들은 꽁지가 빠지게 숲 속으로 달아났다.

혼자 남은 흑의인은 다시 비틀거리며 이를 악물고 등에 박힌 화살을 뽑아냈다.

"으, 이 제갈강이 하찮은 산도적들에게 당하다니. 상처만 아니었다면……."

달아나는 산적들을 주시하던 그는 고개를 돌려 타고 왔던 말을 돌아보았다. 말도 상당한 충격을 받았는지 고통에 겨워 헐떡이며 애처로운 눈으로 주인을 바라보고 있었다.

'잘 가라!'

제갈강은 일검을 휘둘러 말의 숨통을 끊었다. 가슴은 아팠지만 고통이나 겪지 말고 죽으라는 배려였다. 주변을 둘러보던 그는 도적들이 달아난 산자락을 향해 힘겨운 걸음을 옮겼다.

제갈강!

강호에서 제갈씨의 성씨를 가진 사람은 많지 않다. 군이 따진다면 제갈량의 후예를 자처하는 절강 난계현의 제갈세가 사람들이 고작이다. 사실 제갈강은 세가의 차기 가주로 내정된 몸이었다.

중원의 두뇌라 일컬어지는 제갈세가의 차기 가주라면 하다못해 몇 명의 호위 무사라도 대동하련만 오늘 그의 처지는 사뭇 꼴사납기만 했다.

'정말 한심하게 죽을 뻔했군.'

말이 쓰러지는 마지막 순간 발걸이에서 발을 빼지 못했다면 밑에 깔려 오장이 터지고 뼈는 가루가 되었을 상황이었다.

'어서 이곳을 피해야 해!'

제갈강은 검을 지팡이 삼아 힘겹게 산을 올라갔다.

하지만 비틀거리는 걸음으로 가파른 산길을 쉽게 올라가는 것은 무리였다.

잠시 올라가다가 쉬고, 또 잠시 올라가고… 반 시진 동안 그가 오른 거리는 채 백여 장도 되지 않았다. 부상을 당해 비틀거리는 몸으로 가파른 산길을 올라가는 것은 무리였다. 화살을 빼낸 자리에서는 아직도 간헐적으로 피가 흘러나오고 있었다.

대충 지혈을 마친 그가 막 자리에 앉아 쉬려는 순간이었다.

"허어, 심하게 다친 모양이구려!"

늙수그레한 음성과 함께 숲 속 나무 사이에서 한 노인이 나타났다.

'헉!'

산중에서 갑자기 나타난 노인을 본 제갈강은 깜짝 놀라 몸을 흠칫했다. 숲에서 나온 사람이 허름한 촌노(村老)로 보였기에 약간 안심은 되었지만, 그래도 경계를 늦추지 않고 유심히 살폈다.

"겁먹지 마시오, 내가 강도라도 되는 줄 아시오? 허허허, 천태산 자락에 붙어살며 농사일을 하는 농군이오. 오늘은 할망구가 찬거리가 떨어졌다고 채근을 하기에 산나물이라도 캐 가려던 중이었소."

제갈강의 시선을 의식한 노인이 웃으며 말했다.

"둘 중에 누가 강도 짓을 한다면 무기까지 가지고 있는 힘센 젊은이가 하지, 나같이 죽을 날만 기다리는 늙은이가 하겠소. 허허허, 사실 말하지 않아서 그렇지 놀란 것은 바로 나라오."

　제갈강이 여전히 의심의 시선을 거두지 않자 노인이 한마디 덧붙였다. 주름이 가득한 얼굴에 흰 수염을 길게 길러 한눈에 보기에도 무척 인자한 인상을 풍기는 노인이었다. 제갈강의 눈에서 어느 정도 경계심이 풀어졌다.

　'음, 산중에 갑자기 나타난 노인이라…….'

　하지만 품속에 든 것을 생각한 제갈강은 안심이 되지 않았기에 다시 노인을 자세히 살폈다.

　산에서 나물을 캐고 있었는지 옆구리에는 낡은 대나무 바구니가 어깨 끈에 매달려 있었는데, 슬쩍 안을 들여다보니 금방 캔 듯한 산나물이 반쯤 들어 있었고, 그 위에 흙이 잔뜩 묻은 작은 호미가 하나 놓여 있었다.

　그것을 확인한 제갈강은 눈가에 남아 있던 경계의 기색이 슬며시 거두었다.

　"다친 것 같소만……."

　노인이 다시 말을 붙여왔다.

　"그, 그렇습니다. 도중에 강도를 만나 싸우다가 여러 명을 죽이고 달아나는 길이었습니다."

　상대에게 혹시라도 딴생각을 하지 말라는 듯, 여러 명을 죽였다는 점을 약간 세게 강조하며 대답했다.

　"어디로 가시오? 늙어서 큰 도움을 줄 처지는 못 되지만 그런대로 농사를 짓던 근력이 남아 있으니 약간의 도움은 줄 수 있을 것이오."

　약간 거리를 두고 서 있던 노인은 그제야 곁으로 다가오며 말했다. 그 말에 잔뜩 긴장했던 제갈강은 몸이 한순간 탁 풀어지며 천근만근 무겁게 느껴졌다.

"고맙습니다. 그럼 염치 불구하고 노인장께 부탁을 드려야 하겠군
요."

"우선 상처라도 싸매야겠소."

제갈강에게 다가온 노인은 자신의 낡은 상의 앞자락을 찢어 상처를
싸매주었다. 덕분에 허름한 촌노의 옷일망정 입고 다니기가 거북하게
되어버렸지만 노인은 조금도 개의치 않는 눈치였다.

친절하게도 노인은 힘이 빠진 제갈강을 부축해 오십여 장 가량 산정
을 향해 올라갔다. 부축하는 사람이 노인인데다 다른 한 사람은 부상
자니 산을 오르는 것이 쉬울 턱이 없다.

"헉! 헉! 아이고, 도저히 힘이 달려서 어찌할 수 없구만. 미안하네,
젊은이. 이제 난 반 시진가량 쉬어야 걸을 수 있을 것 같네."

그래도 기운차게 제갈강을 부축해 가던 노인은 마침내 지쳤는지 그
자리에 주저앉았다. 부축을 해줘서 친근감이라도 생겼는지 어느새 노
인의 말투도 바뀌었다. 그는 연신 헉헉대며 소매로 이마에 번들거리는
땀을 닦아냈다. 힘이 드는 것은 제갈강도 마찬가지였다. 하지만 노인
덕분에 가파른 산길을 그나마 수월하게 올라온 셈이었다.

"아닙니다. 덕분에 제가 큰 도움을 받았습니다. 저는 갈 길이 급해
먼저 가보겠습니다."

그는 그렇게 말하며 품속에어 은덩이 하나를 꺼내 노인에게 건넸다.

"어이구, 이런 걸 바라고 한 일은 아닌데… 어제 용꿈을 꾼 것도 아
닌데!"

노인은 눈을 휘둥그레 뜨고 그렇게 말하면서 낚아채듯 은덩이를 받
아 품속으로 챙겨넣었다. 족히 몇 냥은 되어 보이는 것이니 횡재도 그
만한 횡재가 없었다.

　제갈강의 눈이 다시 산길을 향했다. 추격을 받고 있으니 쉬기는커녕 조금이라도 이곳에서 멀리 벗어나야 했다.

　"그런데 어디를 가시우? 그런 몸으로 이런 산길을 걷는다는 것이 쉬운 일은 아닐 터인데……."

　노인은 걱정스럽다는 듯 잠시도 쉬지 않고 자리를 뜨려는 제갈강을 보며 말했다.

　"예, 절강(浙江:전당강) 쪽으로 나가서 배를 타려고 합니다."

　제갈강이 걸음을 멈추고 돌아서며 대답했다. 마음은 급했지만 여태껏 도와준 노인에게 냉정한 처신을 한다는 것이 마음에 걸렸던 까닭이다.

　"저쪽 봉우리 두 개만 넘으면 우리 집이니 그곳에서 며칠 쉬면서 몸조리나 하고 떠나는 것이 어떻소?"

　그가 가리키는 방향은 제갈강이 가려고 하는 반대 방향이었다.

　"그 마음만 고맙게 받아두겠습니다."

　제갈강은 공손한 어조로 말했다. 그렇게까지 신경을 써주는 노인이 무척이나 고맙기까지 했다.

　"고맙기는 내가 더하지. 오늘 젊은이가 내게 준 것은 평생 처음 받아본 것이오. 내가 죽을 때까지 이 은혜를 잊지 않으리다."

　노인은 손으로 자신의 가슴을 툭툭 치며 말했다. 방금 제갈강이 준 은원보를 말하는 것 같았다.

　"그럼!"

　공손히 허리를 숙여 보이는 것으로 다시 한 번 사례를 한 제갈강은 힘겹게 몸을 이끌고 갈길을 재촉했다. 품속에 든 물건을 생각하면 조금도 지체할 수 없었다. 가파른 산길이었기에 잠시만 걸어도 입에서 단내가 날 정도였다.

얼마를 걸었을까.

"휴우!"

제갈강은 큰 노송 밑에 놓여 있는 바위 위에 걸터앉아 한숨을 내쉬며 이마의 땀을 닦았다. 몸이 불편하니 걷는 것마저도 힘들었다. 잠시 휴식을 취하던 그는 아무 생각 없이 한 손을 들어 가슴 쪽을 두드리는 것으로 품속의 물건을 확인했다.

'응?'

모골이 송연했다. 아무것도 만져지지 않았던 것이다. 다시 한 번 두드려 보았지만 허허롭기는 마찬가지였다. 안색이 변한 그는 얼른 손을 집어넣어 품속을 재확인했다.

"헉!"

없었다.

그것은 물론 다른 것들도 몽땅 사라지고 없었다. 재갈강의 안색이 하얗게 질렸다. 벌떡 일어나 혹시 구멍이라도 났나 하고 윗옷을 젖혀 보았지만 아무런 이상이 없었다.

"이, 이런!"

손길마저 떨렸다. 분명 혼자 산을 올라올 때도 확인했던 물건이었다. 문득 방금 전 자신을 부축해 온 노인이 생각났다.

'혹시?'

그러고 보니 농사를 지었다는 노인네치곤 살결이 너무 희었다. 자신을 부축할 때 보니 농군이라면 으레 있어야 할 손에 박힌 굳은살을 본 기억도 나지 않았다.

"니미럴!"

제갈강의 얼굴은 이제 하얗다 못해 파래졌다.

삼십여 명의 세가 정예들이 희생된 끝에 얻어낸 물건이었다. 완벽한 계획을 세웠다고 판단되어 시행한 일이었고, 분명 성공했었다. 그런데…….

제갈강은 냉정해지려고 애썼다.

자신의 이목을 속이고 품속의 물건을 노릴 인물이라면 적어도 강호에서 제법 명성이 있지 않고는 불가능했다. 잠시 생각하던 그는 문득 한 노인을 떠올렸다.

장강신투(長江神偸).

장강 일대의 투도계(偸盜界)에서 최고로 꼽는 인물이다. 절강(浙江)과 남경(南京), 호광(湖廣) 일대 부호들의 장원을 제집 드나들 듯 오가며 필요한 물건만 골라 훔쳐 간다는 자. 흰 수염이 특징이라고 했던가. 어째 은원보를 줄 때 인사말이 과하기는 했었다.

제갈강의 이마에서 시퍼런 핏줄이 불거져 씰룩거렸다.

"이런 개 같은 늙은이!"

어디서 그런 힘이 났는지 제갈강은 노인이 쉬고 있던 곳으로 빠르게 신형을 날렸다. 방금 전까지 빌빌거렸다는 것이 도무지 믿어지지 않을 정도의 빠른 신법이었다.

노인은 보이지 않았다. 일각 정도밖에 지나지 않았음에도 불구하고 자취도 남기지 않고 사라진 것이다.

'냉정해져야 해.'

제갈강은 스스로를 다독여 가며 침착을 되찾으려고 애썼다. 산세를 둘러보았다. 위쪽으로는 자신이 있었으니 아닐 것이고 아래쪽은 관도니… 남은 방향은 좌우뿐이다. 하지만 왼편은 나무가 적어 금방 눈에

띠는 지세였다.

"늙은이, 잡히면 그냥 두지 않겠다!"

그는 오른쪽 숲을 향해 몸을 날렸다.

제갈강이 떠난 잠시 후 바로 옆 숲 속에서 방금 전의 그 노인이 나타났다.

"후후후, 신투라는 말은 아무나 듣는 칭호가 아닐세."

노인은 그렇게 주절거리고는 제갈강이 떠난 반대 편으로 바쁜 걸음을 옮겼다.

바로 그때였다.

"늙은이! 내 물건을 내놓아라!"

멀리 가버린 것으로 알았던 제갈강이었다.

"으헛!"

여유있게 움직이던 노인은 크게 놀라며 황급히 경공을 전개해 달렸다.

"섯거라!"

장검을 빼 든 제갈강은 벽력같이 소리를 지르며 노인의 뒤를 쫓았다. 하지만 조금도 서고 싶을 마음이 없는 노인은 전력을 다해 달아날 뿐이었다.

'제기랄, 제갈세가 놈은 뭔가 달라도 다르구나!'

정신이 없었다. 수십 년 동안 영업을 해왔지만 단 한 번도 이런 개 같은 경우를 당한 경우는 없었다. 노인은 '과연 명불허전(名不虛傳)' 이라는 말뜻을 되씹어가며 전력을 다해 달아났다. 공연히 객기를 부려 무공으로 맞서는 것은 대도(大盜)가 취할 바가 아닌 것이다.

"늙은이! 서라!"

쫓고 쫓기는 추격전은 나무가 듬성듬성한 산을 따라 길게 이어졌다.

두두두두두!

요란한 말발굽 소리와 함께 한 떼의 기마대가 얼마 전 제갈강이 쓰러졌던 관도로 달려왔다. 그들은 길모퉁이에 널브러진 말과 도적들의 시체를 보고는 말을 멈추었다.

"이 근처를 샅샅이 뒤져라!"

모두 십여 명 정도의 백의인들 중 지휘자인 듯한 중년 사내가 지시를 내리자 모두들 말에서 내려 시체 주변을 샅샅이 뒤졌다.

"놈이 보이지 않습니다!"

"놈의 말 근처에 핏자국이 있는 화살이 발견되었습니다. 산도적들로 보이는 시신도 몇 구 있습니다. 말도 화살을 맞아 쓰러진 것으로 보이니, 놈은 산도적들의 화살에 맞고도 놈들을 죽이고 달아난 것으로 보입니다."

"천하의 제갈강이 산도적에게 당하는 것을 보니 놈이 이제 최후의 발악을 하는 모양이구나. 멀리 가지는 못했을 것이니 일대를 한 곳도 빼지 말고 철저하게 뒤져라!"

십여 명의 백의인들은 이내 사방으로 흩어졌다. 날렵한 신법으로 보아 하나같이 상당한 무공을 수련한 자들로 보였다.

잠시 후, 산적 두 놈이 잡혀왔다. 제갈강의 살수를 피해 숲 속으로 달아나 숨어 있다가 수색에 걸려든 놈들이었다. 그들은 중년인 앞으로 끌려와 무릎이 꿇려졌다.

"저 산 위로 달아나는 것을 보았습니다요."

산적들은 벌벌 떨며 제갈강이 달아난 방향을 가리켰고, 이어 제갈강이 어떻게 부상을 당했는가도 알아서 술술 불었다.

"알았다. 잘 가거라!"

"고맙습니다!"

산적들이 큰절을 하고 돌아서는 순간 어느 틈에 뽑혀 나온 중년인의 검이 번쩍 하며 허공을 갈랐다.

"으악!"

"악!"

산적들은 그 자리에서 고꾸라졌다.

"산으로 올라간다."

백의중년인은 말에서 내리며 말했다. 하지만 말과 달리 그는 얼굴 한편으로 비릿한 웃음을 머금고 있었다.

연해장(燕海莊).

소홍의 즙산 바로 아래 있는 장원으로, 원래는 아무도 살지 않는 폐찰(廢刹)이었는데 십여 년 전 현재의 주인 연대종(燕大宗)이 이곳에 자리를 잡고 장원으로 개조했다.

연대종은 원래 서소로(西小路) 사람으로, 어릴 적 빈손으로 고향을 떠나 장사를 나갔다가 나중에 큰 재산을 모아 금의환향한 상인으로 알려져 있었다.

외지에서 성공해 돌아온 사람이 드문 것은 아니었기에 그를 아는 이웃들은 진심 어린 축하의 말로 그의 성공을 기뻐해 주었고, 연대종은 관례에 따라 큰 잔치를 베풀고 약간의 선물을 나누어 주는 것으로 인사를 대신했었다. 지금은 이곳에서도 그를 아는 사람들도 모두 무덤 속의 고인이 되어 있었기에 이웃들과의 관계도 소원해진 상태였다.

어느덧 나이가 고희(古稀)에 이른 연대종이었지만, 피붙이라고는 고향에 돌아올 당시 스물에 가까운 장성한 젊은 딸 하나가 고작이었다. 객지에서 얻었던 아내는 고생하다가 병을 얻어 죽었고 딸만 남았다고 했다.

재산이 수십만 냥에 이를 것이니 걱정할 것 하나 없겠다는 세상 사람들의 말처럼, 남부러울 것 하나 없는 그였지만 걱정이 없는 것은 아니었다. 하나뿐인 무남독녀인 딸 연청아가 서른이 다 되어가도록 배필 구할 생각을 하지 않고 그의 애를 태우고 있었기 때문이다.

지금 연해장의 주인은 두 식구가 전부였다. 제법 널찍한 규모의 장원에 단출한 장주 가족을 제외하면 수백에 이르는 장원 사람들은 대개가 일꾼이거나 호위 무사였다.

주인이라고는 부녀뿐인 장원이지만 연대종은 장원을 자주 비웠다.

그는 마음껏 노후를 즐기겠다며 아무런 일도 하지 않고 그저 천하를 유람하는 것을 노년의 낙으로 삼고 다녔다.

덕분에 장원에는 삼십에 가까운 그의 딸만이 집을 지켜야 했지만 그녀 역시 밖으로 돌아다니는 것을 즐겨 장원에는 총관 현학송(玄鶴松)만 남아 있는 경우가 대부분이었다. 이들 부녀와 반대로 현학송은 밖으로 나가는 것을 즐겨 하지 않아 일대에서 총관의 얼굴조차도 본 사람이 없을 정도였다.

그런 연해장에도 오늘은 모처럼 활기가 돌았다.

일 년의 대부분을 명승지 유람을 하러 다닌다는 연대종이 오늘은 집에 돌아와 있었다. 하인배들은 오랜만에 돌아온 주인을 위해 바쁘게 움직였다.

장원의 내실.

한눈에 보기에도 값비싼 도자기며 서화 등으로 사방을 도배하다시피 화려하게 장식한 방이었다. 흰 수염의 노인이 자단목 탁자를 마주하고 앉아 있었다.

아!

바로 천태산에서 제갈강을 부축해 주었던, 찬거리를 위해 산나물을 캐다던 노인이었다.

그는 이 장원의 주인이기도 한 장강신투 연대종으로 제법 단단히 고생을 한 듯 얼굴에는 피곤한 기색이 역력했다.

"휴우, 더럽게 끈질긴 놈일세. 놈이 그렇게 뒤를 쫓는 것을 보면 이 비도가 대단하기는 한 모양인데……."

그는 제갈강에게 소흥 부근까지 쫓겨다니다가 겨우 꼬리를 떼고 돌아왔던 것이다.

장강신투는 품속에서 기름 봉투에 싸인 종이 한 장을 꺼내 탁자 위에 놓고 조심스레 펼쳤다. 바로 며칠 전 제갈강의 품속에서 훔쳐 낸 것이었다.

종이 위에는 가로 세로로 어지럽게 선들이 그려져 있었고 가끔은 세모나 동그라미 등의 표시가 되어 있었다.

"흠, 무슨 보물 지도 같기는 한데. 이게 수천만 냥의 값어치가 있다니 믿어지지 않는군."

그리 오래된 것으로 보이지는 않았지만 상당히 정성을 들여 세밀하게 그려진 것이었다.

'내가 이걸 파내고 싶기는 한데, 하지만 목을 걸어야겠지. 이 나이에 그런 엄청난 재물이 필요한 것은 아니니 아무래도 그쪽에 넘겨 버리는

것이 좋겠군.'

그쪽이란 장강신투가 훔쳐 온 장물을 처분해 주는 곳을 말했다.

아무리 값비싼 보석을 훔쳐 왔다고 해도 그것들을 처분해 줄 거래처가 없다면 그야말로 그림의 떡이다.

투계(偸界)에 몸담고 있는 사람들 치고 고정적인 거래처를 갖지 않는 사람은 없다. 값을 제대로 받을 수 있는 것은 아니지만 물건 처분에 따르는 위험 부담을 안을 필요도 없고, 그런 장물 중개인들 역시 상당한 실력자들이라 여간해서는 소문이 새 나가지도 않는다. 물건에 따라 아쉬우나마 대충 적절한 값을 매겨주기는 하니 대도(大盜)들에게는 꼭 필요한 것이 장물 거래처다.

장강신투 역시 믿을 만한 거래처가 있었다.

'그 사람들이 이 물건의 가치를 알까?'

워낙 가치가 있는 물건이니 은근히 불안하기는 했다.

사실 이런 종류의 물건은 제대로 알아볼 만한 사람도 별로 없었다. 상대가 가치를 모른다면 그저 한 장의 종이쪽에 불과한 것이다.

'하지만 알면서 모른 척할 놈들은 아니니……'

머리 속으로 온갖 잡생각이 다 오갔다.

장강신투(長江神偸).

당금 무림에서 둘째가라면 서러워할 투도(偸盜)의 대가. 굳이 비교할 만한 대상을 찾자면 황도에서 고관대작들의 귀한 물건만을 노린다는 하북신투(河北神偸)가 고작이다.

대개의 도둑들이 그렇듯 장강 일대에서는 독보적이라 할 수 있는 장강신투 역시 거처나 이름은 물론 외모까지 무림에 알려진 바가 거의 없었는데, 그에 대해 오가는 말은 오직 하나, 흰 수염이 난 노인이라는 것 정도가 고작이었다. 그런 정보나마 신빙성을 갖는 것은 아니었기에 장강신투에 관한 신상은 철저하게 은막 속에 가려져 있는 것이나 마찬가지였다.

문 쪽에서 인기척이 나자 귀를 쫑긋하던 그는 이내 딸의 발자국 소리라는 것을 알고는 안심했다.

연청아가 방 안으로 들어왔지만 연대종은 굳이 탁자 위의 종이를 치우려고 하지 않았다. 아비가 이런 일을 한다는 것은 딸도 이미 알고 있었거니와 훔쳐 온 물건을 감상하며 토론을 나누는 것은 두 모녀의 또 다른 즐거움이었다.

그렇다고 연청아가 가업을 계승해 도둑질로 나선 것은 아니었다. 그저 제멋대로 강호를 돌아다니며 이 일 저 일에 끼어들어 간섭하는 것이 취미였다.

연청아의 시선이 탁자 위에 놓인 종이로 향했다.

"그게 뭐예요?"

"흠, 이건 수천만 냥에 이르는 보화와 절세의 무공비급이 숨겨진 곳을 나타내는 지도란다."

"예?"

돌연 연청아의 눈이 빛을 발했다.

"숨겨진 보물이 있는 곳을 알려주는 장보도란 말이다, 장보도!"

"장보도요? 언제 무림에 그런 것이 나돌았나요?"

"흐흐흐, 그러니 너는 아직 멀었다는 말이다. 아무리 네가 강호를 돌아다녀도 허튼 소문만 듣고 다니지 정작 이런 차원 높은 정보는 알 수 없지. 이런 물건에 관한 정보는 소위 전문가들 사이에서만 나돈단다."

연대종은 흰 수염을 광 내듯 쓰다듬어 가며 말했다.

"흥, 그게 진짜인지 어떻게 알지요? 시중에도 그런 내력 모르는 장보도 따위는 많아요. 보물이 어쩌네, 석숭(石崇)이 숨긴 재물이 있는 곳이네 등등."

연대종의 말에 자존심이 상했는지 연청아가 발끈하며 말했다.

석숭은 서진(西晉)시대의 전설적인 대부호로 억만금을 소지했다 얘기가 전해 내려온다.

우습게도 석숭이 남겼다는 장보도는 저잣거리에서 은자 몇 냥만 주면 손쉽게 구할 수 있을 정도로 흔했다. 전해 내려오는 그럴듯한 얘깃거리와 함께 내놓는 석숭의 장보도를 사는 사람들도 심심찮게 있기는 했다. 이게 혹시 진짜가 아닐까 하는 기대 심리였다.

"허허허, 언제 이 애비가 헛손질한 적이 한 번이라도 있더냐?"

그 말에 연청아는 입을 닫았다. 장강신투는 명성대로 물건을 보는 안목이 정확해 한 번도 헛고생을 한 적이 없었다.

"이것은 제갈세가로 가던 물건을 슬쩍 해온 것인데 가짜일 턱이 있느냐? 백 년 가까이 잠만 자고 있던 제갈세가에서 비밀리에 강호로 나섰다는 소식을 듣고, 몇 달간 뒤만 졸졸 따라다니다가 얻은 물건이다. 이것을 얻기 위해 제갈가의 정예 삼십여 명이 몰살을 당하기도 했다. 결국 내게 들어오기는 했지만."

"난계현 제갈세가?"

"그럼 무림에 그곳 말고 제갈세가가 또 있겠느냐? 수천 년을 면면히 이어온 그들이다. 제갈강이 천자항의 백팔지살을 삼십 명이나 이끌고 출동했다는 소식을 들었을 때, '이건 진짜 대박이다!' 하는 느낌 절로 들었지. 그래서 그놈들을 쫓아 풍상(風霜)을 마다 않고 끼니를 걸러가며 노숙하기를 장장……."

"그만 하세요. 고생하신 거 다 알아요!"

연청아가 손사래를 쳐가며 말했다. 제법 괜찮은 물건을 건져 올렸을 때면 늘 사설을 반 시진 이상 풀어놓는 연대종이었기에 얼른 막았던 것이다.

"험, 알았다. 아무튼 그런 물건이 가짜일 턱이 있겠느냐? 제갈강 놈이 소흥까지 쫓아왔더랬다. 전 같았으면 중원을 한 바퀴 돌려서 얼을 빼놓은 후에 차버렸겠지만……."

"그만 하시라니까요!"

"아, 알았다. 험, 아무튼 그런 사연이 있는 물건이다."

"누가 남긴 장보도지요?"

"그, 글쎄다. 그걸 모르겠구나. 제갈가 놈들은 알고 있는 눈치인데 내가 대놓고 물을 수야 없지 않느냐?"

연대종이 어색한 미소를 지으며 말했다.

"그럼 그걸 어쩌시려구요?"

"휴, 그게 고민이다. 그자들도 가치를 판별하기가 쉽지 않으니 선뜻 거금을 내놓으려고 하겠느냐? 자칫 헐값에 넘겨야 할지도 모르겠다."

"참 아버님도, 가치도 모르면서 왜 들고 오셨어요?"

"그럼, 그 귀하다는 물건이 내 손을 거치지 말아야 한다는 말이냐?"

연대종의 자부심은 중원천하의 귀한 물건은 대부분 자신의 손을 거쳐 유통이 된다는 것이다.

"그건 옳으신 말씀인데……."

연청아는 잠시 생각하는 눈치더니 갑자기 얼굴을 활짝 펴며 말을 이었다.

"아! 좋은 생각이 떠올랐어요. 일단 대충 헐값에 넘겨서 그쪽에서

진위를 판별하게 만드는 거예요. 그런 후에 다시 들고 오서서 넘기시면 되잖아요."

"그자들이 미쳤냐? 같은 물건에 두 번이나 값을 치르게!"

연대종은 시답잖은 소리라는 듯이 그렇게 말했다.

"제게 맡기세요."

연청아가 묘한 미소를 지으며 말했다.

"안 된다! 그런 위험한 일에 너를 나서게 할 생각은 없다. 게다가 내 정체마저 드러날 우려가 있다. 금분세수(金盆洗手)를 하지 못하는 것도 서러운데, 말년에 쫓겨다니기까지 해서야 어디 살맛이 나겠느냐?"

연대종은 머리를 저어가며 말했다.

도둑놈이 무림인의 명예로운 은퇴 절차인 금분세수를 하겠다고 공표했다가는 그날이 제삿날이 될 것이 뻔했다. 아직까지 장강신투의 행방을 찾아 이를 박박 갈고 있을 수백 수천 부호들이 결코 진심 어린 축하만을 해주지는 않을 것이기 때문이다.

"어차피 아버님은 이번 일을 마지막으로 은퇴한다고 하셨잖아요. 그쪽에서는 아버님의 정체를 모르니, 제가 전면에 나선다고 해도 아버님과 장강신투를 연관 지을 사람은 아무도 없을 거예요. 그리고 아무리 위험해도 제 한 몸은 충분히 빠져나올 수 있어요."

부녀는 무공은 시원찮았지만 단 하나 경공만큼은 빠지지 않는다며 자부하고 있었다.

하지만 연대종은 여전히 망설이는 표정이었다.

'정말 골치 아프게 되었군.'

그는 딸에게 이 얘기를 꺼낸 것을 내심 후회하고 있었다.

딸이 일단 입 밖으로 꺼낸 말은 그게 바로 최종 결정이나 마찬가지라는 것을 잘 알고 있었다. 그만큼 연청아는 고집불통이었다.

'쯧쯧, 에미 없이 키웠더니……'

연대종은 내심 혀를 찼다.

한 척의 소선이 강가에 매어져 있었다.

길쭉하고 날렵하게 생겨 몇 사람이 타면 고작일 것 같은 이런 배는 소흥 일대에서는 수로로 눈만 돌리면 볼 수 있을 정도로 많았다. 발로 젓기에 각획선(脚劃船)이라 부르는 배로, 이곳만 해도 하루에 수백 척은 족히 오갈 정도로 흔했기에 누가 보더라도 아무도 관심을 갖지 않을 그런 배였다.

깊은 밤이라 물소리뿐, 오가는 배는 거의 없었다.

물을 젓는 소리가 드리더니 또 한 척의 소선이 물길 위에 모습을 드러냈다. 배의 한가운데는 갈대로 엮은 선실이 있었고 중년 사내가 뒷전에 앉아 열심히 발을 저어가며 배를 몰았다.

이윽고 배가 소선이 매어진 곳 근처로 오자 주위를 둘러본 사내는 배가 있는 곳으로 방향을 틀어 서서히 다가왔다.

그러자 맞은편 배 안에서 늙수그레한 목소리가 들려왔다.

"오늘은 물결이 무척이나 거치오. 마치 장강 강물이 넘쳐 이리로 온 것 같소이다."

그러자 다가온 배에서 중년 사내가 그 말을 받았다.

"장강의 물줄기를 쫓는 사람이니 어딘들 가지 못하겠소."

두 사람이 서로를 확인하는 절차였다.

"장보도요. 제갈세가의 제갈강에게서 얻어온 것이오. 이천만 냥 이상의 값어치가 있다고 들었소."

말소리가 급격히 낮아졌다.

"뭣이!"

경탄성은 중년 사내가 탄 배 안에서 나왔다.

두 사람의 대화는 낮은 속삭임과 같은 소리였기에 바로 곁에 있지 않고는 설사 누가 물속 바로 밑에 있다 해도 이들의 대화 내용을 알아듣기 어려웠다.

"정확히 이천사백만 냥에 이른다고 들었오."

"그럼 폐궁(廢宮) 장보도!"

"후후후."

"맞소?"

"그것 말고 달리 그만한 가치가 있는 장보도에 대해서 들은 적이 있소? 게다가 절세의 무공비급까지 덤으로 있다고 하지 않소. 사시겠소?"

"음!"

선실 안에서 대답 대신 묵직한 신음성이 흘러나왔다.

잠시 시간이 흘렀다.

"빨리 결정하시오. 내가 계속 들고 있기에는 너무 무겁구려."

"진품을 보증하오?"

"여태껏 내가 당신들에게 보여준 신용이 전부요. 달리 물건을 보증할 방법은 없소."

또다시 짧은 시간이 흘렀다.

"오십만 냥!"

중년 사내의 선실에서 값을 부르는 소리가 흘러나왔다. 사겠다는 것이다.

"이백만 냥!"

"칠십만 냥!"

"백오십만 냥!"

또다시 짧은 시간이 흘렀다.

"마지막이오. 백만 냥!"

"좋소. 백만 냥!"

"열흘 후!"

"좋소. 장소는 다시 통보해 드리리다."

장년인이 발을 젓자 배는 이내 서서히 멀어져 갔다.

그때까지 묶여 있던 소선에서는 아무런 반응을 보이지 않았다. 이윽고 상대의 배가 완전히 보이지 않을 때쯤이 되자 소선의 선실 안에서 복면을 한 흑의 경장인이 나왔다. 그는 조심스러운 태도로 주위를 살피더니 배를 버려두고 조용히 어둠 속으로 사라졌다.

석가장(石家莊).

누구에게 물을 것도 없이 중원 제일의 표국을 논하는 자리라면 당연히 자비검객(慈悲劍客) 석경령(石硬領)이 국주로 있는 중원표국(中原鏢局)을 먼저 말해야 할 것이다.

석가장은 석경령의 식솔들이 사는 장원이자 중원표국의 본점이기도 했다.

사군은 지금 그 대저택 앞에 와 있었다.

붉은 벽돌을 이 장가량 높이로 쌓은 담장은 끝없이 이어져 있다는 착각에 빠지게 할 만큼 대로를 따라 길게 뻗어 있었다. 이곳 소흥만 해도 큰 장원들이 적지 않았지만 이 정도 규모라면 가히 손가락으로 꼽을 만했다.

이런 엄청난 담장을 본 적은 없었다. ……아니, 보기는 몇 번 보았으되 자신과 무관한 다른 세상의 사람들이 사는 곳으로 여겨 신경 쓰지 않았을 것이다.

넓은 장원이지만 밖에서 볼 수 있는 것이라고는 담장 위로 높게 솟은 몇 개의 고루거각(高樓巨閣)들과 장원 네 귀퉁이에 우뚝 세워져 있는 감시용 망루가 고작이었다.

벽이다.

지금 마주하고 있는 것은 거대한 벽이다.

담장이란 그 안에 사는 사람들이 바깥 세상과의 단절(斷切)을 위해 쌓은 것이기에 지금 사군이 느끼는 것 또한 높은 장벽으로 나뉜 단절이다. 사군과 예향은 엄청나게 높고 두터운 담장에 의해 나뉘어진 전혀 다른 세상에 살고 있는 것이다. 두 사람 중 누구도 원하지 않았을…….

그 안에 갇혀 있을 예향이 아니었다면 그냥 지나쳐 가는 거리의 한 풍경으로 남았을 담장이었건만…….

이 장 높이의, 두께마저 짐작하기 어려운 엄청난 벽 앞을 마주하고 안에서 일어나는 일을 궁금해하며 애를 태워야 했기에 지금 그가 감당해야 하는 것은 차라리 절망이다. 예향이 끌려갔다는 말을 처음 들었을 때 느꼈던 것도 바로 절망이었다.

사군은 마치 그것을 이겨내 보려는 듯 불끈 쥔 두 주먹을 부르르 떨었다.

'몹쓸 일!'

아직도 성난 벌 떼들의 날갯짓처럼 앵앵거리며 귓전을 떠나지 않고 있는 것은 '그렇다고 설마 몹쓸 일이야 당하겠느냐'는 어머니의 말이었다.

이런저런 핑곗거리와 함께 부잣집으로 불려갔다가 몸만 망치고 돌아왔다는 이웃 마을 처녀들의 소문은 심심찮게 입소문을 통해 들어 알고 있었다. 그때는 그저 먼 남의 일로만 여겼었다.

그런데 예향이! 하필이면!

자신이 집으로 돌아오는 날이면 항상 집 주변을 서성이다가 그저 말 한마디라도 붙이려고 애를 쓰던 예향인데… 단 한 번이라도 먼저 말을 걸어준 적이 있었던가.

'석호인, 이놈!' 하며 눈에 불을 켜고 달려왔던 길이었지만, 막상 그가 이곳에서 마주친 것은 단절과 절망이었다.

어쨌든… 예향은 데려가야 했다.

'그래, 저 안에도 나와 같이 먹고 싸는 놈들이 사는 곳이야!'

담장을 따라 입구로 향했다.

석가장의 우뚝 솟은 정문은 가까이 다가갈수록 어깨를 짓눌러 왔다. 일이백 년은 족히 되었을 법한 굵은 나무로 기둥을 세운 장원 문은 보는 사람을 위축시키기에 충분했다.

석가장에는 짐을 맡기거나 찾으려는 수많은 사람들로 붐볐다. 수문 무사들은 철저히 검문 검색을 해 안으로 드나드는 사람들의 신원을 일일이 확인한 후에야 통과시키고 있었다.

한동안 숨만 몰아쉬고 있던 사군은 용기를 냈다.

"웬 놈이기에 이곳에서 얼쩡대느냐?"

그를 유심히 지켜보던 수문 무사 중 한 명이 앞을 막아서며 일갈했다. 한참 동안 별다른 행동도 없이 장원만 노려보다가 슬슬 다가오는 사군의 행색이 수상쩍게 생각되었던 것이다.

"예, 옛! 저 말입니까?"

사군은 화들짝 놀라며 말을 더듬었다. 육중한 대문과 번쩍이는 병장기로 무장한 수문 무사들의 기세에 주눅이 들었던 것이다. 갑자기 알 수 없는 공포감이 몰려왔다.

"이곳에 네놈 말고 또 다른 사람이 있다더냐!"

문을 지키던 우락부락한 삼십 대의 무사는 그 말에 더욱 기가 살았는지 버럭 소리를 질렀다. 사군은 또다시 움찔했다.

"저, 저는 그냥, 지나가는 사람인데……."

"그런데?"

"대, 대문이 너무 커서……."

자신도 모르게 마치 얼빠진 사람처럼 그렇게 대답했다. 순간 수문 무사의 눈꼬리가 하늘로 치켜 올라갔다.

"별 미친놈 다 보겠구나. 썩 꺼지지 못해! 예가 어디라고 감히 너 같은 촌닭 놈이 기웃거린다는 말이냐!"

"예, 예!"

모공이 곤두서고 등에서 식은땀이 났다. 파랗게 질린 사군은 허둥지둥 그 자리를 벗어났다.

"휴우!"

장원 앞을 벗어나 골목길로 접어들고서야 숨을 길게 내쉬었다. 험상궂은 표정과 고함 소리에 얼마나 놀랐던지 아직도 가슴이 쿵쿵거리며 뛰었다.

억울했다. 그리고 처량했다.

대체 이 꼴이 무어란 말인가. 무얼 어떻게 하겠다고 씩씩거리며 달려왔단 말인가. 오기가 났다. 아무리 촌구석 무지렁이라지만……

다시 씩씩거리며 골목길을 나섰다. 하지만 멀리서 석가장의 웅장한 대문을 보는 것만으로도 그만 기가 꺾여 버렸다.

'제기랄!'

방금 전의 더러운 인상의 수문 무사 놈이 어깨에 힘을 주고 있는 것을 보는 순간 얼른 골목 안으로 몸을 숨겨야 했다. 가까이 가려는 순간 고개를 돌려 눈을 마주친 것으로 보아 놈도 자신을 주시하고 있었던 것이 틀림없었다.

예향이 떠올랐다.

'향아!'

혼자서 얼마나 무서울까!

자신도 질려 버리고 만 이런 어마어마한 장원으로 끌려와 잔뜩 겁에 질려 있을 것을 생각하니 눈물이 핑 돌았다. 분명 예향은 자신만을 생각하며 위안을 삼고 있을 것이다. 이렇게 무능하게 감히 문전에도 얼씬거리지 못하는 못난 놈을……

어떻게든 데리고 나와야 했다.

사군은 석가장 맞은편에 멀찍이 떨어져 충혈된 눈으로 장원의 대문으로 노려보았다. 이 장은 족히 넘을 듯한 담장, 그 뒤로 보이는 거대한 건물들, 수시로 담장 주변을 순찰하는 무사들… 그 모든 것들이 무겁게 짓누르며 절망에 빠지게 했다.

"휴우!"

한참을 그렇게 노려보던 그는 장원을 길게 빙 돌았다.

어디엔가 쉽게 안으로 들어갈 수 있는 길이 있을 것 같은 막연한 기대가 있었다. 빠른 걸음으로 한 바퀴 도는 것만 해도 이각 이상은 족히 걸릴 정도였다. 높게 둘러진 담장. 지난번 반군들이 성안 부잣집들을 약탈했을 때도 이 근처만은 감히 얼씬거리지도 못했다던가. 듣기로 장원을 지키는 무인들만도 수백여 명이 넘고 하나같이 무공도 대단하다고 했다.

한참 동안 장원을 돌며 알아낸 것은 석가장에는 동서남북 방위마다 큰 문이 하나씩 있고 그 사이에 샛문이 몇 개 있다는 것이 전부였다.

"으흐흐흑."

사군은 골목 담벼락에 기대 소리 죽여 눈물을 쏟았다.

답답했다. 이렇게라도 하지 않으면 속이 터질 것만 같았다. 고노가 무공을 가르쳐 줄 때 착실히 배웠으면 이런 곳쯤이야 제집 드나들듯이 오갈 수 있을 것이라는 때늦은 후회도 했다.

"바보!"

쿵! 쿵!

자신도 모르게 주먹으로 담장을 쳤다. 행인들 몇몇이 그런 그를 이상한 눈으로 쳐다보며 지나쳤다. 손이 쓰리고 아파왔지만 그것으로 쏟아지는 울분을 달래지는 못했다.

"어떤 놈이야!"

담장 안쪽에서 누군가 호통 치는 소리가 들렸다.

'어이쿠!'

사군은 후닥닥 하고 맞은편 골목길 안쪽으로 튀었다.

몰래 살펴보니 장원에서 하인배로 보이는 장한 하나가 나와 잠시 동안 사방을 두리번거리더니 다시 안으로 들어갔다. 사군은 다른 집에 비해 허술해 보이는 집을 골라 담장에 몸을 기댔다. 적어도 고함치고 달려나오는 하인배는 없을 그런 집으로.

하지만 그 집만 해도 도하촌 집들에는 비할 바 없이 엄청나게 크고 좋았다.

'등신.'

다시 눈물이 쏟아지려고 했다.

어쩔 수 없는 자괴감에서 오는 자책이었다. 이런 멍청한 모습이나 보이려고 그렇게 헐떡거리며 달려왔단 말인가! 하지만 웅장한 고목이 장원 안쪽에 빙 둘러져 있는 엄청난 저택을 보니 기가 꺾이는 것은 어쩔 수 없었다.

두두두두두!

갑자기 요란한 말발굽 소리가 나며 십여 필의 말이 대문 앞으로 달려왔다.

"어이쿠!"

지나던 사람들은 깜짝 놀라 황급히 몸을 피했다.

'이런 번잡한 곳에 말을 저렇게 몰다니……'

은근히 부아가 치밀었다.

가진 것들의 횡포!

밀려나는 떨거지들!

"후후후."

웃었다. 그게 세상이다.

요란한 행차라 사군도 잠시 모든 것을 잊고 말을 타고 오는 사람들을 올려다보았다.

네 명의 경장 차림의 소녀들이 앞장섰고 여섯 명의 무인들이 그 뒤를 따르고 있었다. 사람들의 말안장 옆에 활이 걸려 있고 토끼며 여우 같은 산짐승들이 매달려 있는 것이 사냥을 다녀오는 것으로 보였다.

물러선 사람들의 시선이 말을 탄 선두의 두 여자에게 향했다. 그만큼 그들의 미모가 빼어났기 때문이다.

'아!'

사군마저도 이곳에 온 목적을 잊고 두 여자를 번갈아가며 쳐다보느라 여념이 없었다. 여인들의 빨간 입술이 가슴에 와 박혔다.

여자들은 모두 월궁항아나 서시를 뺨칠 만한 미인들이었다.

맨 앞장 여자는 갸름한 얼굴에 분홍 경장을 걸친 미녀로 얼핏 보기에도 무척이나 장난기가 많아 보였고, 바로 뒤를 따르는 홍의의 여자도 편안한 느낌을 주는 상당한 미인이었다. 시비로 보이는 네 명의 여자들 역시 어느 정도 미모를 갖추었다.

삐이걱!

말발굽 소리를 들었는지 육중한 대문이 귀에 거슬리는 소리를 내며 열렸다.

문을 여는 하인배들은 무척이나 서두르는 것으로 보였다. 그들의 행동으로 보아 말을 타고 온 사람들은 아마도 장원의 귀한 사람이 틀림없었다.

하인배들이 문을 열고 공손히 시립하자 기마들은 조금도 망설임없이 장원 안으로 빨려 들어갔다.

사군은 그런 그들을 한동안 멍하게 바라보았다.

"제기랄, 이렇게 먹고 살기 힘든데 어떤 년은 애비를 잘 만나 사냥이나 다니고……."

그의 곁에 서 있던 장년의 사내가 혼잣말 같은 나직한 불평을 내뱉었다. 여간해서는 알아듣기도 쉽지 않을 정도였다. 옷차림으로 보아 사는 형편이 사군보다 나아 보이지 않았다.

“방금 들어간 여자들이 국주님의 따님들인가요?”

사군도 작은 목소리로 물었다.

사내는 자기 말을 누가 엿들었다는 사실에 흠칫 놀라는 것 같더니 허름한 차림의 애송이라는 것을 알고는 안심한 듯 빙그레 웃으며 말했다.

“분홍 경장을 걸친 여자가 바로 국주님의 금지옥엽(金枝玉葉)이신 절강일미(浙江一美) 석자희(石紫姬) 소저일세. 그 뒤를 바짝 좇던 여자는 그녀의 동문인 보타문(普陀門)의 속가제자인 정청화(鄭青華) 소저로 영파상방(寧波商幫) 총행두의 무남독녀라더군. 두 사람은 늘 함께 다니는 단짝이라 사람들이 그 둘을 말할 때 절강쌍미(浙江雙美)라고도 하네.”

“그럼 그 뒤를 따르던 네 여자는?”

“하하하, 네 소저의 시비들이지 누구이겠는가? 자네는 정말 너무 모르는군. 말투를 보아하니 이곳 사람이 맞는 것 같기는 한데, 그토록 눈과 귀가 어두워서야 어디 가서 눈칫밥이라도 얻어먹겠는가.”

사군은 얼굴을 붉혔다.

“성, 성안에 들어온 지 얼마 되지 않아서…….”

“그렇군. 아무튼 그래서야 어디 가서 큰 실수하기 딱일세. 이런 세월에 모가지라도 제대로 붙이고 살려면 눈치가 빨라야 하는 법인데. 쯧쯧.”

사내는 혀를 차더니 저만치 가버렸다.

‘아차!’

그제야 자신이 이곳에 온 목적을 기억했다. 예향. 벌써 이틀이나 되었다니, 그새 무슨 봉변이나 당하지 않았나 하는 불안감이 다시 그를 엄습했다.

'그래, 밤까지 기다리자. 몰래 들어가 살펴보는 거야.'

일단 적당한 곳을 찾아 쉬기로 했다.

성안에는 하도(河道)가 종횡으로 뻗어 있는데 다리 하나만 건너도 사람들이 사는 수준이나 분위기가 조금씩 달랐다. 마땅히 쉴 곳을 찾지 못한 데다가 하루 종일 배를 곯고 이리저리 다닌 덕분에 몸이 지쳐왔다.

그는 그늘을 찾아 뒤쪽에 있는 산기슭으로 향했다.

이각가량 걸으니 맑은 냇물이 나와 손으로 몇 모금 떠서 마신 후에 얼굴이며 목덜미를 가볍게 씻었다. 그러고 나니 한결 몸이 풀리는 것 같은 기분이 들어 적당한 나무 그늘을 찾아 몸을 뉘었다.

'아!'

눈이 감겨왔다.

초가을 바람이 숲 속 나무 사이로 불어오자 그는 잠깐 만에 코까지 드르렁거리는 깊은 잠 속에 빠졌다.

꿈속에서 예향을 보았다. 외롭고 힘든 기색이 역력한 얼굴이었다.

'향아!'

눈을 뜬 것은 별이 총총한 밤이 깊었을 무렵이었다.

'맞아!'

화들짝 놀란 사군은 정신을 가다듬고 후닥닥 자리를 박차고 일어나 석가장으로 향했다.

이런저런 생각을 하며 한참을 가는 중에 고루(鼓樓)에서 자정을 알리는 북소리가 울려 퍼졌다. 순라꾼들의 눈을 피해 석가장으로 접근한 그는 주변 골목길에 몸을 숨기고 장원의 담장을 한참 동안 노려보았다.

예향을 떠올리자 열화 같은 분노가 치밀며 주먹을 말아 쥔 두 손에
불끈 힘이 솟았다.
이를 악물었다.
'간다!'

〈2권으로 이어집니다〉

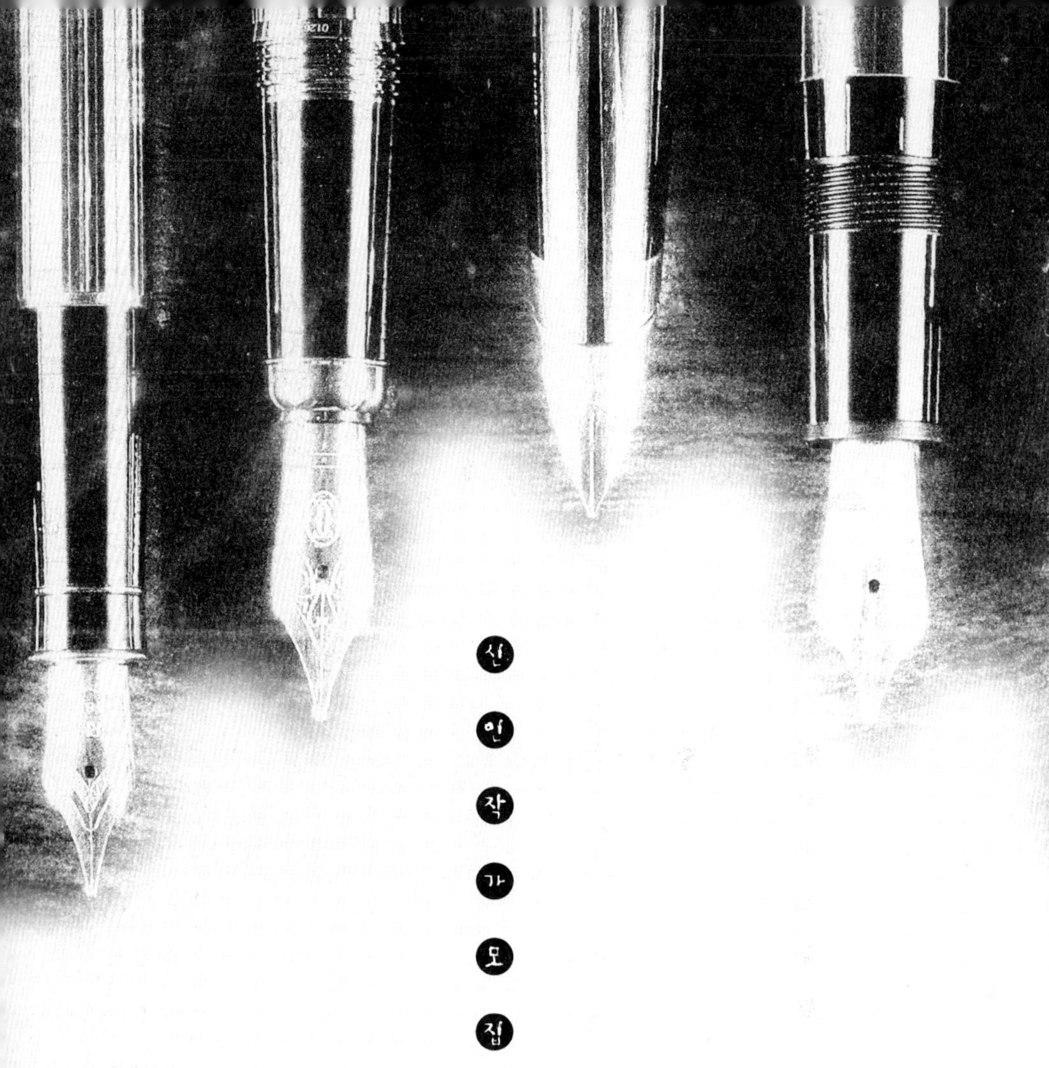